Barbara Frischmuth

Vergiss Ägypten

Barbara Frischmuth

Vergiss Ägypten

Ein Reiseroman

aufbau
AUFBAU VERLAGSGRUPPE

ISBN 978-3-351-03227-2

Aufbau ist eine Marke der Aufbau Verlagsgruppe GmbH

1. Auflage 2008

Einbandgestaltung Henkel/Lemme
Druck und Binden Pustet, Regensburg
Printed in Germany

www.aufbau-verlag.de

»Ich habe nun mal diese Manie, gleich ganze Bücher über Figuren zu entwerfen, denen ich begegne. Was ich auch anstelle, eine unbezähmbare Neugier wirft die Frage in mir auf, welches Leben wohl dieser Passant da führt, der mir über den Weg läuft.«

Gustave Flaubert, *Reise in den Orient* (Ägypten – Nubien)

»Hurtig und hastig entfliegen die Tage,
Auf großen leisen Schwingen
Wie Ibisse von einem Feld.«

Aus *Lieder arabischer Frauen*,
gesammelt von Elsa Climenti (1942)

Vergiss Ägypten, sagte Lamis. Ägypten ist ein uraltes Haus, von dem niemand genau weiß, was sich hinter den Türen befindet. Die Kellertreppe ist eingestürzt, und die Leiter zum Dach hat kaum noch Sprossen. Die einzelnen Räume sind nur mehr gefühlsmäßig zu erschließen. Lass es also, denk lieber an die Ägypter.

Lamis hat leicht reden. Es ist ihr Land, es sind ihre Vergleiche.

Wenn du tatsächlich etwas über Ägypten sagen willst, vergiss Ägypten. Denk an ein anderes Land. Ein ganz anderes Land. Stell dir vor, du fliegst nach Sydney. Auf dem Weg dorthin musst du umsteigen. Möglicherweise in Bangkok oder weiß der Teufel, wo. Du sitzt nach dem unbequemen Flug mit ausgestreckten Beinen im Transitraum und unterhältst dich mit einer englischen Journalistin, die in Hurghada Urlaub gemacht hat. Du warst natürlich nicht in Hurghada. Und plötzlich überfällt dich eine Vorstellung von Ägypten, die es wert wäre, aufgeschrieben zu werden.

Wieso Bangkok?

Die Betonung liegt auf Transit. An Orten des Übergangs ist die Seele ungeschützt, alles Mögliche kann ihr passieren. Es gibt vielfältige Rituale bei Geburt und Tod, die einem beim Umsteigen helfen sollen.

Es geht aber nicht um Geburt und Tod. Es geht um Wörter, um Sätze.

Es geht ums Begreifen, glaub mir, Valie.

Ich hasse diese amputierten Vornamen und unterschreibe meine Briefe immer mit Valerie. Valerie Kutzer. Lamis sagt auch Alex, wenn sie Alexandrien, und IA, wenn sie die Isis Air meint.

Ich möchte Lamis wiedersehen. Jede Herzensregung hat ihren Preis. Das aviatische Paradoxon. Nirgendwo fühle ich mich so geborgen wie in einem Flughafen, so als könne ich nie mehr verlorengehen. Wenn ich tatsächlich bliebe? Im Flughafen wohnen bliebe? Es wäre für alles gesorgt, Toiletten, Duschen, Friseur. Es gibt einen Arzt und einen Andachtsraum (ökumenisch), Buffets, Restaurants, Buchhandlungen. Warum mir das in den Sinn kommt? Es ist das große innere Zögern bei jedem Flug, die vorfatalistische Phase. Noch könnte ich zurücktreten. Aus dem Flughafen kommt man jederzeit raus, eine Frage der Mechanik. Ich müsste nur den Fuß vor die Tür setzen, der Fuß bliebe am Boden.

Nach dem Einchecken gibt es nichts mehr zu entscheiden, auch der Gangsitz ist fix. Beim Abstürzen ist es völlig egal, ob Gang- oder Fenstersitz. Man kommt nur leichter zur Toilette und hat etwas mehr Armfreiheit.

Ich fliege zum fünften Mal nach Ägypten, diesmal nur, um Lamis zu sehen. Auf dem kleinen Schirm an der Rücklehne kann man zuschauen, wie der Vogel die Kilometerkrümel frisst. Langsam senkt er sich, das Land erscheint nilgrün, auf beiden Seiten bedrängt von ockerfarbenem Sand. Erst die Flussfinger, dann den Arm hinauf.

Das Geheimnis ist nicht im Raum, es ist in der Zeit beschlossen.

In den Jahrtausenden, die im einen oder anderen Fundstück aufblitzen. Die Ursprünge liegen – wie meistens – im Dunkeln. Verworrenes, Durchscheinendes und sich wieder Verwirrendes.

Namen wie Pflöcke in den Strom des Erinnerns gerammt. Imhotep, Cheops, Hatschepsut, Echnaton, Tutanchamun. Einige davon noch immer anwesend als gedörrtes Fleisch mit Haaren und Zähnen. Reste, kompakt genug, um geröntgt, tomographiert, obduziert zu werden. Keine Wiederauferstehung in Schönheit, bloß verschrumpelte Zeugenschaft dessen, was einmal gewesen ist. War es das?

Die Sprache der Bilder, der Schriftzeichen, der Artefakte. Die Vorstellung hat die Stellung bei weitem überdauert. Die gemalten Gesichter auf den Mumiensarkophagen haben sich nicht verändert. Die, denen sie ähnlich waren, sind in ihre Schädel zurückgeschrumpft, somit unkenntlich geworden.

Ägypter, Libyer, Nubier, Äthiopier, Perser, Griechen, Römer, Byzantiner, Kopten, Araber, Mystiker und Schiiten wie die Fatimiden, die Kairo gegründet und darin auffällige Spuren hinterlassen haben, nach zweihundert Jahren abgelöst von Ayyubiden, Khediven, Nasseristen ... in sunnitischer Reihenfolge bis zur Gegenwart, die Umm Kulthum, Nagib Mahfus, Omar Sharif und Ayman al-Zawahiri heißt.

Weißgraue Wolken sieben das Licht, in dem Kairo erscheint. Allenthalben Erleichterung, als die Maschine zum Stillstand kommt. Nacheinander klicken die Sicherheitsgurte, als klinkten die Passagiere sich mit Nachdruck aus einer anderen Welt aus. Der Übergang ist vollzogen.

Viele junge und jüngere Männer, teils in Uniform, teils in Zivil, Zöllner, Polizisten, Bankbeamte, Reinigungspersonal, Reisende. Arabisch ist eine Sprache, die lauthals ertönt, auch dann, wenn gerade kein Muezzin zum Gebet ruft. Es wird von der Kehle her und mit großer Bestimmtheit gesprochen. Und während ich in der Schlange stehe, um das Land meiner Wahl betreten zu dürfen, fällt mir ein, dass ich die Nummer von Lamis nicht gespeichert habe. Macht nichts, sie weiß, wann ich ankomme.

Draußen schlägt mir ungewohnt warme Luft entgegen. Im Taxi ziehe ich das extra Paar Socken aus und lasse es in meiner Handtasche verschwinden.

In dem bepflanzten Streifen zwischen Einfahrts- und Ausfahrtsstraße sind die Sprinkler noch immer eingeschaltet. Unter den Palmen wächst indisches Blumenrohr sowie blutfarbene Blattpflanzen, für die mir der Name fehlt. Die meisten Büsche sind auf Wagenräder, Ei- und Kugelformen zurückgetrimmt. Dazwischen leuchten das Lila und das Violett von Judasbaum und Bougainvillea auf. Später, von der Hochstraße aus, fällt der Blick in verschattete Häuserschächte, aus denen Palmbüschel ragen oder die Kronen von *Ficus nitida,* wie Gemüse in Gärten aus Luft.

Ich erinnere mich noch an ein Kairo ohne Stelzenstraßen, als Eselskarren gegen die Einbahn unterwegs waren und sich niemand daran stieß. Ende der siebziger Jahre. Mehr als die Hälfte der heutigen Bevölkerung war damals noch nicht einmal geplant. Und ein Ausflug nach Gizeh hatte den Charme einer Landpartie.

Als ich das erste Mal allein in Kairo unterwegs war, blieb ich immer auf derselben Seite, aber irgendwann musste ich die Straße überqueren. Ich wartete und wartete. Plötzlich war da eine fremde Hand, die die meine berührte. Wir bildeten für kurze Zeit eine zweigliedrige Kette und zwängten uns zwischen den Autos hindurch. Der Blick der jungen Frau streifte mich nur flüchtig im Auseinandergehen.

Ich schlenderte noch eine Weile am Nilufer entlang und schaute in den Fluss, dessen Wasser man trinken sollte, um wiederzukommen. Ein Wagnis, das mir als zu groß erschien, um danach überhaupt noch irgendwohin zu kommen.

Ab einem gewissen Alter sind die Lieben alle geliebt, heißt es. Man lässt sich auf Vergangenheit ein und stochert wie die Lumpensammler auf den Müllbergen von Kairo in den nicht aufgegangenen Geschichten ohne Mitte herum. Mit langem Ibisschnabel, der möglichst weit hineinreicht in all das Abgelegte, Abgenagte und Abgelebte, das da in der Sonne bleicht. Nach lauter Geschichten ohne Mitte in einer Endlosschleife von Schicksalen.

Was aber hätte in die Mitte gehört? Jahre der Gewöhnung? Kinder? Kühler werdende Nächte? Familienpolitik? Nicht gerade das, was einen scharf macht auf diese Mitte. Und doch hört die Suche danach, wie sie hätte gewesen sein können, nie auf.

Auch Lamis' Geschichte hat keine Mitte, zumindest keine, die ich kenne. Ich kann sie in die Grundschule gehen sehen, als kleines Mädchen, das sechsmal in der Woche in den Bus steigt, nachdem es die Eiermilch, auf der seine Mutter besteht, heimlich ins Klo geschüttet oder dort wieder ausgekotzt hat.

Eine junge Ägypterin in einer deutschsprachigen Schule. Die

noch immer kleine Lamis in einer großen europäischen Schule, in die sie gerne gegangen ist. Ihre beste Zeit, wie sie sagt, was Freundschaften angeht. Lebensbegleitende. Mir scheint, dass sie noch immer in diesen Zusammenhängen lebt. Wo aber ist die Mitte geblieben?

Wenn sie von ihrer Zeit an dieser Schule erzählt, ist Lamis ein Mensch mit Bindungen. Gelegentlich fällt der Name Abbas. Aber Lamis hat ihre Abbas-Geschichte nie erzählt. Wahrscheinlich weil es eine Geschichte ohne Mitte ist, vielleicht sogar ohne Ende. Eine anfängliche Geschichte, die es nie ins Erwachsenenalter geschafft hat.

Als wir zusammen in Alexandrien waren und durch die Gasse der Ersatzteilhändler fuhren, hatte Lamis sich nur mit Mühe beherrschen können, nicht nach guterhaltenen Stoßstangen für ihren alten ägyptischen Fiat zu suchen, mit dem sie in Kairo unterwegs war. Aber wahrscheinlich wäre es ihr peinlich gewesen, vor den Augen des Fahrers, mit dem wir gekommen waren, im Altmetall zu wühlen.

Während ich noch die vielen kleinen Statuen des Gottes Bes im Kopf hatte, die das ägyptische Haus beschützten. Ein Gott in Zwergengestalt, der über Liebe, Ehe und Geburt wachte und mit seiner Hässlichkeit die bösen Geister abschreckte. Dazu die alte Geschichte, dass die gedrungensten Männer über die größten Geschlechtsteile verfügen.

Da war auch ein Übergang, der Übergang schlechthin, Kom El-Shuqafa, die Katakomben. Wir stiegen auf niedrigen, ausgetretenen Steinstufen eine Spirale hinunter, umgeben von jahrtausendealtem Tod. Römisches, griechisches, pharaonisches Gestorbensein, Schiebegrab um Schiebegrab. Versteinerte Überlagerungen. Ein Raum zum Verzehren des Leichenmahls. Säulen mit Papyruskapitellen, Pylonen als bärtigen Schlangen, die den Kiefernzapfen des Dionysos und den Stab des Hermes tragen sowie die ägyptische Doppelkrone. Griechische Sarkophage und davor Anubis als römischer Soldat verkleidet samt einem anderen Gott mit Hundekopf und Krokodilsgliedern, die beide

Wache halten. Je tiefer, desto älter. Am ältesten aber ist das Grundwasser.

Ich bekam eine Gänsehaut und wollte umkehren.

Keiner der Sarkophage wurde je benutzt, sagte Lamis, und ihre Locken ringelten sich wie die Schlangen auf dem Kopf der Medusa. Alles nur zum Schein.

Ich falle immer öfter in den Schacht der Zeit und greife auf Geschichten zurück, die nicht nur keine Mitte haben, sondern nicht einmal Geschichten sind. Lose Anfänge und lose Enden, die sich irgendwo in der Tiefe der Jahre verlieren. Anleihen hier – Anleihen dort. Für dazwischen fehlt der Tonträger, fehlen Bildmaterial und der Eindruck, den etwas auf der Zunge hinterlassen hat.

Ich wende mich an Thot, der sich die Hieroglyphen ausgedacht hat, vielleicht auch die ganze Welt, an den Gott mit dem Ibiskopf, der gelegentlich als Affe auftritt.

Gib mir einen Hinweis! Wie hast du es bloß angestellt, die Sonnenkatze nach Memphis zurückzuholen? Die so wütend werden konnte, dass ihr Rücken zu glühen und ihr Fell zu rauchen begann. Mit welchen Geschichten hast du sie auf den Weg gebracht, mit welchen Kunststücken in der Gestalt des Kätzchens festgehalten? Die doch jederzeit zur Löwin werden konnte? Gib zu, du hast auch getanzt vor ihr, dich zum Narren gemacht, um sie zum Lachen zu bringen. Und du hast moralisiert, Götter dürfen das, Schreiber nicht.

Lamis, Ibis und Abbas. Dieser Titel wird mir noch das Genick brechen, sagte ich bei meinem letzten Besuch.

Nimm einen anderen, erwiderte Lamis.

Es ist unsere Geschichte, deine, meine und die von Abbas.

Von welchem Abbas?

Das ist das Problem.

Wenn es unsere Geschichte ist, was ist dann das Problem?

Dass wir keine gemeinsame Geschichte haben.

Und Ibis?

Thot mit dem Ibiskopf.

Der Schreiber?

Es geht schließlich ums Schreiben.

Aber welcher Abbas?

Einer, der weit zurückliegt, wahrscheinlich zu weit.

Dann schaff den Sand weg. Du musst *blasen* oder kehren. Man merkt immer gleich, dass Lamis in Wien studiert hat.

Wie soll ich ihn denn wiedererkennen, den Abbas von seinerzeit?

Indem du ihn beschreibst.

Ausgesprochen hochgewachsen, mit grünen Augen und einer Pockennarbe auf dem linken Wangenknochen. Oder war sie rechts? Eine Pockennarbe wie ein an derselben Stelle mehrfach aufgedrückter Stempel, dessen Konturen sich übereinandergeschoben haben, so dass sie unleserlich geworden sind.

Grüne Augen?

Nein, nicht Abbas. Grün waren die Augen seines Freundes, der ihm wie ein Schatten folgte. Sie wohnten zusammen, als sie seinerzeit in Wien studierten, Abbas Hoch- und Tiefbau, sein Freund Pharmazie. Die Augen von Abbas waren braunschwarz, von dichten schwarzschwarzen Wimpern umrandet, wie mit Kajal nachgezogen. Auch sein Haar war schwarz und zu kurz geschnitten, als dass man sagen hätte können, es sei lockig gewesen. Das Haar seines Freundes war glatt, länger und glatt, an den Enden aufgebogen wie die Schwanzfedern eines Erpels.

Wie hieß dieser Freund?

Weiß ich nicht mehr.

Würdest du ihn wiedererkennen? Es gibt nicht so viele Menschen mit grünen Augen in Ägypten.

Mit nilgrünen Augen.

Der Nil ist schlammfarben.

Jedenfalls war er der Auffälligere. Und ohne Pockennarben. Ein bisschen Akne vielleicht oder die Schnittspuren einer Nassrasur. Aber das war nicht Abbas.

In Wien, sagst du?

Es war Winter und sie trugen Dufflecoats. Wenn es kalt wurde, wickelten sie sich einen Schal um die Nase und zogen die Kapuze über die Ohren. Zwei Ägypter im Schnee.

Was für ein merkwürdiges Wort: *seinerzeit*. Nur *unsereiner* ist noch merkwürdiger. Wessen Zeit kann damit gemeint sein? Eine Zeit, die nach Menschen benannt ist? Eine Augusteische, eine Napoleonische, eine Metternichsche Zeit? Oder eine Zeit der neuen Abbassiden, junger Männer namens Abbas, die im letzten Jahrhundert in Wien studiert haben?

Wer hatte damals nicht alles in Wien, Graz, Leoben und Innsbruck studiert. In den Gängen der Hochschulen wurde viel Arabisch, Türkisch, Persisch und Griechisch gesprochen, und die Vermieterinnen wurden sogar ihre Substandardzimmer los. Aber bitte keinen Damenbesuch! Und drückten dann doch ein Auge zu. Was die Völkerverständigung vorantrieb. Die Zeit war noch nicht reif für einen neuen Rassismus, und der alte versuchte gerade, sich in seiner Unterschwelligkeit einzurichten.

Hast du genügend warme Sachen dabei? Die Standard-Frage. Lamis wirft einen skeptischen Blick auf meinen Koffer. Das Wetter ist unbeständig, am Tag schon warm, wenn nicht gerade ein kalter Wind von der Wüste her weht. Nachts klirren dann die Sterne.

Diesmal ist es März, der Frühling fängt bald an. Die erste Ernte wird demnächst eingefahren.

Wart es ab, sagt Lamis. Du wirst schon noch sehen, wie du frierst.

Ich habe sogar einen Mantel mit. Wie schon oft, hat mir die Vorstellung einen Streich gespielt, dass es in Ägypten um diese Zeit warm zu sein hat.

Das nennst du Mantel? Das ist nur ein Regenschutz. Denk an Alex, und wie du damals sogleich Halsschmerzen bekommen hast und bei *Abou Ashraf* kaum schlucken konntest.

Abou Ashraf war ein Fischrestaurant, von dem Lamis, während wir durchs Delta fuhren, schwärmte. Ich hatte mir etwas mit

Blick aufs Meer vorgestellt, aber es war ein Schluf, mitten in der Stadt, mit einem weißgrünen Zeltvorhang. Es gab Plastikteller mit Restaurant-Aufdruck, und über dem Schluf, zwischen den angrenzenden Häusern, hing eine giftgrüne Abdeckung aus Wellplastik.

Ich hatte tatsächlich Halsschmerzen. Weniger von der Kälte als von der Kairoer Luft, an die, schwer von Metallen und dem Ausstoß von Millionen Herden und Auspuffrohren, meine Kehle sich erst wieder gewöhnen musste. Nicht einmal die salzige Luft an der Corniche wollte helfen.

Da fahre ich extra mit dir nach Alex, damit du erfährst, wie ein ordentlicher Fisch zu schmecken hat, und du bringst kaum etwas runter.

Die Fische bei *Abou Ashraf* rochen leicht nach Holzasche und waren von so zartem Fleisch, dass ich die Halsschmerzen bald vergaß. Dazu gab es eine Paste aus gemahlenen Sesamkörnern und Olivenöl, die den Gaumen streichelte. Nur den Salat schenkte ich mir, des Essigs wegen.

Auf der Rückfahrt von Alex nach Kairo machte Lamis mich auf die weißgekalkten Taubenschläge aufmerksam, die aus den Höfen der Landsitze wie Wahrzeichen in den Flachlandhimmel ragten. Die Einfluglöcher bildeten ein Muster, das als Verzierung erschien, mit terrakottafarbenen Pinselstrichen sparsam akzentuiert. Tauben werden überall in Ägypten gegessen.

Wir hielten an, um Tee zu trinken und ein paar Schritte zu machen. Da war ein kleiner Zoo, der die Vorbeifahrenden zur Rast einlud. Zwei traurige Paviane hockten auf einem abgeschnittenen Ast in ihrem Käfig. Plötzlich geriet ein Papagei mit abstehenden Kopffedern in Panik und attackierte kreischend das Gitter seiner Volière. Das Krokodil lag nicht in seiner Pfütze oder hatte sich so gut getarnt, dass wir es in der schlammigen Brühe nicht ausmachen konnten.

Eine Schulklasse kam uns entgegen, kleine Mädchen zwischen acht und zehn. Als Lamis etwas auf Deutsch zu mir sagte, begrüßte jedes mich einzeln, wollte wissen, woher ich kam und wie es mir ging. Sie alle hießen mich in Ägypten willkommen und sagten ein paar Worte auf Englisch. Einige von ihnen gaben mir sogar zweimal die Hand, einmal zur Begrüßung und einmal zum Abschied.

Den Löwen bemerkten wir erst, als wir wieder ins Auto stiegen. Er schien harten Stuhlgang zu haben und drückte und drückte mit dem Rücken zu den Besuchern, bis sich endlich ein paar Kotkügelchen lösten und er sich erleichtert zu Boden warf. Gleich darauf kamen ein paar Kieselsteine geflogen, offensichtlich wollte sich das Publikum vom König der Tiere nicht ignorieren lassen.

Langsam entspanne ich mich. Nach einem Flugzeugsitz erscheint jeder Autositz bequem. Und überlege, ob ich den Fahrer, der mich vom Flughafen nach Agouza bringt, bitten soll, wenigstens eines der Fenster zu schließen. Von wo ich herkomme, hat man panische Angst vor Zugluft. Er ist Kopte, ich kann es an dem Medaillon um seinen Hals erkennen.

Das Museum ist noch immer gesperrt, hat Lamis mir gemailt. Entweder haben sie kein Geld für die Neugestaltung, oder es laufen ihnen die Handwerker davon.

Wir hatten Glück gehabt, damals vor fünf Jahren. Ein paar Tage nach unserem Besuch wurde es geschlossen. Wegen Renovierung, wie es hieß. Auf dem Weg dorthin bin ich zum ersten Mal in Kairo U-Bahn gefahren. Klaustrophobisch, murmelte ich, wie zur Verteidigung. Lamis hörte es nicht oder wollte es nicht hören.

Alles an dieser U-Bahn ist perfekt, sagte sie und schob mich ins Wageninnere.

Unzählige Gesichter, Leiber, Bruchstücke von Sätzen, die mir allesamt zu nahe kamen. Beim Umsteigen hielt ich mich an ihrem Arm fest und schloss die Augen. Im anderen Wagen konnte ich die Beschleunigung förmlich riechen und machte mich so klein wie möglich, um ein wenig Raum um mich zu schaffen.

Wir hatten einen Blick auf das Ende des Apokryphons des Johannes- und auf den Anfang des Thomas-Evangeliums werfen können, nämlich auf die Originale, die man gegen Ende des 4. Jahrhunderts in Nag Hammadi verscharrt und 1945 dortselbst wieder aufgestöbert hat. Rein zufällig.

Leider durfte ich den Finger nicht darauf legen. Nicht einmal auf das Glas, unter dem die ausgefransten Schriftseiten lagen. *Don't touch!* Es juckte mich, wenigstens den Frosch auf einer Lampe aus gebranntem Ton, Symbol der Wiederauferstehung des Fleisches, zu berühren, wie Thomas die Wundmale seines Herrn berührt hat, widerstand dann aber der Versuchung.

Die Kopten sind die eigentlichen Nachfahren der Ägypter, sagte Lamis, auch wenn wir inzwischen alle Araber sind.

Aber die Sprache gibt es noch?

Ja natürlich. Und nur deshalb konnte der schlaue Champollion die Hieroglyphen entziffern. Er unternahm es, Koptisch zu lernen, weil er einen Zusammenhang mit dem alten Ägypten vermutete. Ja er führte in dieser Sprache sogar ein Tagebuch. Plötzlich hatte er eine Eingebung, worauf er die Entzifferung über das Koptische versuchte. Und stell dir vor, es hat funktioniert.

Ich hatte geglaubt, auf einem der gewebten Stoffe das Gesicht von Abbas zu entdecken, die schwarz umrandeten Augen und die kurze Frisur, die Locke für Locke nachgestickt war oder gewirkt, jedenfalls deutlich wahrnehmbar. Nur das Diadem stammte aus einem anderen Zusammenhang.

Um uns nicht vollkommen zu erschöpfen, tranken wir zwischendurch Tee auf dem Platz vor dem Museum.

Hast du *Aufruhr der Engel* von Anatole France gelesen? Der Tee wurde in Gläsern serviert, und man konnte dem Zucker beim Schmelzen zusehen.

Ich schüttelte den Kopf.

Du kennst also Satans erhabenen Traum nicht? Und wie er nach dem Erwachen auf die Eroberung des Himmels verzichtet? *Denn Krieg erzeugt Krieg und Sieg Niederlage*. Der besiegte Gott wird zu Satan, und der siegreiche Satan wird zu Gott! Und so weiter und so fort, wie bei den Israelis und den Palästinensern.

Ein paar Tage später hatten wir uns in aller Früh zum Kloster des hl. Antonius aufgemacht, durch all die Braun- und Rosatöne, die sich an den Rändern der Wüste zum Weißblau des Himmels hin lichteten. Jenseits des Fahrstreifens hoben und senkten sich in mehreren Böen Papier- und Plastiksäcke. Nur die Palmen und die Kirchturmspitzen überragten die Klostermauern. Der Fahrer stellte den Wagen in den Schatten und legte sich auf die beiden Vordersitze, um ein wenig zu schlafen. Äußerlich und innerlich wehrhaft, hatten die Ordensbrüder ein eigenes Versteck für die Hostien und den Wein im Fall eines Überfalls.

Die Zahl der Mönche hatte in den letzten Jahren stark zugenommen. Sie sahen apart aus in ihren schwarzen, gelbbestickten, enganliegenden Kapuzen und den knöchellangen schwarzen Kutten. Man konnte sie in kleinen Gruppen übers Areal gehen sehen. Trafen sie aufeinander, begrüßten sie sich ausführlich mit Verbeugungen und Küssen, schwatzten miteinander und verabschiedeten sich wieder mit Verbeugungen und Küssen.

Endlich hatte Lamis den Mönch gefunden, den sie von früher kannte. Sie ging auf ihn zu, er blieb stehen, hochgewachsen, gutaussehend und schlank.

Lamis, kleingewachsen, gutaussehend und rund, sprach zu ihm empor, er beugte sich zu ihr herab. Von Ferne sahen sie aus wie Halbmond und Stern.

Mir fiel die Geschichte von Hylarion beziehungsweise Hylaria wieder ein, die mir ein Mönch in Wadi Natrun erzählte. Hylaria war eine Tochter des Kaisers von Byzanz, die von zu Hause weggelaufen und als Hylarion Mönch in Wadi Natrun geworden war. Sie, das heißt er, hatte die Gabe zu heilen und heilte die eigene Schwester vom Wahnsinn, indem er sie mit in seine Zelle nahm, sie küsste, mit ihr betete und sie auf solche Weise beruhigte.

Als der Kaiser davon erfuhr, drohte er, die Klöster von Wadi Natrun zerstören zu lassen, dermaßen empört war er über den küssenden Mönch. Daraufhin reiste Hylarion nach Byzanz, um Gnade zu erflehen, und entdeckte sich der Kaiserin, seiner Mutter, als Hylaria. Danach lebte er (sie) weiter, unerkannt, in Wadi Natrun. Erst bei seinem (ihrem) Tod fanden die Mönche heraus, dass ihr Mitbruder eine Frau gewesen war. Der Kaiser von Byzanz war zum Begräbnis seiner Tochter angereist, erzählte den Mönchen ihre Geschichte und entsandte Truppen zum Schutz der beiden Klöster gegen die Berber.

Lamis hat eine Schwäche für koptische Mönche. Hättest du Lust, als Hylarion eine Weile mit ihnen zu leben? Lamis hatte mich angesehen, als zweifle sie an meinem Verstand.

Die Jüngeren sehen fast alle gut aus. Wäre doch reizvoll, oder?

Du immer mit deinen Anzüglichkeiten.

Ich könnte es mir ohne weiteres vorstellen. Und plötzlich bringen sie dich, damit ich dich vom Wahnsinn heile.

Schon gut, schon gut. Vergiss bloß nicht, dass du nicht die Tochter des Kaisers von Byzanz bist.

So weit war das Rote Meer nicht entfernt, dass es sich nicht gelohnt hätte, schwimmen zu gehen. In einem der Strandzelte konnten man sich umziehen. Der Eintritt war hoch und an Konsumation gebunden, dafür standen ein paar Sicherheitsbeamte herum und behielten alles im Auge.

Im Wasser tobten Kinder im schulpflichtigen Alter, die Augen rot vom Salzwasser, in dem sie sich mit viel Gekreisch und Gekicher gegenseitig untertauchten. Einige der älteren Schwestern stapften in bodenlangen Kleidern und mit Kopftüchern zwischen den Wellen hin und her. Durch die nassen Gewänder zeichneten sich ihre Körper mitsamt den keimenden Brustknospen deutlich ab.

Wir blieben nur gerade so lange, wie man braucht, um in dem von einer Brise aufgerauten Meer ein paar Tempi zu schwimmen. Der Wind nahm zu, und Lamis beklagte sich über losgerissene Algenstränge und sonstige Trübungen des Wassers, vor denen ihr grauste.

Auf der Rückfahrt waren wir wieder bei den *aufrührerischen Engeln* angelangt, die über Jahre hin auf Paris herabgeregnet waren, alle Arten von Engeln, Cherubim, Seraphim, Throne und Mächte, Erzengel und einfache Schutzengel. Sie sollten sich zur

Wiedereroberung des Himmels rüsten, auch wenn einige von ihnen inzwischen ein schlichtes Leben in menschlichen Zusammenhängen vorgezogen hätten und persönlich ihren Frieden mit Jaldabaoth, dem großkotzigen alten Demiurgen, gemacht hatten.

Das Buch war ursprünglich 1914 in Paris erschienen, kurz vor Ausbruch des Ersten Weltkriegs. Wer war da mit Jaldabaoth gemeint? Kaiser Wilhelm oder Kaiser Franz Joseph? Oder ganz jemand anderer?

Denkst du, dass die Engel für die jungen Abbasse standen, die damals schon nach Europa oder Amerika zogen, weil sie wussten, dass in ihrem Himmel etwas faul war, vor allem, dass er nicht für sie bestimmt ist?

Das wäre zu einfach gedacht.

Und warum?

So interessant die Idee von Satan, der sich plötzlich in Jaldabaoth erkennt, auch sein mag, wer verzichtet da am Ende worauf? Und wie glaubhaft ist die Geschichte des Friedens, solange Michael sein Schwert schwingt?

Ich dachte, du magst Engel, die sich im Getümmel des Aufruhrs behaupten.

Im Gegenteil, ich mag dieses Buch, weil es den Krieg in die Gemüter der Engel und Engelinnen verlegt und Satan klarmacht, dass sie, die himmlischen Geister und erhabenen Dämonen, ihren Tyrannen Jaldabaoth erst dann besiegt haben werden, wenn es ihnen gelungen ist, die Furcht und die Unwissenheit in sich selbst zu vernichten.

Amen, sagte ich und bekreuzigte mich.

Die Kopten sind auch nicht besser, hatte Katrin am Abend, nachdem ich vom Antonius-Kloster zurückgekommen war, behauptet. Damals wohnte ich bei ihr in Zamalek. Sie arbeitete an der Botschaft, betreute meine Vortragsreise, erstellte Routen und sorgte dafür, dass ich überall zeitgerecht hinkam. Sie war mit einem Levantiner aus dem Libanon verheiratet, der in Oxford das College besucht hatte. Seine Mutter war Engländerin und hatte ihn jahrelang am Klavier unterrichtet. Er sah aus wie Alec Guinness, und als er herausfand, dass ich gerne Granatapfelkerne aß, löste er mir zum Frühstück immer welche aus. Er war das Abbild eines britischen Gentleman, nur wenn er über Politik sprach, vor allem über nahöstliche, konnte er drastisch werden.

Ich fragte Katrin, wie sie das mit den Kopten gemeint habe, und da sie sich noch immer einer mädchenhaften Sprache bediente, deutete sie bloß an, dass auch die Kopten ihre Frauen beschneiden ließen. Inzwischen täten sie es aber immer seltener, da das Gerücht ausgestreut worden war, es handle sich dabei um einen *muslimischen* Brauch. Ein Argument, das zu greifen schien.

Und was sagt dein Mann dazu?

Er ist Christ, sagte sie, aber nicht Kopte.

Und Lamis?

Ist auch keine Koptin. Sie interessiert sich nur für alles Koptische.

Später hatte Lamis mir zum Abschied eine CD mit koptischen Hymnen gebrannt. Dem Beipackzettel des Originals war zu entnehmen, dass diese Hymnen 2000 Jahre lang von der koptischen Kirche bewahrt und im Gedächtnis behalten worden waren, vornehmlich von blinden Sängern, da Blinde ein besseres Merkvermögen hätten und sich leichter täten, die Texte der insgesamt mehr als 575 Hymnen auswendig zu lernen, die noch pharaonische Wurzeln hätten. Eine Zeitlang hörte ich sie mir immer an, wenn ich bügelte. Meine Finger wärmten sich an der Arbeit und mein Herz am Chorgesang der Mönche.

Nächstes Mal wohnst du bei mir, hatte Lamis gesagt, als ich sie zum ersten Mal in ihrer Wohnung in Agouza, einem Stadtteil westlich des Nils, besuchte. Sie zeigte mir das Gästezimmer, das einstweilen als Abstellkammer diente. Sie hatte die Tür bloß einen Spaltbreit geöffnet, so dass ich nur Körbe voller Bügelwäsche sah und die Stoffe, aus denen sie Vorhänge nähen wollte.

Es war eine Wohnung wie auf einem Zauberberg, hoch oben im 13. Stock, mit Blick auf die umliegenden Dachlandschaften, auf denen sich die Wüste wieder einnistete. Die meisten der Flachdächer schienen nicht oder nur spärlich bewohnt, und die Stürme schleppten genügend Sand herbei, um eine fahle Dünenlandschaft entstehen zu lassen, aus der Parabolantennen in derselben Ockerfarbe wuchsen, riesigen überirdischen Pilzen gleich, deren Kappen der Wind nach außen gestülpt hatte.

Die Südwestseite bestand aus einer Reihe von Schiebefenstern mit einer Extension davor, einer gewagten Stahlkonstruktion, die mit Schilfmatten ausgelegt und von einer Markise beschattet war. Sie durfte gerade noch betreten, nicht aber *bewohnt* werden.

Lamis' geheimer Garten mit Töpfen voller Oleander, Kakteen und Christusdorn, der auf Arabisch Höllenblume heißt und erst zu blühen beginnt, wenn man aufhört, ihn zu gießen. Damit der Wind die Töpfe nicht zu sehr austrocknet, hatte Lamis Bewässerungsschläuche gelegt, die täglich um drei Uhr nachmittags zu tröpfeln begannen.

Damals hatte sich zum ersten Mal diese zimtfarbene Taube unterm Sonnensegel eingestellt, die einerseits mit schief gehaltenem Kopf auf die Wassertropfen spähte und uns andererseits misstrauisch betrachtete. Lamis hielt sie für ein schlechtes Omen, da sich der Tod ihres Vaters vor Jahren ebenfalls durch eine Taube angekündigt hatte. Hinzu kam, dass wir gerade mit Reis gefüllte Tauben aßen, die Lamis aus einer Taubenbraterei hatte kommen lassen. In diesem Zustand ähnelten sie jedoch gegrillten Fledermäusen.

Das ist eine Wildtaube, die aus dem Jemen kommt. Lamis deutete auf die schöne Zimtfarbene, die mit ihrem schwarzen Halsband am ehesten einer Türkentaube glich.

Diese Tauben werden nicht gegessen. Es klang wie eine Botschaft an das schlechte Omen.

Ich hatte schon damals meinen Platz auf der Sitzbank vor den Schiebefenstern gefunden, und während wir Tee tranken und dazu etwas Süßes aus Nüssen aßen, das in weichem Zuckergelee steckte, entdeckte ich das rosa Haus mit den weißen Fensterrahmen samt den lindgrünen Stuckschabracken, und während ich es immerfort anstaunte, verwandelte es sich in einen Feenpalast, der – für alle anderen unsichtbar – inmitten dieser ockerfarbenen Wohnblöcke, allein und auf sich gestellt, in seiner eigenen Geschichte lebte.

Es war November, und die Sonne ging zeitig unter. Eine Viertelstunde bevor der Gebetsruf ertönte, begannen die Ibisse aufzufliegen, um die Eukalyptusbäume am Rande des Zoologischen Gartens noch vor Einbruch der Dunkelheit zu erreichen. Es war nicht zu erkennen, von welchem Tagesaufenthalt sie sich für die Nachtruhe trennten, doch mit einem Mal erfüllten sie den Luftraum über den Dächern, und mir schien, dass sie alle aus dem rosafarbenen Haus aufflatterten, so als habe jemand an der Rückseite eine Dachluke geöffnet, aus der nun unzählige Ibisse aufstiegen, die sich alle in den großen Schwarm einfügten und in dieselbe Richtung davonzogen.

Von da an dachte ich, wann immer ich an Kairo dachte, auch an das rosa Haus und die weißen Ibisse, die zu ihren Schlafbäumen flogen. Von Zeit zu Zeit tauchte das rosa Haus sogar in meinen Träumen auf.

Vor eineinhalb Jahren hatte ich in einem Hotel in Zamalek gewohnt, weil Katrins Mann bereits schwer erkrankt war und zu Hause gepflegt wurde. Sie hatte für mich im *Florestan* gebucht, das einer Ägypterin gehörte, die längere Zeit in Deutschland gelebt hatte. Ich bezog ein Zimmer mit einem pompösen Doppelbett mit Seidenüberwurf und einem duftenden Liliengesteck, das vor einem Spiegel auf einem schwarzlackierten Sideboard stand. Die vier Wände waren jeweils in einer anderen Farbe gestrichen, und die Nachttischlampen verfügten über zwei Birnen und zwei Schalter. Es war das Zimmer, in dem der Vater der Besitzerin bis zu seinem Tod gelebt hatte.

Katrin war gleich nach meiner Ankunft mit einer österreichischen Freundin vorbeigekommen, um sich von der Angemessenheit des Zimmers zu überzeugen. Ihre Freundin hatte acht Jahre in Kairo Deutsch unterrichtet und ein neuntes *lustvoll*, wie sie betonte, in der Stadt vertrödelt. Nun unterrichtete sie in Brasilien und war auf Kurzurlaub in Kairo, weil sie Kairo liebte.

Wieso ausgerechnet Kairo?

Sie lächelte nachsichtig. Warum nicht? Spätestens wenn man gelernt hat, ein Auto durch diese Art von Verkehr zu lenken, fängt man an, Kairo zu lieben.

Gleich darauf kam Lamis. Wie Katrin trug auch sie ein dickes Tweed-Sakko und dazu einen Schal. Sie roch nach Zitronenverbenen, und während wir so dasaßen und uns, ein wenig befangen, gegenseitig auf Veränderungen hin abtasteten, spürte ich, wie die Temperatur mit dem Dunkelwerden schlagartig abfiel. Es tat mir schon leid, dass ich nicht auch so ein dickes Sakko mitgebracht hatte, sondern nur einen leichten Staubmantel, der mich vor Wind und Regen, nicht aber vor nächtlicher Kälte schützen würde. Aber wann regnete es schon in Kairo.

Ich zeige dir die Stadt bei Nacht, sagte Lamis, und von oben. Von ganz oben.

Sie bestand darauf, dass auch ich einen Schal nahm, und als ich wissen wollte, wohin wir gehen würden, murmelte sie, Überraschung.

Sie hatte ein dickes Kissen auf dem Fahrersitz liegen und fuhr, wie man in Kairo fährt, im Vertrauen auf den Überlebenswillen der Menschen, scharf beobachtend, andauernd hupend, die Körpersprache der anderen entschlüsselnd, und dabei noch imstande, sich mit mir zu unterhalten.

Mir wurde bald klar, dass sie mich ins kürzlich neu eröffnete *Grand Hyatt*, das ehemalige *Meridian*, das unmittelbar am Nil liegt, einladen wollte, was mich verwunderte, da sie ansonsten eher kleine Restaurants in Bodennähe vorzog. Es musste etwas Besonderes sein, worauf sie mich aufmerksam machen wollte.

Während sie sich mit ihrem alten Fiat in Haarnadelkurven zum vierten Deck der Tiefgarage hinunterzwängte, stellte sie mit Befriedigung fest, dass sich die entgegenkommenden Männer in ihren Limousinen vor ihr ängstigten. Offenbar bangten sie um Lack und Karosserien.

Ich schlitterte übergangslos in die fatalistische Phase. Selbst als der Lift in den vierzigsten Stock hinaufstob, rührte sich nichts in mir als der Magen.

Als wir am Gipfel des Hotelfelsens angekommen waren, bei den Lichtschnüren des Foyers von *The Revolving Restaurant*, spürte ich eine gewisse Erleichterung und hatte nicht einmal das Gefühl, auf schwankendem Grund zu stehen.

An der Decke des inneren Kreises drehten sich glitzernde Himmelskörper, die aus verschiedenfarbiger Perlenstickerei gefertigt schienen und eher spießig wirkten. Auch war die Beleuchtung viel zu schummrig, um Lust aufs Essen zu machen.

Das ist, damit man die Lichter der Stadt besser wahrnimmt, sagte Lamis.

Wir hatten uns fast vier Jahre nicht gesehen, und wie immer in einer solchen Situation wollten wir alles auf einmal voneinander erfahren. Es hatte sich vieles aufgestaut in dieser Zeit, war aber noch zu gut verpackt und abgelegen, als dass wir es sogleich zur Hand gehabt hätten. Das Zwiegespräch war noch nicht so recht in Gang gekommen. Und so schauten wir abwechselnd auf die Speisekarte und auf die gleißende, schattenspuckende Stadt zu unseren Füßen.

Der Turm von Zamalek, der bei Tageslicht aussah, als stecke er in einem rautenförmigen Styropornetz, wie es für Tafelobst üblich ist, kam seiner Funktion als Wahrzeichen widmungsgetreu nach. Auch auf ihm hatte es einmal ein *sich drehendes Restaurant* gegeben, doch als der Mechanismus kaputtging, hatte man das Restaurant Restaurant sein und den Turm einfach stehen lassen, als *Zahn der Zeit* sozusagen.

Die Lichter reichten bis zum Horizont, und das in allen Richtungen, in die wir uns nacheinander drehten. Die farbigen Glühbirnen über den Hausbooten entlang des Nils, die Clubs und Restaurants an den Ufern, die breiten Straßen, die die verschiedenen Viertel miteinander verbanden oder trennten, je nachdem, wie man es sehen wollte. Die überlebensgroße Ramses-Statue am Bahnhof, die Insel Zamalek mit ihren Villen im europäischen Stil, die Stadions … wir wurden gar nicht fertig mit dem Fingerzeigen auf alles, was wir da von oben wiedererkannten. Am südwestlichen Rand dann Gizeh mit Dutzenden von Scheinwerfern und Reflektoren. Dazu die Lichtspuren der nächtlichen Flugzeuge, die so etwas wie eine freischwebende Kuppel über der nächtlichen Stadt suggerierten.

Wir hatten Dorade mit Gemüse bestellt und dazu je ein Glas Weißwein, einen Pinot blanc mit dem Namen *Obelisk*. Selbst bei der barmäßigen Beleuchtung ließ sich erkennen, dass er die Farbe von Sherry hatte. So lag er dann auch auf der Zunge, allerdings wie gewässerter Sherry.

Dieser Wein schmeckt nicht nach Wein, sagte Lamis und ließ ihn zurückgehen, sehr zur verächtlichen Verwunderung der Kellner, denen es schon peinlich genug zu sein schien, zwei Frauen, die alleine gekommen waren, zu bedienen.

Lamis, die tapfere Lamis, verzichtete auf Ersatz, nicht ohne für mich ein Glas *Cou de Ptolémeés* zu ordern, der zwar ein wenig nach Weihrauch roch, aber zu dem Fisch passte. Lamis trank selten Alkohol, und wenn, dann nur in Gesellschaft von Europäern, sozusagen aus Höflichkeit.

Es war Donnerstag, der Ausgehtag vor dem arbeitsfreien Freitag, und das Restaurant begann sich zu füllen. Angeblich schlafen die meisten ein paar Stunden, bevor sie sich den Strapazen eines ägyptischen Mahls aussetzen.

Wir hatten das meiste ausgelassen, was zu einem solchen Mahl gehört, bis auf das Bananenparfait, das Lamis mit Nachdruck empfahl, offensichtlich hatte sie es schon probiert. Und während wir mit unter dem Tisch gekreuzten Beinen auf die Rechnung warteten, erkannte ich plötzlich Abbas. Es ging wie ein Riss durch meinen Körper, wie wenn man im Traum von der Gehsteigkante ins Bodenlose fällt.

Ich sah einen schlanken, hochgewachsenen Mann Mitte dreißig allein an einem der Tische unmittelbar an der vorderen Glaswand sitzen und war überzeugt, Abbas zu sehen. Sein Haar hatte bereits ein paar graue Strähnen, schien auch ein wenig länger als damals und wellte sich. Eine senkrechte Falte hatte sich zwischen seine Brauen gegraben, der Bart – nein, er trug keinen Bart, nicht einmal einen Schnurrbart. Von der Kopfform her war es eindeutig Abbas, selbst wenn ich die stempelförmige Narbe auf dem Wangenknochen vergebens suchte.

Der Mann musste meinen Blick gespürt haben, denn er wandte sich für einen Augenblick mir zu und hob leicht befremdet die linke Augenbraue. Sein weißer Hemdkragen schimmerte bläulich in dem stumpfen Neonlicht, und als er mit der Hand nach seiner Serviette griff, konnte ich einen Siegelring erkennen.

Um nicht aufdringlich zu erscheinen, richtete ich meinen Blick auf die Pflanzen an den Balustraden und Gesimsen. Überall, wo auch nur ein Topf stehen konnte, grünte und wucherte es, eine beharrliche Demonstration gegen die Wüste, die vor den Toren Kairos hockt und die niemand hereinlassen will.

Aus den Augenwinkeln wagte ich noch einen Blick auf den allein essenden Abbas. Die Erkenntnis stieg heiß in mir auf, dass dies nie und nimmer Abbas sein konnte. Abbas wäre doppelt so alt als dieser Mann, und er würde nicht wie Abbas aussehen. Schon gar nicht wie der Abbas, den ich gekannt hatte.

Was ist? Siehst du Gespenster? Lamis hatte inzwischen bezahlt und wartete darauf, dass der Kellner mit ihrer Kreditkarte zurückkam.

Ich bin nur müde und schaue ins Narrenkästchen.

Ins Narrenkästchen? Den Ausdruck muss ich mir merken.

Diesmal sind es bloß eineinhalb Jahre, dass wir uns zuletzt gesehen haben. Ich erkenne die Sharia Wadi el-Nil wieder, weiß, dass ich bald da sein werde, und rufe Lamis nun doch aus dem Taxi an, nachdem ich ihre Nummer in meinem Taschenkalender gefunden habe. Sie entschuldigt sich noch einmal dafür, dass sie mich nicht am Flughafen abgeholt hat, aber es werde so viel gebaut da draußen, dass sie orientierungsmäßig vollkommen verloren gewesen wäre.

Schon kann ich sie, umgeben von den Bawabs, auf der Außentreppe stehen sehen. Gleich darauf umarmen wir uns heftig, und die Bawabs tragen mein Gepäck zum Lift.

Die Befangenheit, die sich beim letzten Mal kurzfristig in den

Vordergrund geschoben hatte, bleibt aus und macht einer Gerührtheit Platz, als Lamis mich in mein Zimmer führt und ich bemerke, mit wie viel Aufmerksamkeit sie es zurechtgemacht hat.

Auf der Kommode liegen sämtliche Ägypten-Bücher, die sie in Deutsch oder Englisch in ihrer Bibliothek finden konnte, sowie eine ihrer legendären Ansichtskartensammlungen, die sie innerhalb der letzten dreißig Jahre zusammengetragen hat, nämlich die ägyptische, einschließlich kolorierter Aufnahmen von hochzeitlich geschmückten Nubierinnen.

In der Küche hast du heute nichts zu suchen, sagt Lamis, nachdem ich ausgepackt habe. Heute sollst du dich als Gast fühlen und dich bedienen lassen, wie es sich für einen Gast gehört.

Ich setze mich sogleich an meinen alten Platz auf der Bank vor den Schiebefenstern und suche nach dem Feenpalast, der in meiner Erinnerung eine immer größere Rolle gespielt hat. Ich stelle fest, dass das Rosa ziemlich staubig geworden ist. Das rosa Haus steht auch nicht allein, wie ich es in Erinnerung hatte. An seiner rechten Seite klebt etwas, das wie ein zu schmal geratenes Parkhaus aussieht.

Lamis kommt mit zwei vollen Gläsern, und nach dem ersten Schluck mache ich meiner Enttäuschung Luft.

Das daneben ist ein Wasserreservoir. Lamis lächelt mitleidig, und dass die linke Seite des rosa Hauses nicht richtig verputzt ist – man sieht die Eisenträger, mit denen es in Stockwerke und Wohneinheiten unterteilt ist – bedeutet, dass sich demnächst auch an seiner linken Seite ein Gebäude anschließen wird. Bis dahin wird das Rosa noch mehr verblasst sein und sich kaum mehr vom Ocker der übrigen Häuser unterscheiden.

Lamis ist dieses Haus nie besonders aufgefallen, aber das liegt daran, dass ihrem Blick alles, was sie in den zehn Jahren, die sie in Agouza wohnt, von ihrem Fenster aus sieht, längst selbstverständlich geworden ist.

Die Erinnerung arbeitet nun einmal schlampig. Es ist Sekt der Marke *Aida*, den Lamis als Willkommenstrunk aufgemacht hat.

Lässt sich eigentlich die zimtfarbene Taube noch blicken, die dich damals so beunruhigt hat?

Du kannst die Uhr nach ihr stellen, jeden Tag. Und Omen hin oder her, ich habe mich an sie gewöhnt. Ja, es würde mir sogar etwas fehlen, wenn sie eines Tages ausbliebe.

Es ist halb sechs, und die Ibisse beginnen zu fliegen, in lockeren Schwärmen, die im Abendlicht leuchten und den Himmel weißen. Noch scheint die Sonne hell wie ein Pfirsich. Sobald die Ibisse verschwunden sind, färbt sie sich dunkler ein und kollert gegen sechs unverhofft hinter den Horizont, wo sie sang- und klanglos im Smog der Peripherie verschwindet.

Im selben Augenblick flammt die grüne Neonbeleuchtung der kleinen Moschee an der Straße unten auf, und der Muezzin schickt seinen Gebetsruf durch den Lautsprecher.

Das Essen ist fertig. Artischockenböden mit Zimtoberscreme, Weißkraut mit Sumak in Sonnenblumenöl gedünstet, Märzkarotten, süß wie das Zuckerrohr, das man bereits zu ernten beginnt, im Dampf gegart, mit Blauschimmelkäse-Dressing, das mit Zitrone verfeinert wurde, Zucchini mit Zwiebeln in Öl, Broccoli und Calamares mit roten Paprikaschoten.

Ägypten ist ein Gemüseland, sagt Lamis, dem Nil sei Dank. Drei Ernten im Jahr, davon können andere Gegenden nur träumen.

Wir essen, und die Anspannung, die das Fliegen noch immer für mich bedeutet, löst sich im Geschmack der Speisen auf. Die Geräusche des abendlichen Verkehrs bilden einen dicht gewebten Schallteppich, der in der Luft zu schweben scheint, immer ums Haus herum.

Lamis hat viel zu viel aufgetischt, wir schaffen nicht einmal die Hälfte.

Ich habe vorgekocht. Dann brauchen wir die Sachen morgen bloß zu wärmen. Lamis hat längst die Lichter angemacht, und ich bewundere, was sie mit ein paar *firka sudanis*, diesen braunschwarz-goldenen Stoffbahnen, die sich Nubierinnen am Tag ihrer Hochzeit um den Leib wickeln, alten Rattanmöbeln und Beistelltischchen aus der Wohnung gemacht hat. Ein ererbtes

Klavier und ein Esstisch mit Stühlen sind die einzigen kompakten Möbel, ansonsten gibt es nur Regale mit Büchern und Regale, auf denen Pflanzen stehen, sowie die alte Bank vor den Schiebefenstern.

Langsam finden wir in die gewohnte Gesprächssituation zurück: dein Standpunkt, mein Standpunkt, dein Alltag, mein Alltag, deine Vorhaben, meine Vorhaben. Lamis weiß wesentlich mehr über Europa als ich über Ägypten. In der Zwischenzeit habe ich versucht, lesend aufzuholen. Gamal Al-Ghitani, sage ich, *Das Buch der Schicksale* ist auf Deutsch erschienen.

Und? Wie findest du es?

Ich wusste nicht, dass es so viele ägyptische Gastarbeiter in Libyen, Saudi-Arabien und am Golf gegeben hat.

Irgendwo mussten die Ägypter Geld verdienen, nachdem es unter Sadat immer schlechter wurde.

Ein irakischer Schriftsteller, der in Deutschland lebt, hat behauptet, dass Al-Ghitani im Auftrag des irakischen Verteidigungsministeriums das Buch *Der Wächter der Ostfront* geschrieben hat, das den Mord an den Kurden preist.

Was willst du, sie haben hierzulande geringe Auflagen, werden zensuriert und gelegentlich eingesperrt. Kein Wunder, dass sie dort zu kassieren versuchen, wo für sie etwas zu holen ist.

Eigentlich fand ich die Erzählungen ziemlich nah am ägyptischen Leben, elendsecht und vertraut mit den Miseren.

Die Thematik bietet sich an, Ägypten ist voller Miseren.

Was mich geärgert hat, ist seine Beschreibung einer Zwölfjährigen, die als so geil und gewissenlos dargestellt wird, dass man meinen könnte, es gehe darum, die Beschneidung der Frauen auch literarisch zu rechtfertigen.

Das war immer schon das Hauptargument, nämlich dass junge Mädchen unter ihrer Sexualität zu sehr zu leiden hätten, also hilft man ihnen, indem man sie beschneidet.

Bist *du* eigentlich beschnitten? Ich verschlucke mich beinahe an der Direktheit meiner Frage.

In unseren Kreisen war das nicht üblich, sagt Lamis mit einem Anflug von Arroganz nach der ersten Schrecksekunde.

Was meinst du mit *in unseren Kreisen*?

Wissenschaftler, religiös gebildete Menschen. Mein Vater war Historiker, mein Onkel Theologe an der Al-Azhar. In solchen Familien wurde nicht beschnitten.

Und wenn doch, würdest du es mir nicht sagen.

Natürlich nicht. Ich würde dir sagen, dass du dich mit solchen Fragen zum Teufel scheren sollst.

Ziemlich übergangslos sehe ich den Magier, Dichter und Mystiker Dhun-Nun al-Misri einen kleinen blauen Volkswagen mit offenem Dach durch die Sharia Wadi el-Nil chauffieren. Was er wohl bei geschlossenem Dach mit seiner hohen spitzen Mütze macht? Das Krokodil liegt auf dem Rücksitz, die Schnauze auf die Lehne des Beifahrersitzes gestützt.

Du schaust schon wieder ins Narrenkästchen?

Ich habe mich kundig gemacht und kann den Text mittlerweile auswendig hersagen: Dhun-Nun sieht vierzig Tote auf der Straße liegen. Vierzig tote Kuttenträger. Er ruft Gott von seinem Handy aus an. Wie lange willst Du noch Gottesmänner töten? Es knackt in der Leitung, und das Krokodil gähnt herzzerreißend. Endlich antwortet Gott: *Ich mache sie zu Schatten auf meiner Straße und lasse dann die Sonne meines Angesichts aufgehen. Wenn die Sonne meines Angesichts aufgeht, wie kann dann der Schatten auf meiner Straße bleiben? Erklär's mir, Dhun-Nun, der du alles zu wissen glaubst! Aber lass dir's gesagt sein: Ich weiß es besser.*

Offensichtlich tritt auch Dhun-Nun hin und wieder in deinem Narrenkästchen auf.

Was heißt hin und wieder, ich werde ihn gar nicht mehr los. Seine spitze Mütze verfolgt mich, und ich erkenne sie sogar an unserem Kasperl wieder. Samt Krokodil.

Interessant, sagt Lamis, ich habe schon immer gedacht, dass er auf seinen Wanderungen auch nach Europa gekommen sein muss.

Dhun-Nun war ein Ägypter aus Nubien, der in Kairo gelebt hat und in Bagdad im Gefängnis gesessen ist, angeblich wegen kontroverser Glaubensauffassungen. Ungefähr zur Zeit Ludwigs des Frommen. Nur lebte Dhun-Nun etwas länger, den Quellen zufolge bis 859.

Der in Konya lehrende Mewlana, besser gesagt Celaleddin Rûmi, hat einige Jahrhunderte später ein Gedicht über Dhun-Nun geschrieben. Es geht ungefähr so:

Ich sah einen Jonas an der Küste des Ozeans der Liebe sitzen.
Ich fragte ihn: Wie geht es dir?
Er antwortete auf seine Weise:
Im Ozean war ich Futter für einen Fisch,
dann wurde ich gekrümmt wie der Buchstabe Nun,
bis ich zu Dhun-Nun wurde.

Das Ganze erhält einen doppelten Sinn, berücksichtigt man, dass Nun nicht nur der Buchstabe N im arabischen Alphabet ist, sondern im alten Ägypten die ungeschiedene Urmaterie bedeutete.

Als Person konnte er – wie die meisten Mystiker – ziemlich schroff sein. Als jemand ihn bat, ihm den größten Namen Gottes zu sagen, warf er ihn mit den Worten hinaus: Sag mir den kleinsten!

Man holte ihn zur Rettung von Menschen, die sich im Bauch eines Krokodils befanden. So ist er zum *Heiligen der von Krokodilen Verschluckten* geworden. Das Krokodil blieb immer an seiner Seite und er soll stets eine spitze Mütze getragen haben wie der Kasperl in unseren Puppen- und Schattenspielen.

Lamis hat zwei Aufsätze über Dhun-Nun geschrieben, der auch in den ägyptischen Schattenspielen öfter vorkommt, die vor allem bei den Beschneidungsfeiern der Söhne sowie bei den Mulids, den Geburtstagsfesten der Heiligen, aufgeführt werden.

Mit zwölf war ich im Internat, und wir haben oft Theater gespielt. Zwar keine Kasperlstücke mehr, aber es gab immer Possenreißer in den Stücken. Mädchen in diesem Alter können sehr komisch sein, nicht nur von ihrer Sexualität geplagt.

Warst du auch komisch?

Weiß ich nicht. Aber ich bekam immer diese Rollen. *Rumpelstilzchen* zum Beispiel.

Das von den Brüdern Grimm? Das ist doch eher zornig als komisch.

Trotzdem lachen alle, wenn *Rumpelstilzchen* sich den Fuß ausreißt. Ich durfte auch die Hexe in *Der Traum ein Leben* von Grillparzer spielen. Dabei musste ich zwei Becher vertauschen und brauchte immer zu lange, weil ich über meine Vermummung stolperte.

Du warst also komisch anstatt verliebt.

Natürlich war ich auch verliebt.

In wen? In einen Ministranten?

In eine Sechzehnjährige. Wir waren alle verliebt in Mädchen aus den höheren Klassen. Wir nannten es *verehren*. Jede suchte sich eine aus. Die hübschen Sechzehn- und Siebzehnjährigen waren immer gleich weg, und mir blieb nur ein Mädchen mit Brille, einem dicken Hintern und noch dickeren Beinen. Aber ich war entschlossen, sie zu *verehren*. Sie wurde sogar rot, als ich es ihr sagte. Von da an kam sie manchmal abends in unseren Schlafsaal und gab mir einen Gute-Nacht-Kuss, wie es auch die hübschen Sechzehn- und Siebzehnjährigen taten.

Spielte sie ebenfalls Theater?

Wir spielten alle Theater, in verschiedenen Gruppen, je nach Alter.

Ich hätte auch gerne Theater gespielt, als ich zwölf war.

Stattdessen warst du verliebt in deinen Französischlehrer. Oder war es der für Mathematik?

Weder noch, ich war in Jesus verliebt.

In Jesus?

In der Schule gab es ein Buch mit einem Bild von ihm, auf dem man ihn mit brennendem Herzen sehen konnte. Es traf mich in der Seele, und ich bat meinen Vater, mir alles zu erzählen, was über Jesus im Koran stand und in den Dichtungen der Perser, in denen Jesus öfter vorkommt. Ich wäre insgeheim sogar bereit gewesen, zum Christentum zu konvertieren. Aber als ich mich meiner Lieblingslehrerin anvertraute, fragte sie mich, welcher Konfession ich beitreten wolle. Da verlor ich augenblicklich die Lust dazu.

Findest du deswegen die koptischen Mönche noch immer attraktiv?

Ich bin auch mit anderen Mönchen befreundet.

Die Erotik des Asketischen.

Über die Musik. Ich hab dir doch von dieser Musik-Gruppe erzählt. Es sind auch einige Kopten dabei. Sie treten in der Concert-Hall of Egypt auf. Und mit dem Jesuitenpater, der in einem Kloster in Syrien lebt, korrespondiere ich seit Jahren über Dhun-Nun.

Gibt es auch einen Mulid zu Ehren von Dhun-Nun?

Ich glaube nicht, sagt Lamis, aber vielleicht kommst du zu dem von *Sayyida Zaynab*, einer Heiligen.

Leicht gesagt, aber ich bin nie in Ägypten, wenn diese *Mulids* stattfinden.

Da sind dann sämtliche Bewohner eines Viertels auf den Beinen. Es ist fast wie im Karneval, aber das heißt nicht, dass es einen Einfluss des europäischen Karnevals auf die *Mulids* gibt. Eher umgekehrt. Bei den *Mulids* kommt die Lebensliebe der alten Ägypter und ihre Freude am In-der-Welt-Sein wieder zum Vorschein, deshalb würden Islamisten und Fundamentalisten sie am liebsten abschaffen. Weil sie angeblich heidnische Wurzeln haben. Aber die Ägypter lassen sich ihre Feste nicht nehmen.

Während der *Mulids* ist die Welt verkehrt. Männer schminken sich und nehmen in Frauenkleidern am Umzug teil. Mitglieder der Sufi-Orden tanzen und geraten dabei in Trance, ja sogar in Ekstase. Einige von ihnen tragen spitze, aus Buntpapier gefertigte Hüte, bewegen sich rhythmisch, mit nichts als Boxershorts am Leib. Alle nehmen an der Prozession teil, auch die Frauen. Mit Kopftuch, aber nicht zu übersehen.

Es gibt *Mulids*, an denen Muslime und Kopten gemeinsam teilnehmen, und solche, die als koptische gelten, wie der Mulid von *Mari Girgis* – so heißt der heilige Georg auf Koptisch –, der südlich von Luxor am Westufer des Nils stattfindet. Die Besucher können dabei in Zelten übernachten. Diese Art von Eintracht war den Fanatikern immer schon ein Dorn im Auge. Von den Orthodoxen wurde die Heiligenverehrung stets als Verunreinigung des ursprünglichen Islam gesehen, so als wären diese so sehr geliebten und verehrten Heiligen tatsächlich eine Konkurrenz für den eifersüchtigen einen Gott.

Hat es je einen Anschlag auf eine dieser *Mulid*-Prozessionen gegeben?

Ich kann mich nicht erinnern, je von so etwas gehört zu haben, sagt Lamis.

Nicht dass ich Angst davor hätte. Es ist eher so, als gehe es um einen statistischen Wert, den man in Evidenz behält. Am Flughafen, als die Ankommenden zu den Schaltern der Passkontrolle und zu den Wechselstuben drängten, hatte ich einen Augenblick daran gedacht, wie es sein würde, wenn nun eine oder mehrere Bomben explodierten. Wie groß die Zahl der Opfer wäre, und ob das viele Glas, das beim Bauen verwendet worden war, insgesamt oder nur teilweise zu Bruch ginge. Es schien, wie ich mir gleich darauf sagte, der ungeeignetste Ort, um an einen Anschlag zu denken. Es war ziemlich unwahrscheinlich, dass jemand nach dem elften September mit einer Bombe am Leib all die vielen zeitraubenden Sicherheits-Checks für den Nahen Osten unentdeckt passieren könnte.

Ob Abbas je in die Nähe der Muslimbrüder oder der Dschihadisten geraten war, und wenn ja, als was? Als einer, der das soziale Engagement, oder als einer, der den Zorn als maßgeblich erachtete?

Manchmal schließen sich Menschen, von denen man es am allerwenigsten vermutet, militanten Gruppen an, sagt Lamis. So wie Ahmed Abd-el Quddus, der Enkel von Fatma el-Yussuf, einer der ersten öffentlich emanzipierten Frauen Ägyptens, die in den zwanziger Jahren die Zeitschrift *Rosa* (nach Rosa Luxemburg) gegründet hatte. Sein Vater war Ehsan Abd-el Quddus, ein Unterhaltungsschriftsteller, der Liebesromane verfasste. Ahmed ist als militanter Islamist vor Gericht gestellt worden.

Und einer der Söhne Nassers, Khaled Abd-el Nasser, der zu Zeiten Sadats in Libyen eine islamistische Widerstandsgruppe auf die Beine zu stellen versuchte, hatte es nur seinem Namen und dem Schutz Ghaddafis zu verdanken, dass er nicht hinter Gitter kam.

Der Muezzin aus der kleinen Moschee unten macht sich wieder bemerkbar. Lamis verzieht das Gesicht.

Die meisten dieser jungen Muezzine und Prediger sind ungehobelt und schlecht ausgebildet. Dabei kann der Ruf zum Gebet richtig ergreifend klingen, wenn jemand darin die erforderliche Kunstfertigkeit erworben hat. Die Koransänger sind übrigens die einzigen in Ägypten, für die es eine von Meistern beaufsichtigte Gesangsausbildung gibt. All die anderen Sänger, vor allem die nichtreligiösen, müssen sich mit der bloßen Nachahmung begnügen.

Wir tragen das Geschirr in die Küche und verstauen das Übriggebliebene in den beiden Kühlschränken. Ich versuche mir einzuprägen, wo was hingehört, wie der Spüler einzuräumen ist, wo Tee und Mineralwasser aufbewahrt werden. Ich möchte ein unaufdringlicher Gast sein, der seine Hilfe nicht anbieten muss, sondern die Handgriffe kennt, die zum Tagesablauf gehören, und sie wie selbstverständlich ausführt.

Lamis zeigt mir ihr Arbeitszimmer, die sogenannte Bibliothek. Sie versteht es wie die alten orientalischen Gelehrten, aus einem Stapel Bücher, die in den Regalen keinen Platz gefunden haben, ein bestimmtes Buch herauszuziehen, ohne dass der Stapel in sich zusammenfällt.

Auf Konsolen und Fensterbrettern nisten Ibisse mit goldfarbenen Leibern und grün patinierten Köpfen, während die türkisen Keramiknilpferde auf den Regalen vor den Buchreihen Rast halten. Lamis hat eine Vorliebe für Verkörperungen, für meisterhafte Kopien, die für sie die bestmögliche Wiederherstellung einer einmal gefundenen Form bedeuten.

Sie nimmt einen beinah lebensgroßen Hatschepsut-Kopf vom Schreibtisch und hält ihn ins Licht der Stehlampe. Hatschepsut hat sich immer in der Adjustierung des Pharaos abbilden lassen, wenn auch mit eindeutig weiblichen Gesichtszügen. Das jahrtausendealte Lächeln funktioniert, selbst in Gips.

In Luxor, sagt Lamis, machen sie die hochwertigsten Nachbildungen, man muss nur die Augen offenhalten.

Ich erwache, weil mein Arm, den ich auf der Decke liegen habe, friert. Lamis hat mir für alle Fälle einen kleinen Elektroofen ins Zimmer gestellt. Sie selbst ist in Leggins und dickem Sweatshirt ins Bett gegangen, um der nächtlichen Kälte zu trotzen.

Es ist noch zu früh, um unter die Dusche zu gehen. Ich mache das Öfchen an und krieche zurück ins Bett, müde an allen Gliedern, aber wach im Kopf.

Ich habe von Abbas geträumt, weiß aber nicht mehr, was, außer dass er eine leichte Sommeruniform getragen und geraucht hat.

Ich frage mich, was mich immer wieder in ein Feuer blasen lässt, das längst erloschen ist. Ein Jugendfeuer, von dem ich nicht einmal mehr den Familiennamen weiß. Familiennamen waren damals nicht wichtig. Was zählte, war der Name, mit dem man einander rief. Abbas!

Warum ausgerechnet Abbas unter all den jungen Männern, die ich kannte? Weil er das erste Feuer war? Umso beschämender, dass ich seinen Nachnamen nicht behalten habe. Stand er doch deutlich lesbar an der Tür, an die ich klopfte, wenn ich zu Besuch kam.

Mit weichen Knien. Mit den weichsten Knien, an die ich mich erinnern kann. Aber an was kann ich mich erinnern? Dass ich mich zierte? Ganz arglose Schülerin, die sich wünschte, in Ohnmacht zu fallen, wenn ein Mann mit ihr schlafen wollte, damit die Sünde keine bewusst begangene wäre. Und dennoch an nichts anderes denken konnte, als dass sich Arme um sie schlossen und ein Körper sich an den ihren drängte.

Ich ging zu Abbas, der versprochen hatte, mir bei einem mathematischen Problem zu helfen. Ich stand kurz vor der Matura und konnte mir keine Nachhilfestunden leisten. Er studierte an der Technischen Universität, also kannte er sich mit Mathematik aus. Und mit der Liebe?

Ein sanfter Ägypter, der bis dahin kaum mehr an weiblicher Nacktheit als die Fußknöchel seiner Mutter gesehen hatte. Das würde für heute gelten. Für damals war es eher unwahrscheinlich. Da gingen die meisten Ägypterinnen unverschleiert, zumindest in Kairo und in Alexandrien. Und schreckten auch vor Spaghettiträgern nicht zurück.

Ich hatte meine Hände mit Salizylspiritus eingerieben, damit sie nicht schwitzten, Abbas musste sich beim Rasieren mehrmals am Kinn geschnitten haben. Wir gingen die Integralrechnungen durch.

Als er endlich den Arm um mich legte, verschluckte ich mich und hustete, bis mir die Tränen kamen. Er holte ein Glas Wasser und leckte mir die Tränen von den Wimpern.

Hatte der Mann im Drehrestaurant tatsächlich eine Ähnlichkeit mit Abbas gehabt? Oder versuche ich wie immer, alles mit allem in Verbindung zu bringen? Abbas wäre noch immer hochgewachsen. Unvorstellbar, dass die Last seiner Schultern ihn gebeugt haben könnte. Es sei denn, eine Verletzung hätte ihn gekrümmt. Vielleicht lebt er auch gar nicht mehr.

Angenommen, er ist eingerückt, damals während des *Sechstagekriegs*. Ist in ein Flugzeug gestiegen, weil Gamal Abd-el Nasser und seine *Freien Offiziere*, die Ägypten sozialistisch machen wollten, die *Zionisten* angriffen und jeden technisch versierten Mann dazu brauchten.

Wenn Abbas jemandem ähnlich gesehen hat, dann Nasser, dem jungen Nasser natürlich. Nicht eins zu eins, aber immerhin so, dass mir gelegentlich auch Nasser einfällt, wenn ich an Abbas denke.

Im Lauf der Jahre haben die Phantasien sich abgenutzt. Nur hier in Ägypten lösen sich die Mumienbänder, und die Vorstellung, die mangels Nahrung auf einen Namen und ein herzergreifendes Lächeln geschrumpft ist, versucht wieder Gestalt anzunehmen. Vorerst nur schemenhaft. So als wäre sie nicht vorbereitet auf ihre Wiederauferstehung. Und doch versuche ich, wann immer ich nach Ägypten komme, Männer auf ihren Abbas-Gehalt hin anzusehen, ihn mir in seiner möglichen Jetztform aus verschiedenen Gesichtszügen zusammenzusetzen.

War Abbas einer dieser aufrührerischen Engel, die auch auf Wien herniedergeregnet waren, um sich für die Wiedereroberung ihres Himmels zu rüsten? Der technikkundige Abbas, der mir bei den Mathematikaufgaben half und vergaß, seine Küsse in Rechnung zu stellen, ein einfältiger Engel, wie die himmlischen Hierarchien sie auf ihren Heereszügen zerrieben? Oder eher einer, der die Sache mit der Kraft des Geistes erkannt hatte, am Leben blieb und sich davor hütete, die Rolle des himmlischen Gegners zu übernehmen, *weil der Sieg Niederlage erzeugt*?

Langsam gewinnt Kairo im staubigen Morgenlicht an Kontur. Wir sind in die Altstadt gefahren, parken an einem kleinen Platz in der Sharia Saliba und machen uns zu Fuß auf den Weg Richtung Ibn Tulun. Es scheint ein heißer Tag zu werden, und ich bereue es schon, auf Lamis gehört und mich wärmer als nötig angezogen zu haben. Ich überlege gerade, wie ich mich unauffällig einer der Gewandschichten entledigen könnte, als Lamis mich in einen Hauseingang zieht. Er gehört zu einem Brunnenhaus samt Bibliothek, wie es reiche Türkinnen aus der Entourage der osmanischen Verwaltung gerne in ärmeren Vierteln errichten ließen, was ihrem Seelenheil zugutekam.

Wasser zu spenden zählte zu den größten Wohltaten, und Wasser samt Geist, respektive Gelehrsamkeit, zu den physisch und geistig Darbenden zu bringen, bereitete dem Schenker oder der Schenkerin – zusätzlich zum Seelenheil – persönliches Wohlbefinden und sorgte auch noch für eine gute Nachrede.

Eine elegante junge Frau ganz in schwarzer Seide, die ihren dunklen Teint zum Schimmern bringt, ist in die Kühle des Brunnenhauses getreten. Auch ihr Kopftuch ist schwarz. Sie trägt silbernen Schmuck an Fingern und Handgelenken und schmal geschnittene Schuhe mit halbhohem Absatz.

Eigentlich, erklärt sie Lamis, sei sie gekommen, um in der Bibliothek zu arbeiten, aber wenn wir nichts dagegen hätten, würde sie sich gerne unserer Führung anschließen.

Der junge Mann, der mit uns zur Zisterne hinuntersteigt, outet sich als Geschichtestudent, der sich auf diese Weise sein Taschengeld verdient. Er erzählt, dass der Brunnen beziehungsweise das ganze Gebäude aus dem 15. Jahrhundert stamme und im osmanischen Stil gebaut sei.

Die Türken, sagt Lamis leise an meinem Ohr, waren jahrhundertelang unsere Israelis, und als ich nicht gleich verstehe, unsere Besatzung.

Die Treppe ist ziemlich schmal und führt wie ins Innere einer Schnecke zu einer Plattform hinunter, von der aus man durch das grünliche Wasser bis auf den Grund der Zisterne schauen kann. Ein kühler Hauch steigt vom Wasser auf, und unsere Schritte hallen.

Während Lamis auf halber Höhe zurückgeblieben ist, ziehen die junge Frau in Schwarz und ich, den Anweisungen des Studenten folgend, den Kopf ein und wagen uns auf die filigran wirkende, metallene Unterlage, die, wie ein Gitterrost, vor allem aus Zwischenräumen besteht.

Nach einem kurzen Schauder, der der Vorstellung, ins Wasser hinunterzustürzen, geschuldet ist, lasse ich der jungen Frau auf dem Weg nach oben den Vortritt. Als sie ihren knöchellangen schmalen Rock schürzt, sehe ich, dass sie darunter schwarze, von Spitzenmustern durchbrochene Nylons trägt.

In der Bibliothek gibt es ein paar Computerplätze, aber die Auswahl der Bücher in den Regalen kostet Lamis nur ein mitleidiges Lächeln. Die junge Frau in Schwarz scheint genau zu wissen, wonach sie sucht. Sie zieht einen Zettel aus ihrer Hermès-Tasche und hält ihn der diensttuenden Bibliothekarin, die ein braun gemustertes Baumwolltuch um ihren Kopf gebunden hat, mit einer fordernden Geste hin.

Oben auf dem Flachdach, besser gesagt einer Art Terrasse, gibt es nichts außer der Aussicht auf weitere Flachdächer und Terrassen sowie auf die Ibn-Tulun-Moschee und ihr zikkuratähnliches Minarett, das durch eine Wendeltreppe von außen zu besteigen ist. Daneben, das heißt, aus der Mitte des Innenhofs, erscheint die Kuppel des moscheeeigenen Brunnenhauses, wie ein übergroßer Punkt zum Ausrufungszeichen des Minaretts.

Als wir dann zur Moschee hinübergehen, lehnt Lamis es ab, sich von einem der beim Eingang am Boden hockenden Männer die Teppichschoner überziehen zu lassen. Sie verschnürt sie demonstrativ selber über ihren Hosenbeinen, kann aber nicht verhindern, dass sogleich einer der Männer hilfreich mit Hand anlegt, als sie beim Heben des Beins das Gleichgewicht zu verlieren droht. Nachdem wir die ganze Moschee im Karree abgegangen und wieder an den Ausgangspunkt zurückgekommen sind, versucht sie schon zehn Meter vor den Schlapfenbewahrern die Schonbezüge von den Füßen zu streifen, so als drohe ihr tatsächlich so etwas wie sexuelle Belästigung.

Von Zeit zu Zeit halte ich meinen Fotoapparat gegen die Stuckrosetten sowie die einzelnen Nischen und Arkaden, ohne rechte Überzeugung, mir auf diese Weise etwas mitnehmen zu können.

An die Moschee angelehnt ist das *Gayer-Andersen-Haus*, das aus zwei, im ersten Stock durch eine Brücke verbundenen, Gebäuden aus mamluckischer Zeit besteht. Ein exzentrischer britischer Major erwirkte in den dreißiger Jahren die Erlaubnis, die Räumlichkeiten zu restaurieren und mit seiner Familie darin zu wohnen. Er trug alles zusammen, was er an muslimischem Kunsthandwerk, aber auch an Monstrositäten einer Kultur, die handwerkliches Können über alles schätzte, auftreiben konnte, und verstaute es in einem *Persischen Zimmer*, einer *Damaskus-Suite*, einem *Khediven-Salon* und so fort.

Seine Sammelleidenschaft machte weder vor Brautthronen, die immer etwas breiter waren als die der Bräutigame, noch vor Entbindungsstühlen halt und am wenigsten davor, die Ergebnisse der eigenen Maltätigkeit, die mehrere europäische Stile umfasste, in eigens dafür gestalteten Räumen auszustellen.

Auf der Dachterrasse befinden sich Lauben, die durch engmaschige Holzgitter vor zu starker Sonneneinstrahlung geschützt sind. An den Eingängen stehen Amphoren mit gekühltem Wasser, und an den Balustraden sind Geländer angebracht, an denen man sich aufstützen kann, wenn man noch einen Blick auf die Ibn-Tulun-Moschee und den hostienblassen Mond, der über ihr hängt, werfen will.

Auf der anderen Seite steht ein modernes Hochhaus, das durch intensive Nutzung bereits Spuren von Verwahrlosung trägt, das jedoch alle anderen Gebäude überragt. Lamis empfindet das als widerliche Wichtigtuerei gegenwärtiger Architekten, die angeblich *immer noch eins draufmachen müssen.*

Für mich, die ich aus dem mitteleuropäischen Winter gekommen bin, ist es der erste sommerliche Tag in diesem Jahr, und ich ertappe mich, wie ich den Hausschatten nutze oder mich in einen Eingang stelle, wenn ich zu rasch gegangen bin und auf Lamis warten muss.

Auf der gegenüberliegenden Straßenseite hält ein Fuhrmann Siesta. Seinem Pferd hat er einen Armvoll Klee auf den Wagen, den es sonst zieht, geschüttet. Er selbst hat sich von einem kleinen Jungen in einer schmutzigen, an manchen Stellen eingerissenen Galabeya ein Glas Tee bringen lassen, das er nun, am Straßenrand sitzend, mit lauten Schlucken leertrinkt.

Lamis möchte mir noch etwas zeigen und zwängt sich mit ihrem kleinen Fiat durch noch kleinere Durchschlüpfe von einer engen Gasse in die nächste bis zum *Centro italo-egiziano*, wobei sie fast einen Radfahrer rammt, das heißt, der Radfahrer, der in der einen Hand ein Tablett mit Gebäck balanciert und mit der anderen zu lenken versucht, rammt beinahe uns.

Vom Centro wird seit den späten Siebzigern ein Derwischkloster des Mewlevi-Ordens, besser als die *Tanzenden Derwische* bekannt, restauriert. Der Begründer des Ordens war Celaleddin Rûmi, jener Mewlana eben, der das Gedicht über Dhun-Nun verfasst hat.

Der Orden war seinerzeit mit den *türkischen Besatzern* von Konya nach Kairo gekommen, hatte sich da niedergelassen und eine Reihe von *Tekkes*, kleineren Ordenshäusern, gegründet. Das *Semahane*, in dem die Zeremonien abgehalten wurden (vor allem der ekstatische Tanz), ist von einer mit Kalligraphien bedeckten Kuppel überwölbt.

Beim Versuch, zumindest einige der Namen zu entziffern, schaue ich so angestrengt nach oben, dass mir schwindelt, obwohl ich mich nicht wie die Derwische tanzend im Kreis drehe.

Als wir zum Parkplatz zurückkommen, wird auf der anderen Straßenseite gerade ein Auto zerlegt, wie es scheint, zu Reparaturzwecken. In einem der abmontierten Reifen hat eine weiße Katze es sich wie in einem Nest bequem gemacht. Sie sieht aus, als wäre sie mit Kohlenstaub bepudert, dabei ist es nur der ganz gewöhnliche Straßendreck, der sie so schwarzgrau eingefärbt hat.

Gleich darauf kommt ihr der Reifen abhanden, der wieder auf das Rad gezogen wird. Schläfrig richtet sie sich auf, gähnt, schüttelt ihr Fell aus und starrt nachdenklich vor sich hin, als verfolge sie einen Gedanken bis in den Kopf desjenigen zurück, der ihn als Erster gedacht hat.

Ich hatte schon geglaubt, die Katze habe sich unbemerkt in unser Auto gestohlen, während Lamis und ich uns die Jacken auszogen, den Fotoapparat und unsere Handtaschen verstauten, und mache sich nun, da das Auto losgefahren ist, miauend bemerkbar, aber es ist das Handy von Lamis. Sie deutet auf ihre Handtasche, und ich nestle ein schmales besticktes Futteral hervor, aus dem es immer fordernder und schriller tönt, so dass ich es eilig Lamis übergebe, die es mit großer Gelassenheit ans Ohr hält, ohne im immer dichter werdenden Verkehr den Überblick zu verlieren.

Sie erklärt einer gewissen Leonie auf Deutsch, wo wir gewesen sind, und fragt, ob es dabei bleibe, dass sie mich an einem der nächsten Tage zu einem Spaziergang in die Altstadt mitnähme, denn sie selbst müsse ab morgen wieder arbeiten.

Sie wird dich am Dienstag um zehn in Agouza abholen, sagt Lamis. Wenn es dir recht ist.

Ich nehme ihr das Handy ab, verstaue es im Futteral und das Futteral in der Handtasche.

Leonie kennt sich besser in Kairo aus als ich. Sie ist skurril und liebenswert, du musst sie kennenlernen. Sie hat seinerzeit in Wien Kunstgeschichte studiert und kann dir Dinge zeigen, die dir sonst niemand zeigen kann.

Sie wohnt allein in einem winzigen Häuschen in Gizeh, Tür an Tür mit beduinischen Reitlehrern, und ausgesprochen spartanisch. Aber von ihrem Dach aus hat man einen wunderbaren Blick auf die Pyramiden, ganz nah und doch so weit entfernt, dass man sie als Ganzes erkennen kann.

Wir fahren gerade über den Tahrir-Platz, und Lamis deutet auf eine Reihe frisch gepflanzter Palmen, deren Zweigbüschel von Schilfmatten zusammengehalten werden, damit der Wind sie nicht zu sehr rüttelt, bevor sie eingewurzelt sind.

Verrückt, wie die Stadtverwaltungen in Ägypten immer die Italiener nachahmen. Palmen sind schick. Aber was man hierzulande braucht, sind Schattenbäume, *ficus nitida* zum Beispiel oder andere dicht belaubte Bäume.

Die Katze beginnt wieder zu miauen, doch Lamis ist noch bei den Palmen und bedeutet mir, ihr den Ton abzudrehen. Sie hat jetzt keine Lust, mit jemandem zu telefonieren.

Man darf in der Verfügbarkeit nicht zu weit gehen. Die meisten Leute sind Menschenfresser, die einem nicht nur die Zeit stehlen, sondern auch die Aufmerksamkeit, die man für anderes braucht.

Die Katze lässt sich nicht abwimmeln. Sie beginnt immer aufs Neue zu miauen, bis Lamis genervt ihre Vorsätze Vorsätze sein und sich in ein langes arabisches Gespräch verwickeln lässt, das auch dann noch nicht zu Ende ist, als wir längst vor dem Haus in Agouza stehen.

Ich beobachte mittlerweile einen der Bawabs, einen schlanken, dunkelhäutigen Mann mit grauweißem Haar und grauschwarzer Galabeya. Das Haustor steht offen, und ich kann ihn an dem Tischchen am ersten Treppenkopf sitzen und mit einer korpulenten Frau, mit dem Rücken zum Eingang, reden sehen. Die Frau hat einen schwarzen Klothmantel an und trägt ein schwarzweiß gemustertes Kopftuch. Wahrscheinlich ist es seine Frau oder seine Schwester.

Sie unterhalten sich lebhaft, unterstreichen, was sie sagen, mit deutlichen Handbewegungen, so als versuchten sie einander jeweils vom Gegenteil zu überzeugen. Dabei wippt sein nackter Fuß auf und ab, auf dessen großer Zehe er seine Sandale balanciert, von wo sie sofort herunterfällt, als er das Auto von Lamis bemerkt.

Vor uns ist ein Wagen eingeparkt, der in einen buntgemusterten Überzug gepackt ist. Wahrscheinlich hat man ihn zuvor gründlich gewaschen und ihn dann in diesen Wochenendpyjama gesteckt, um ihn zumindest am Tage Allahs vor dem allgegenwärtigen Sand zu schützen.

Grüße von Bertrand, sagt Lamis, als wir mit dem Lift nach oben fahren.

Ich habe Bertrand vor eineinhalb Jahren bei einem Konzert der Musik-Gruppe, von der Lamis immer redet, kennengelernt. Er ist groß, beleibt und spielt die Geige. Gleichzeitig dirigiert er das Ensemble, das noch aus einem Oud-, einem Qanun-, einem Nay- und einem Kontrabass-Spieler, einem Schlagzeuger und einigen Sängerinnen und Sängern besteht. Die Gruppe ist vor allem der klassischen arabischen Musik des 20. Jahrhunderts verpflichtet. (Damals hat man in Kairo sogar Operetten komponiert.) Sie trat mindestens einmal im Monat in der Concert-Hall of Egypt auf. Gelegentlich ging sie auf Tournee und war auch schon in Berlin, Sansibar und Kuwait auf Gastspiel gewesen.

Bei dem langen Telefonat war es um die Belege des Gastspiels in Berlin gegangen, bei deren Zusammenstellung Lamis Bertrand mit ihren Deutschkenntnissen helfen wollte und die die Steuerberaterin dringend brauchte, die jedoch zu sortieren und abzurechnen sowohl Lamis als auch Bertrand seit Wochen beschäftigt. War doch die Mappe mit dem bewussten Inhalt in einer Bettritze verschwunden und erst nach einem halben Jahr bei der Neugestaltung des Berliner Pensionszimmers, in dem Bertrand damals genächtigt hatte, wieder zum Vorschein gekommen und mit großer Verspätung nach Kairo geschickt worden.

Da Lamis und Bertrand auch ohne diese Steuersache genug zu tun haben, wurde die Belege-Geschichte von einer Woche auf die andere verschoben, wobei sie sich als nicht erledigte immer mehr und weit über ihre tatsächliche Bedeutung hinaus aufzublähen begann und mittlerweile den Status von etwas schier Unbewältigbarem angenommen hat, das jedoch den Anlass für unzählige Telefonate und mehrere Treffen von Bertrand und Lamis abgab, sich dabei jedoch von ihrer Erledigung immer weiter zu entfernen schien.

Wir sind müde von der Stadt und all den Besichtigungen, angenehm müde. Lamis beschließt, das Auto stehen zu lassen, wo es steht – wer weiß, ob es später diesen Parkplatz vor der Haustüre noch gibt –, und den Abend zu Hause zu verbringen. Zu den Gemüsen, die vom Vortag übriggeblieben sind, bestellt Lamis in einer nahe gelegenen Fischbraterei zwei Moses-Fische, die in einer halben Stunde geliefert werden sollen. Inzwischen können wir uns den Sand, der von einem stetigen, wenn auch nicht sehr heftigen Wind ohne Unterlass in die Stadt gefegt wird und unbemerkt in Ohren, Schuhe und Halsausschnitt kriecht, abwaschen und die Haare kämmen, die sich trocken und borstig anfühlen.

Zum Gästezimmer gehört ein Bad mit Blick auf die ockerfarbene Dachlandschaft. Auch hier fängt sich der Sand an Vorsprüngen und Treppenhausaufbauten und bildet Dünen, die bis in die äußersten Ecken vorrücken.

Der Wasserdruck ist nicht sehr hoch und der Strahl eher dünn, der aus der Leitung rinnt. Ein leiser Gasgeruch durchzieht die kühle Luft des Badezimmers, das nordseitig liegt, und ich fühle mich ein wenig verunsichert. Lamis hat sich schon am Vortag alles auf Austrittsstellen hin angesehen, aber nichts wirklich Beängstigendes entdeckt, außer dass der Haupthahn sich nicht mehr abdrehen lässt, wahrscheinlich ist er eingerostet, und dass es eben ein klein wenig nach Gas riecht.

Ich fand heraus, dass der Brenner im Durchlauferhitzer ein paar undichte Stellen haben muss, da alle paar Sekunden eine

Flamme quer über die anderen hinwegzüngelt, so als lecke sie das irregulär austretende Gas auf. Nicht dass mich diese Erklärung beruhigen würde, aber sie ist wenigstens plausibel. Ich versuche, nicht weiter daran zu denken.

Auf meinem Platz an der Fensterfront lasse ich den Tag vorüberziehen. Und während ich nur einfach so dasitze und nachdenke, mit dem rosa Haus im Augenwinkel, und mein Blick sich an einer der Loggien festmacht, auf der sich ein paar Unterhemden im Wind wiegen, vermeine ich das Geräusch eines Kupferschmiedes, wie ich es aus dem Suk, dem großen Basar, kenne, von der Straße heraufzuhören und versuche mir den dazugehörenden Mann vorzustellen, der selbst am Tage Allahs bis zum Abend in seiner Werkstatt hockt und dabei traumverloren an einem Tablett mit eingravierter Schrift arbeitet.

Später wird sich herausstellen, dass zwar das Hämmern echt ist, nicht jedoch der Kupferschmied. Stattdessen beult jemand in einer kleinen Autowerkstätte verbogene Kotflügel und eingedrückte Türen aus, und was man sonst noch an Reparaturen ohne technischen *overkill* zum Wohle einer Blechkiste tun kann.

Sicher frierst du, sagt Lamis, und wenn nicht, wirst du bald frieren. Sie bringt mir einen großen gewirkten Wollschal, wie die Männer auf dem Land, vor allem in Oberägypten, ihn über ihren Galabeyas tragen. Ich kenne den Schal. Lamis hat ihn mir schon letztes Mal geborgt, als ich im *Florestan* wohnte und abends auf der Terrasse zu sitzen pflegte, um den Tag aufzuschreiben.

Das Muster dieser Schals ist so gut wie immer gleich, stilisierte Blüten und Ranken, nur die Farben sind unterschiedlich. Dieser hat einen Schafwollnaturton, dazu Rosa, ein helles Grün und Ocker. Die beiden Seiten sind komplementär gewebt, was aus dem einen Schal optisch zwei Schals macht.

Ich habe damals den ganzen Suk nach einem solchen Schal abgesucht, fand aber nur einen naturfarbenen mit Schwarz und Grün, der mir zwar gefiel, jedoch dem Vergleich mit diesem nicht standhielt.

Lamis meint, dass selbst die Herstellung dieser Schals der

Mode unterworfen sei und jedes Jahr andere Farben vorherrschten. Wir müssten also besonderes Glück haben, um noch einen Schal aus der Produktion von vor drei Jahren aufzutreiben. In Luxor vielleicht …

Ich wickle mich in den Schal und fröstle merklich.

Dass ihr Europäer euch immer zu leicht anzieht, sagt Lamis und bringt auch noch warme Socken.

Ich bin froh über den Schal und froh darüber, dass Lamis sich erinnert und mir genau diesen wieder gebracht hat, wo sie doch eine ganze Kollektion besitzt, sozusagen mehrere Jahrgänge. Einige von ihnen hat sie an die Wände gehängt, Muster und Farben sind es wert. Doch ich bleibe bei meiner Entscheidung – auch Jahrgänge später –, verbohrt und vernarrt in dieses eine Exemplar.

Der Fisch sieht aus wie eine Flunder und ist mit Gemüsestreifen garniert. Und er ist noch warm. Die Folie aus Stanniol hat die Temperatur gut gehalten.

Während wir essen, geht das Licht mehrmals aus. Zuerst denke ich an einen der üblichen Stromausfälle, aber es ist ein Wackelkontakt an der Deckenlampe, die schon mehrmals repariert wurde. Weder versinkt die Wohnung samt Kairo in allgemeines Dunkel, noch verstummen die Kühlschränke. Selbst die elektrische Hausglocke funktioniert. Man kann es in der Wohnung hören, wenn der Lift im Stockwerk stehenbleibt, und da Lamis die einzige Bewohnerin ist, lässt sich vorhersehen, wann es an der Wohnungstür läuten wird.

Bertrand muss im letzten Jahr abgenommen haben, und als ich ihn darauf anspreche, hebt er mit der einen Hand das Hemd über dem Bauch und mit der anderen zieht er das Hosenbein hoch, um mir zu zeigen, wie sehr er an sich gearbeitet hat. Will sagen, dass der Gewichtsverlust ihn nicht schlaff gemacht, sondern gestrafft hat, wie ich an seinen Brüsten, die er wie eine Bauchtänzerin spielen lässt, und an seinen festen Waden sehen kann. Er fährt so gut wie immer mit dem Rad.

Radfahren in Kairo?

Wieso nicht in Kairo?

Bertrand raucht an die achtzig Zigaretten pro Tag, also muss er gute Lungen haben. Zum Glück bläst er nicht auch noch die Flöte. Er hat einen gutmütigen, fröhlichen Gesichtsausdruck, und ich erinnere mich, dass er auch beim Konzert immer gelächelt hat. Er unterrichtet an der Hochschule für Musik und wohnt – unverheiratet wie Lamis – bei seinen Eltern.

Bertrand ist hungrig. Wie immer, sagt Lamis. Sie bestellt einen weiteren Moses-Fisch. Während wir uns aufs angeregteste unterhalten, isst Bertrand alles auf, was die beiden Kühlschränke hergeben, raucht nach jedem Gang voller Genuss eine Zigarette und scheint weder sich noch der Welt besondere Bedeutung beizumessen.

Er spricht über Musik wie über ein mit ausgeklügelter Raffinesse zubereitetes Essen und über das Essen, beziehungsweise den Fisch, der bald kommen wird, wie über ein komplexes Musikstück aus der Mitte des 20. Jahrhunderts. Beides scheint seine Aufmerksamkeit in hohem Maß in Anspruch zu nehmen und ihm zugleich ein Glücksgefühl zu bescheren.

Lamis hat sich in eine Nährmutter verwandelt, die davon ausgeht, dass ein Mann gefüttert, besser gesagt, mit Essen ruhiggestellt werden muss, damit er nicht auf *blöde* Gedanken kommt. Sie verbringt die meiste Zeit in der Küche, während Bertrand mir von seinen Reisen durch Europa erzählt und welch merkwürdigen Erlebnissen er dabei ausgesetzt war.

Lamis und Bertrand kennen einander seit vielen Jahren. Bertrand spricht von Lamis wie von einer gestrengen Domina, die vor allem unterwegs auf strikte Disziplin achte, während Lamis so tut, als handle es sich bei Bertrand um ein begabtes Kind, das keinerlei Lebenserfahrung besitzt und auch nicht weiß, was gut für es ist. Siehe die vielen Zigaretten. Sie scheinen sich irgendwann auf diesen Modus des Umgangs miteinander geeinigt zu haben, lachen viel, und als der Fisch endlich gebracht wird, stellt sich heraus, dass sie inzwischen auch noch Reis gekocht hat.

Als Bertrand fertig gegessen hat, kommt das Gespräch doch

noch auf den Anlass des Besuches, nämlich die ominöse Abrechnung, und da ich müde von all den Ansichten und Aussichten der Altstadt bin, ziehe ich mich in mein Zimmer zurück, während Lamis und Bertrand sich pflichtergeben ins Arbeitszimmer mit den beiden PCs schleppen. Bertrand mit einer Schüssel Schokoladekeksen unter dem Arm, Lamis mit zwei vollen Teetassen.

Ich versuche im Bett zu lesen, auch wenn mir immer wieder die Augen zufallen. »Ägypten, eine Sinngeschichte« von Jan Assmann. Es ist viel von Konnektivität die Rede. Leben heiße demnach, anderen das Zusammenleben mit sich zu ermöglichen.

Ich frage mich, was für eine Art von Zusammenleben das zwischen Lamis und Bertrand ist. Ob sie sich seinetwegen für alles Koptische interessiert? Aber sie interessiert sich auch für Dhun-Nun, Schattenspiele, deutsche Romantik, oberägyptische Textilien, altägyptische Gottheiten ...

Lamis ist Ägypterin, warum soll sie sich nicht für Altägyptische Gottheiten interessieren. Und die Kopten sind ebenfalls Ägypter, heutzutage die Ägypter mit der längsten Geschichte. Sie selbst sehen sich als die unmittelbaren Nachfahren der Pharaonen. Dennoch ist es für eine muslimisch-arabische Ägypterin nicht gerade üblich, einen koptisch-christlichen Ägypter oder sonst irgendeinen Mann, mit dem sie nicht verwandt ist, abends in ihre Wohnung einzuladen, selbst wenn sie zusammen arbeiten.

Es muss zu den Freiheiten gehören, wie zum Beispiel als Frau allein zu wohnen, die Lamis sich ein Leben lang erkämpft hat und für die sie mit lebenslanger Heldenhaftigkeit einstehen muss. Eine Freiheit, die sie sich in Wirklichkeit gar nicht nehmen darf, wenn ihre Aufgeschlossenheit weiterhin geduldet werden soll. Alles Spekulation ...

»Bis zuletzt – und ganz besonders in ihren griechischen Ausprägungen als Hermetismus, Neuplatonismus und Alchemie – war die ägyptische Kultur auf die Prinzipien der Weltbeheimatung des Menschen, seiner Mitwirkung am göttlichen Projekt der *Weltinganghaltung* und der unausgesetzten Versöhnung im Sinne der Herstellung von Kohärenz und Kontinuität gegründet.« Dieser Gedanke macht mich wieder wach.

So betrachtet, ist Lamis älter ägyptisch als alle Kopten und die Direktorin des Ägyptischen Museums zusammengenommen, und ihr Interesse an allem Koptischen ist nur zufällig in Bertrand Fleisch geworden. Doch wäre ihre Beziehung tatsächlich eine des Fleisches, wäre Lamis' Autorität nicht aufrechtzuerhalten. In einer Gesellschaft, in der außerehelicher Geschlechtsverkehr als absolutes Tabu gilt, obwohl es wie in allen Gesellschaften nach Kräften gebrochen wird, bietet sich Verzicht als Preis für ein mehr oder weniger selbstbestimmtes Leben an.

Da waren die Frauen in pharaonischen Zeiten besser dran, wenn man den Zeugnissen glauben darf, wenn auch nicht zur Gänze frei in ihren sexuellen Entscheidungen. Aber war man das je in einer der alten Gesellschaften?

Ich hole mir eine Decke aus dem Schrank, meine Finger frieren. Aus dem Arbeitszimmer dringt leise das Lachen von Lamis und Bertrand herüber.

»Der Kosmos war nach ägyptischer Vorstellung nicht aus dem Nichts, sondern aus dem Eins, der undifferenzierten Ur-Einheit, dem Nun, entstanden, in das er am Ende der Zeit auch wieder zurückkehren wird.« Die Welt musste also ständig in Gang gehalten werden, um nicht ins Nun zurückzustürzen. Ich kann das Buch nicht mehr halten und lösche das Licht. Langsam erwärmen sich meine Hände unter der Decke.

Vor Jahren hatte ich mich einmal in einem Anfall von Islam-Ennui ins Ägyptische Museum geflüchtet, was, wie immer, grundsätzliche Erleichterung bedeutete, auch wenn Flaubert von der erbarmungslosen Strenge der ägyptischen Kunst spricht. Doch diese Strenge ist eine des Genusses. Ohne Strenge wäre der Überschwang der Farben, die Eindrücklichkeit der Linien nicht zu ertragen.

Ich *labte* mich, ja, ich gestatte mir dieses Wort, ich labte mich an den *Betten des Osiris*, Abbildern des Gottes im Profil aus

Holz, die ausgehöhlt, mit Getreidesamen gefüllt und dann gewässert wurden. Wenn die grünen Halme etwa zehn Zentimeter hoch waren, wurde das Ganze mit Binden umwickelt, zum Zeichen der Wiederauferstehung, dass eben auch aus einem toten Osiris Leben erwachsen könne.

Ich war auf der Suche nach Thot gewesen, dem Gott der Weisheit und der Schreiber, dem Gott mit dem Ibiskopf, dem Mondgott, der Horus gegen die Krokodile verteidigte. Thot, der Erfinder der Schrift, Wesir des Re, Thot, der Recht sprach, aber immer an zweiter Stelle stand, was ihn mir grundsätzlich sympathisch macht. Auch *Messer der Zeit* genannt. Götter wie Thot heilten die Menschen und hielten die Welt am Laufen. Thot hatte durch seine Rede die Dinge überhaupt erst entstehen lassen. Und als Gott der Diebe hatte er dem Jahr sogar ein paar Tage gestohlen.

Ich fand Thot als Pavian über einer Scheibe thronend, eine kleine, etwa 15 cm hohe Figur. Eine Spur, die mich nicht zufriedenstellte. So bescheiden war Thot, dass ich weiter nichts über ihn finden konnte. Später, im Museumsshop, blätterte ich in einem Buch, in dem er, wie gewohnt, mit einem Ibiskopf aufschien. Er hielt ein Röhrchen in der Hand, mit dem er Feuer durch ein gelochtes Brett blies. Wem zu Hilfe? Hinter ihm hockte *die große Fresserin*, eine krokodilköpfige Dämonin. Da konnte Dhun-Nun nicht weit sein, und ich hielt Ausschau nach seiner spitzen Mütze.

Beim nächsten Apis-Stier erinnerte ich mich an zwei kaum bekleidete Hierodulen aus einer Fernsehsendung, die wie Hofnarren hinter den weiblichen Zwillingen, die dem Apis geweiht waren, herhopsten und auffallend lange spitze Hüte aus Binsengeflecht aufhatten. Noch wusste ich nicht, wie das alles zusammenhing. Aber ist es nicht das Wesen eines Puzzles, dass immer neue Steine auftauchen, solange es nicht komplett ist?

In guter Verfassung kehre ich allein nach Kairo zurück. Morgens auf dem Hinweg (nach Heliopolis) *hatte ich einen weißen Ibis gesehen*, vermerkte Flaubert in seinem ägyptischen Reisetagebuch. Und an anderer Stelle: *Assiut liegt eine Viertelmeile vom Nil entfernt. – An den Deichen Kassien; auf der Wiese ein schwarzer Ibis.*

Auf Deutsch heißen die Ibisse Schreitvögel, sie haben gebogene oder löffelförmige Schnäbel. Vielleicht meinte Flaubert einen Waldrapp. Oder sollten die Ibisse flussaufwärts dunkler werden, so wie die Menschen auf dem Weg ins Innere von Afrika?

Und Abbas?, fragt Lamis.

Ich hatte mir vorgestellt, dass Abbas mich eines Tages nach Ägypten mitnehmen würde. Ich war siebzehn und versuchte mir auszumalen, wie es wäre. Sein Vater besaß Land und ließ es bearbeiten, fruchtbares Land, wie das meiste Land in Flussnähe. Ich sah Abbas, seine Brüder und mich in Galabeyas entlang des Nilufers durchs Schilf gehen und dann auf die Felder, um zu arbeiten. Nicht allzu schwer, aber immerhin zu arbeiten.

Es war ein ganz bestimmtes Bild, das sich damals in meinem Kopf festsetzte und sich gegen jeden Zugriff der Realität sperrte. Ich sprach mit niemandem darüber, nicht einmal mit Abbas. Es existierte nur in meinem Kopf, aber ich war überzeugt, dass es Wirklichkeit werden würde.

Die Lust an dieser Arbeit wäre dir bald vergangen.

Mit Abbas war auch das Bild aus meinem Leben verschwunden, das heißt, es trieb irgendwo im Dunst der gestaltlos gewordenen Erinnerungen, aus dem es nach einer Ewigkeit wieder auftauchte.

Als ich das erste Mal in Ägypten war, hatte ich mir im Khan al-Khalili eine Galabeya nähen lassen. Es kostete nicht viel und dauerte nicht lang. Ich habe sie kaum getragen und irgendwann verschenkt. In den siebziger Jahren war es en vogue, auf Partys exotische Kleider zu tragen, vor allem solche aus Palästina.

Ich weiß also, wie es sich anfühlt, eine Galabeya zu tragen. Ein wenig knapp um die Achseln, die Ärmel anfangs schmal, zu den Händen hin weiter werdend, kragenlos, mit einer Halsöffnung, die in einen aufknöpfbaren Schlitz mündet. Bequem genug, den

Körper zu umspielen, zum Schritt hin ausgestellt, so dass man sich damit hinhocken kann, ohne dass sich Gesäß und Beine überdeutlich abzeichnen. Sie bildet eher eine Art Zelt, in dem der ganze Körper Schutz findet.

Ich habe nie eine Galabeya getragen, sagt Lamis.

Und warum nicht?

Sie zuckt die Achseln. Du hättest sie nicht verschenken sollen. Schon wegen Abbas.

Ich dachte nicht mehr an Abbas. Ein Leben lang habe ich nicht mehr an Abbas gedacht.

Nur in Ägypten?

Nicht einmal in Ägypten. Das heißt, ich dachte manchmal daran, wie es wäre, wenn er mir auf der Straße begegnete, wie sehr er sich verändert hätte und worüber wir reden würden. Nichts weiter.

Und jetzt?

Denke ich manchmal darüber nach, wie es hätte sein können, wenn ich seinerzeit mit Abbas nach Ägypten gekommen wäre und nicht als jemand, der Vorträge über Literatur hält.

Weil die Erinnerung an ihn bestimmte Gefühle weckt?

Weil ich darüber nachdenke, welche Leben ich nicht gelebt habe. Leben, die mir zugedacht waren.

Gegen die du dich entschieden hast, sagt Lamis.

Du denkst, meine Phantasien seien in der Vergangenheit angelangt, weil ich älter geworden bin, wesentlich älter, und aufhöre, mit neuen Möglichkeiten zu spielen. Aber Lebensläufe haben mich immer fasziniert. Gelebte und ungelebte.

Da kommt dir Abbas wohl gerade recht.

Mag sein, als mein persönlicher Bezug zum Thema. Zu all den Erzählungen von Frauen, die das getan haben, was ich nicht getan habe. Nämlich mit einem Mann in dieses Land zu kommen und hier mit ihm zu leben.

Und welche Rolle möchtest du in diesem Stück noch spielen?

Die der Chronistin.

Du hast es dir sozusagen erspart und möchtest es trotzdem erleben.

Ich möchte dieses Land begreifen, das funktioniert nur über Menschen.

Und du glaubst, dass dir das besser gelänge, wenn du in den Armen eines Mannes gelegen wärst, der dich hier eingepasst hätte?

Vielleicht.

Wahrscheinlich hättest du geendet wie eine dieser verrückten alten Europäerinnen, die in der Nähe des Café Groppi ihre Chihuahuas spazieren führen, mit gesträubtem, karottenrotem Haar, an den Füßen alte Tennisschuhe, die in gebrochenem Arabisch mit dem Gemüsehändler um ein Kilo Artischocken feilschen.

Wenn du dir die Erzählungen dieser Frauen, ob die der Rothaarigen oder die der Frauen im Gezira-Club, anhörst, stößt du auf den penetranten Geschmack von Schicksalen. Sehr unterschiedlichen Schicksalen. Keines ist mit dem anderen vergleichbar.

Katholische Individuallehre, erklärt Lamis, die sich auch damit auskennt. Der Herr hat jedem sein besonderes Leben gegeben und seinen eigenen Tod.

Schicksale von Einzelnen, die stark voneinander abweichen.

Mehr als die Hälfte der Bewohner dieses Landes sind unter zwanzig. Davon lässt sich eine Menge ablesen.

Eine Menge über eine Menge.

So gesehen, existieren wir schon gar nicht mehr.

So gesehen, reicht mein persönliches Gedächtnis über mehr als drei Generationen zurück. Das ist doch schon was. Aber was lässt sich damit beweisen? Dass die Ägypterinnen in den sechziger Jahren Miniröcke trugen und sich die Haare toupierten? Kein Mensch erinnert sich mehr daran, nicht einmal Nagib Machfus.

Haben Sie mir was mitgebracht? Ich war heute noch nicht unten zum Einkaufen. Meine Beine wollten nicht. Meine Beine haben einfach nein gesagt. Sie hätten sie vor Jahren sehen sollen. Was sage ich, vor Jahrzehnten. Aber auch vor Jahren waren sie noch ansehnlich, sehr ansehnlich sogar.

Ich hole den kleinen Karton aus meiner Tragtasche und stelle ihn auf das Tischchen mit der gesprungenen Marmorplatte, auf dem einer ihrer Ellbogen aufliegt.

Sie sitzt in einem abgeschabten Fauteuil, dessen Muster kaum mehr zu erkennen ist, und hat die Beine auf einem Hocker gelagert, der offenbar mit demselben bedruckten Samt überzogen ist wie der Fauteuil, zumindest gleichen sie sich in der Grundfarbe.

Ihr Haar ist noch röter als das Fell der Katze, die auf ihrem Schoß schläft, hennarot, während es bei der Katze eher ins Falbe ausschlägt. Sie müsste es wieder einmal nachfärben, der Haaransatz ist rundum weiß, und zwischen den einzelnen Strähnen leuchtet ihre Kopfhaut auf, rosa wie die Zunge der Katze, die zwischen den Zähnen hervorschaut, mit einem Speichelfaden an der vorderen Rundung.

Wie ich sehe, haben Sie bei *Groppi* eingekauft. Macht nichts. Essbar sind die Sachen ja, die sie verkaufen. Aber Sie hätten das *Groppi* sehen sollen, als der Schweizer Monsieur Groppi und seine österreichische Frau noch lebten und die Patisserien selber herstellten. Damals gab es auch ein *Restaurant Groppi,* nicht nur ein *Café Groppi.*

Der Betrieb der Groppis war übrigens einer der wenigen, die Nasser nicht enteignen ließ. Erstens hatten die Groppis keine Kinder, also würde nach ihrem Tod ohnehin alles an den Staat fallen. Und zweitens, wer hätte dann die berühmtem Marons glacées für Nassers Empfänge gemacht? Jetzt verkauft man bloß noch die einheimischen Sachen, die man überall kriegt. Einzig die Biskotten werden noch nach dem alten Rezept gebacken. Ich hoffe, Sie haben auch Biskotten mitgebracht.

Während sie an der Verpackung nestelt, erwacht die Katze, räkelt sich, krümmt sich nach außen, so dass ihr helles Bauchfell zu sehen ist, und hebt witternd den Kopf.

Wissen Sie was, ich kann jetzt nicht aufstehen, aber dort drüben auf der Anrichte finden Sie Teller. Wenn Sie mögen, können Sie Tee kochen und ein wenig Milch in das Näpfchen von *Tefnut* gießen. Aber Sie müssen sie wässern, sonst geht ihr die Milch an die Nieren. Schön, dass Sie an die Biskotten gedacht haben und an den Teekuchen. Und nichts von dem klebrigen Zeug gekauft haben, das einem alles Süße verleiden kann.

Der Wasserkocher ist schon etwas patiniert, aber er funktioniert, wenn wir Strom haben. Das weiß man hier nie. Und die Teekanne samt dem Tee finden Sie in der Vitrine.

Ich versuche, mich so geschickt wie möglich anzustellen, ihre Anweisungen auf Anhieb zu verstehen, klemmende Laden und Vitrinentüren zu bewältigen, nichts fallen zu lassen und nichts umzustoßen. Vor lauter Bemühen bricht mir auf der Oberlippe der Schweiß aus.

Und die Tassen?

Na, wo werden die Tassen schon sein. Machen Sie die Augen auf, meine Liebe. Genau hinter der Kanne muss es so etwas wie Tassen geben. Und brühen Sie den Tee nicht zu stark auf, damit ich morgen noch etwas zum Frühstück habe. Ohne einen Schluck Tee kann ich nämlich nicht aus dem Haus, da ist mein Kreislauf dagegen, selbst wenn meine Beine wieder wollen.

Alles wird so umständlich im Alter. Was heißt Alter, die Jahre sausen dahin, als würden sie in eine strahlendere Zukunft fliehen. Aber kaum sind sie darin angekommen, stellt sich heraus, dass diese Zukunft um nichts strahlender ist als die Gegenwart, die längst zur Vergangenheit wurde. Im Gegenteil. Warum also diese Hast?

Mein Gott, was ist mir früher die Zeit lang geworden, als ich noch jeden Tag *exercises* machte. An der Stange. Zu Hause habe ich immer klassisch und an der Stange geübt – eine Sache der Haltung. In den Clubs habe ich dann alles Mögliche ausprobiert und einstudiert, aber zu Hause war ich immer an der Stange.

Ihre Beine stecken in locker gestrickten taubengrauen Stulpen, wie Tänzerinnen sie nach dem Aufwärmen tragen. Die alten Tennisschuhe sind aufgeschnürt, und die Schuhbänder hängen herab. Gefährlich. Sie wird unweigerlich darüber stolpern, wenn sie irgendwann aufsteht und vergessen hat, sie zuzubinden.

Ich hoffe, dass das nicht geschieht, solange ich bei ihr bin. Was soll ich denn tun, wenn sie stürzt und sich das Bein verrenkt oder womöglich bricht? Ich schärfe mir ein, sie nicht aus den

Augen zu lassen und sie sofort an die Schuhbänder zu erinnern, wenn sie die Füße vom Hocker nimmt.

Mein Kapital, sagt sie und tätschelt ihre Beine. Schade, dass Sie nicht sehen konnten, wie ich es einsetzte. Wenn ich tanzte, gingen die Kerle alle in die Knie. Die meisten hatten noch nie so lange und so schlanke Beine gesehen. Und dass man auch damit tanzen kann, nicht nur mit dem Bauch. Bevor Sie endgültig gehen, stehe ich dann auf und zeige Ihnen ein paar Fotos aus der Zeit, als ich noch aktiv war. Man glaubt gar nicht, wie lange man tanzen kann, wenn man auf die Figur achtet und nicht aufhört, seine *exercises* zu machen.

Ich bringe die Tassen und die Kanne und stelle ihr einen Teller hin, damit sie die Biskotten und ein Stück Kuchen drauflegen kann. Die Katze springt von ihrem Schoß und gibt unmissverständlich Laut.

Na, so geben Sie ihr schon was. Die Milch steht im Kühlschrank, aber Sie müssen sie wässern, mit warmem Wasser, nicht dass sie sich etwas holt. *Tefnut* ist empfindlich, und ich möchte nicht, dass sie mir wieder den ganzen Teppich vollkotzt.

Die Katze verschwindet hinter einem Vorhang, man kann sie in ihrer Kiste scharren hören. Gleich darauf fährt furzend die Scheiße aus ihrem Leib.

Hören Sie, sie hat schon wieder Durchfall. Zum Glück ist sie noch bis zu ihrer Kiste gekommen.

Gehen Sie nachschauen, ob sie tatsächlich alles in den Sand gesetzt hat, sonst muss man den Lappen nehmen, bevor das Zeug eintrocknet.

Ich hebe den Vorhang an und schaue der Katze zu, wie sie Sand über ihren Haufen kratzt.

Alles in Ordnung, sage ich und stelle das Näpfchen mit der gewässerten Milch auf den Boden.

Da. Sie reicht mir eine halbe Biskotte. Bröckeln Sie ihr das in die Milch.

Sie sind also wann nach Ägypten gekommen?

Vor einer Ewigkeit, ist schon gar nicht mehr wahr.

Und woher stammen Sie?

Wenn ich das noch so genau wüsste. Jedenfalls nicht aus der Levante. Meine Mutter kam aus Rijeka, und mein Vater war in der britischen Armee. Er wollte partout nicht, dass ich tanze. Er schrie *nein*, ich tat *ja*, punktum. Damit hat mein eigenes Leben begonnen. Ich ließ mein Kapital arbeiten, und das nicht zu knapp.

Und Abbas?

Irgendwann hatte ich ein Engagement auf Zypern angenommen und tanzte in einem der besseren Clubs. Damals hatte ich es mir noch aussuchen können, mit wem ich wohin gehen wollte. Mit einem hohen Verwaltungsbeamten nach London, mit einem Autoexporteur nach Marseille, mit einem Banker der Banco Vaticano nach Rom. Sogar ein Russe aus Sotschi wollte mich dazu überreden, mir auf seine Kosten in Nikosia eine angemessene Wohnung zu nehmen und nur mehr für ihn zu tanzen. Er sei oft genug auf Zypern, so dass mir schon nicht langweilig würde.

Die Katze hat sich den Hintern geleckt und schlabbert nun von der Milch. Ihr fehlt der rechte Eckzahn, und mit ihrem Ohr scheint etwas nicht zu stimmen, denn sie hält andauernd den Kopf schief, schüttelt ihn auch gelegentlich.

Und Abbas? Ich lasse nicht locker. Schließlich bin ich gekommen, um ihre Abbas-Geschichte zu hören.

Abbas, Abbas, Abbas ... er war klein, beleibt und mit so vielen Haaren auf der Brust, dass er sie oben abrasieren musste, damit er den Hemdkragen zubekam. Er stammte aus dem Delta und handelte mit Ersatzteilen, von denen er ganze Schiffsladungen auf Sizilien und Zypern einkaufte, um sie in Alex, später dann in ganz Ägypten, auf den Markt zu werfen. Ein cleverer Bursche, der in alles seine Nase steckte und überall seine Finger drin hatte.

Aber warum ausgerechnet Abbas?

Wissen Sie was, dieser Geruch nach Katzenscheiße vernebelt mir das Hirn. Hätten Sie die Güte, den frischen Haufen in eine Plastiktüte zu schaufeln und diese in den Müllsack draußen auf dem Gang zu stecken. Aber vergessen Sie nicht, den Müllsack wieder zu schließen. Knoten Sie ihn einfach zu, sonst riecht das ganze Haus nach meiner Süßen.

Während sie das sagt, ist die Katze gerade wieder in ihre Kiste gestiegen und entlässt einen weiteren Schwall aus ihren Eingeweiden, wenn auch einen etwas kleineren.

Links neben der Kiste liegt ein Plastikschäufelchen, benützen Sie es. Aber reinigen Sie es danach wieder, Papier finden Sie im Badezimmer.

Die Katze braucht eine Weile, bis sie alles instinktgemäß verscharrt hat. Indessen hole ich mir Papier aus dem winzigen Badezimmer, das seiner Gestaltung nach aus den sechziger Jahren des vorigen Jahrhunderts stammen muss.

Der Plastikvorhang an der Dusche ist mit tropischen Fischen bedruckt und spiegelt die weltweite Umweltverschmutzung realitätsnah. Die Fische sind in einem Belag aus Kalk, Seife und Algen steckengeblieben, und ihre Farben sind nur mehr am obersten Rand, wo kein Duschwasser hinkommt, zu erkennen.

Um den Waschbeckenrand türmen sich Kosmetika, Tages- und Nachtcremen, Abschminklotionen, Haarsprays, Lippenstifte, Nagellackfläschchen, Puderdosen und anderes mehr, stumme Zeugen des Willens ihrer Besitzerin, das Dekorum zu wahren.

Die Katze schaut mir interessiert, ja geradezu fachmännisch dabei zu, wie ich ihre Scheiße entsorge, und als ich wieder zurückkomme, sitzt sie auf meinem Stuhl, den Hinterlauf weit von sich gestreckt, und beißt gerade ein paar Flöhe tot.

Holen Sie sich den Stuhl dort vom Bett. *Tefnut* ist unberechenbar. Wenn Sie sie beim Putzen stören, kann es vorkommen, dass sie ungehalten wird. Und Sie wollen doch nicht mit hässlichen Kratzspuren nach Hause gehen.

Warum also Abbas?

Weil er der Einzige war, der es halbwegs ehrlich meinte. Natürlich war er verheiratet, aber das waren die anderen auch, nur dass sie so taten, als existierten ihre Frauen nicht. Wir machten einen Vertrag. Seine Familie lebte in Alex, also sollte ich hier eine Wohnung kriegen. Er war ohnehin gerade dabei, seine

Hauptgeschäfte nach Kairo zu verlegen. Ich bestand darauf, mich frei bewegen zu können, sogar zu tanzen, wenn *mir* danach war. Ich sollte ihn nur nie abweisen dürfen, wenn er nach Kairo kam und *ihm* danach war.

Er war besessen von meinen Beinen, meistens kam er schon das erste Mal, während ich mir die Strümpfe auszog und ihn an meinem Höschen schnuppern ließ. Aber er war vital und erholte sich rasch wieder.

Er hatte eine fürsorgliche Art und konnte sogar zuhören. Ich begann ihn zu mögen, wirklich zu mögen, wenn Sie verstehen, was ich meine. Und es gab Zeiten, in denen ich es als obszön empfand, mit einem so guten Freund auch noch zu schlafen. Ich hatte nicht das schlechteste Los gezogen, und Kairo war damals voller Leben und voller Vergnügen.

Abbas ließ sich beileibe nicht lumpen, und was über meine Beine sonst noch hereinkam, konnte ich auf die Seite legen. Man weiß ja nie, was im Leben so alles passiert. Es war meine beste Zeit, es ging mir gut, und ich genoss das Leben, mit und ohne Abbas. Aber wie heißt es im alten Europa: Wenn es dem Esel zu gut geht, springt er aufs Eis, um zu tanzen.

Ich begann über dem Feuer zu tanzen. Über einem Feuer in Gestalt von Hani Salim, einem Nubier aus Oberägypten. Er war der schönste Mann, der mir je im Leben begegnet ist, mit Beinen, die länger als die meinen waren.

Sie glauben gar nicht, was das für mich bedeutete, endlich einmal mit jemandem zu schlafen, dessen Kopf nicht ständig zwischen meinen Brüsten lag, sondern dessen Lippen die meinen fanden, selbst wenn er in mir steckte.

Ich hatte ihn bemerkt, während ich tanzte. Er saß mit ein paar Männern an einem Tisch vor der Bühne, sie rauchten Wasserpfeife, tranken Whisky und waren in ein Gespräch vertieft, bei dem es offensichtlich um Geld ging, denn sie schienen mich gar nicht wahrzunehmen.

Ich tanzte, wie ich seit meiner frühen Jugend nicht mehr getanzt hatte. Plötzlich stieß ihn jemand an und deutete auf mich. Ich spürte, wie ich langsam in seinen Blick rückte, in ihn eindrang und in seinem Körper ankam. Sein Rücken straffte sich, und in seine Augen trat die Aufmerksamkeit des Jägers.

Nach dem Ende des Programms spähte ich durch den Vorhang und sah, wie der Kellner ihm etwas zuflüsterte. Er und seine Freunde standen auf und verließen das Etablissement.

Ich war außer mir und lag die ganze Nacht auf dem Bauch, um mir besser vorstellen zu können, wie es wäre, auf ihm zu liegen.

Er war zwar an diesem ersten Abend nicht hinter die Bühne gekommen, aber er kam wieder. Diesmal allein. Er schaute mir zu, ließ mich nicht aus den Augen und begleitete mich anschließend nach Hause. Abbas befand sich nicht in Kairo, also gab es kein Problem. Als wir dann in der Wohnung waren, blieb er ganz ruhig. Er setzte sich in den Stuhl, in dem Abbas sonst saß, und winkte mich zu sich. Einfach so, mit dem kleinen Finger.

Ich war nicht gerade jungfräulich und schon gar kein Teenager mehr, als Hani Salim mir begegnete. Aber auf dem Schlachtfeld unserer Leidenschaft ließ er mich jedes Mal als junges Mädchen zurück, das bis dahin keine Ahnung davon gehabt hatte, was in der Liebe alles möglich war, und sich dieser Unwissenheit schämte. Hätte es noch eines minimalen Anstoßes bedurft, um diesem König aller Liebesmagier zur Gänze zu verfallen, dann wäre das sein Geruch gewesen.

Wie es Tiere gibt, deren Drüsen Duftstoffe absondern, aus denen Menschen Parfum machen, roch Hani Salim nach einer Mischung aus Zimt und Granatapfelkernen, nur leise wahrnehmbar, dafür aus allen Poren. Sogar sein Sperma schien danach zu duften. Sein Atem roch zuweilen nach einer Spur von Anis, ansonsten warm und frisch, obwohl er sich meines Wissens nie die Zähne geputzt hat. Nach den Mahlzeiten kaute er ein wenig Harz, das war's.

Ich konnte nicht von ihm lassen und begleitete ihn sogar nach Oberägypten. Verschleiert, das heißt in einem Umhang, den ich mir über Haar und Mund zog, wenn ich aus dem Haus ging. Selbst dazu war ich bereit, um kein unnötiges Aufsehen zu erregen. Und die miesen kleinen Absteigen, in denen er mich unterbrachte, bezahlte ich von meinem eigenen Geld.

Hani Salim gehörte zum Stamm der Beni Sayef und handelte mit Textilien, vor allem mit breiten Schals, die in Oberägypten aus Wolle oder einem Baumwoll-Seidengemisch gewebt werden. Aber auch mit Krokodilleder und Kupferarmreifen.

Selbst mir war bald klar, dass unser Verhältnis keine Zukunft haben konnte. Aber ich war dermaßen verrückt nach diesem Mann, dass ich jede Nacht mit ihm – und je südlicher wir kamen, desto nächtlicher und geheimer wurden unsere Treffen – als Gutschein für ein Paradies betrachtete, auf das auch jemand wie ich Anspruch hatte. Und ich verlangte nach immer mehr davon. Obwohl mein Stolz sich in tausenderlei Krämpfen wand und von Zeit zu Zeit wie ein Epileptiker mit Schaum vorm Mund zu Boden ging.

Nach zwei Wochen hatte Abbas mich ausfindig gemacht. Er kam, als ich am späten Nachmittag gerade, in meinen Umhang gehüllt, auf den Markt gehen wollte, um mir etwas zu Essen zu kaufen.

Hani Salim war der einzige Mann in meinem Leben, der mir außer diesem Umhang, der sowohl meinem als auch seinem Ruf diente, nie etwas zum Geschenk gemacht und mich auch nie zum Essen eingeladen hat. So als sei es Geschenk genug, dass er jede Nacht mit mir schlief. Und ich war glücklich, wenn er auch nur den kleinen Finger krumm machte, um mich zu sich zu winken. Trotz der vielen Wanzenbisse, die tagsüber höllisch zu jucken begannen, und der Moskitos, die mich stachen, wenn wir beim Liebemachen das Netz nicht ganz zugezogen hatten.

Abbas lächelte mich an und sagte: Pack deine Sachen.

Ich war wütend. Wie konnte er es wagen, sich zwischen mich und das Glück meines Lebens zu stellen, und mich einfach abholen, als hätte ich darum gebeten.

Ich denke nicht daran, rief ich, aber schon beim zweiten Satz brach mir die Stimme. Scher dich zum Teufel, hatte ich sagen wollen, aber statt dessen röchelte ich nur.

Ich habe mit Hani Salim gesprochen. Er sieht keine Möglichkeit, dich in sein Dorf mitzunehmen. Außerdem respektiert er den Vertrag, den wir beide miteinander geschlossen haben.

Ich stürzte mich auf Abbas, biss und kratzte ihn, spuckte ihm vor die Füße und riss ihm Haare aus. Eine Weile ließ er mich gewähren. Dann sagte er: Du bist Europäerin. Zieh dich an, wie es sich für deinesgleichen gehört. Diesen Umhang kannst du höchstens als Bettüberwurf verwenden, wenn du ihn unbedingt mitnehmen willst. Ich werde unten auf dich warten und mir inzwischen überlegen, wohin ich in dieser gottverlassenen Gegend mit einer Europäerin essen gehe. Und wenn mir nichts einfallen sollte, fahren wir gleich nach Assuan und fliegen in der Nacht zurück.

Ich brauchte eine ganze Stunde, bis ich soweit war, zu begreifen, in welcher Lage ich mich befand. Mein erster Gedanke war, mich zum Fenster hinaus und übers Dach davonzustehlen, um Hani Salim zu fragen, ob er mich Abbas tatsächlich kampflos überlassen hätte. Ich lebte schon lange genug in diesem Land, um mir etwas anderes erwarten zu dürfen. An so viel Vernunft war ich einfach nicht gewöhnt.

Aber wo hätte ich Hani Salim suchen sollen? Ich hatte keine Ahnung, wo er sich tagsüber geschäftehalber herumtrieb, und ob er nicht schon weitergezogen war, nachdem Abbas mit ihm gesprochen hatte.

Ich warf mich zu Boden, schrie und fluchte, raufte mir das Haar und schluchzte, dass mir beinah die Stimmbänder rissen.

Dann wischte ich mir mit dem Umhang, den Hani Salim mir geschenkt hatte, um mich unkenntlich zu machen, wenn ich aus dem Haus ging, das Gesicht ab und wusch es mit dem restlichen Trinkwasser aus dem Tonkrug neben der Tür.

Ich zog mein Reisekostüm an, dazu die Schuhe mit den höchsten Absätzen und was ich von meinem Schmuck an Ohren, Hals, Handgelenken und Fingern anbringen konnte. Zum Schluss tuschte ich mir die Wimpern und zog meine Lippen mit dem rötesten Lippenstift nach, den ich in meiner Tasche finden konnte. Den Umhang ließ ich liegen, wo er mir aus der Hand gefallen war.

Abbas schien erleichtert und nahm meinen Koffer. Wir fuhren mit einem Taxi geradewegs nach Assuan, und da der Nachtflug bereits ausgebucht war, gingen wir in eines der großen Hotels, nahmen ein Zimmer und aßen dann auf der Hotelterrasse zu Abend.

Im Hintergrund spielte eine Band europäische Unterhaltungsmusik. Abbas erzählte mir von seiner letzten Reise und dass der Club in Nikosia, in dem wir uns kennengelernt hatten, den Besitzer gewechselt hätte, was er bedaure.

Wir tranken zum Essen Wein, der mir sofort zu Kopf stieg. Da Hani Salim sich an das muslimische Alkoholverbot hielt, wenn er nicht gerade in einem Nachtclub mit Geschäftsfreunden Whisky trank, hatte auch ich in letzter Zeit nichts getrunken.

Nach einer Weile fragte Abbas: Wollen wir? Ich kapierte nicht gleich, was er meinte.

Tanzen, sagte er, ohne mit der Wimper zu zucken. Ein paar Touristen schleppten sich bereits über die Tanzfläche, cheek to cheek, wahrscheinlich weil sie vom vielen Sightseeing und vom Schwimmen im Pool viel zu müde waren, um noch mehr zu tun, als einen Fuß vor den anderen zu schieben.

Abbas legte los. Er hüpfte, sprang und drehte sich, wirbelte mich um sich herum oder versuchte, mich, der er nur bis zum Halsansatz reichte, zu tangoartigen Gleichschritten zu verleiten, indem er mich einmal in diese, dann wieder in die entgegengesetzte Richtung zerrte. Die wenigen übrigen Tänzer hielten inne und begannen zu klatschen.

Das Ganze war so komisch, dass ich ihn in die Arme nahm, damit er endlich mit dem Gezappel aufhörte. Sosehr ich mich auch bemühte, ich konnte nicht aufhören zu lachen, selbst dann nicht, als wir wieder an unserem Tisch saßen und Abbas Wein nachgeschenkt hatte. Ich sah ihn noch immer vor mir, wie er hüpfte, sprang und sich drehte, gerade dass er sich nicht einen Fuß ausriss für mich.

Ich lachte hemmungslos, ich lachte Tränen, und ich trank mehr von dem Wein, als mir guttat.

Na also, sagte Abbas, nachdem wir ins Bett gegangen waren, du hast es überlebt, und das ist wie ein neuer Anfang.

Er hat mich übrigens nicht angerührt in jener Nacht. Auch

nicht in den folgenden Nächten. Erst wieder in dieser Wohnung, für die er gleich nach unserer Rückkehr den Kaufvertrag unterschrieb. So als hätte er Angst gehabt, sich in der alten Wohnung mit etwas, das von Hani Salim zurückgeblieben wäre, zu infizieren.

Und danach? Das alles ist viele Jahre her.

Abbas ist vor zehn Jahren gestorben. Herzinfarkt. Immer bemüht, alle zufriedenzustellen, seine Kunden, seine Familie, seine Freunde, mich. Sozusagen die Welt in Gang zu halten. Ich kam ausführlich in seinem Testament vor, aber die Familie hat es angefochten. Das Gericht gestand mir nur eine minimale Altersversorgung zu. Na ja, Sie sehen ja, wie ich lebe.

Und Hani Salim? Haben Sie je wieder von ihm gehört?

O ja, aus der Zeitung. Er ist für eine der religiösen Parteien ins Parlament eingezogen und war jahrelang Abgeordneter für einen oberägyptischen Gau. Und wenn er nicht gestorben ist, lenkt er heute noch die Geschicke der Beni Sayef.

Hat er sich je noch einmal bei Ihnen gemeldet?

Das hätte er versuchen sollen. Ich glaube, ich hätte ihn umgebracht.

Die Katze ist wieder auf ihren Schoß gesprungen und hat sich eingerollt. Und wieder steht ihre Zunge etwas vor, und ein Speichelfaden hängt von ihrer vorderen Rundung.

Wissen Sie was, ich kann jetzt keinesfalls aufstehen, wenn ich nicht riskieren will, gekratzt und gebissen zu werden. Wie wär's, wenn Sie kurz hinuntergingen und vorne an der Ecke bei Farid eine Flasche Milch, ein paar Eier und etwas Obst besorgen würden?

Vielleicht auch Brot?

Aber kein Fladenbrot.

Es ist dunkel geworden, und ich möchte mir noch dieses desolate Stadtpalais gegenüber ansehen, das angeblich einer jüdischen Familie gehört hat. Auch soll es in einem der Häuser hier, abgeschirmt von der Öffentlichkeit, eine Synagoge geben, nur in welchem?

Unter den säulenumrahmten Fensterbögen, die von Jalousien verschlossen sind – manchmal handelt es sich überhaupt um mit Fresken geschmückte Blindfenster –, steht ein Kiosk, aber das kann nicht der Laden von Farid sein, da bin ich mir sicher.

Ich gehe eine unverputzte Ziegelmauer entlang, die wohl den Einblick in den Säulenhof verdecken soll. Danach kommt eine Wand mit Palmen aus Stuck. Ich kehre um in Richtung *Café Groppi*, dessen Jugendstil-Portal hell erleuchtet ist. Die arabische Aufschrift harmoniert überraschend gut mit den vergoldeten Mäandern auf mittelblauem Grund und den reliefartigen Rosengirlanden.

Der Laden vorne an der Ecke muss der von Farid sein. Ich sage, dass die Sachen für Madame Lubica sind, und zähle auf, was ich alles besorgen soll.

Geht's ihr gut? Ich nehme an, es ist Farid, der fragt, denn sonst ist niemand im Laden.

Ich habe sie schon seit Tagen nicht gesehen.

Ich verlange noch eine Packung Tee von derselben Sorte, die sie in ihrer Vitrine hatte, etwas Käse und Oliven.

Die schwarzen hier mag sie am liebsten. Und eingelegte Artischocken. Er legt noch eine Dose Thunfisch in den Einkaufskorb von Madame Lubica.

Vergessen Sie *Tefnut* nicht. Sie kann sehr unangenehm werden, wenn sie hungrig ist. Ich führe zwar kein Katzenfutter, aber ich weiß, dass sie gerne Thunfisch frisst.

Ich war mit dem Lift nach unten gefahren, um zwei junge Lektorinnen zu treffen, die mit mir zur Universität von Heluan fahren sollten. Da man vor dem *Florestan* nicht parken konnte, stellte ich mich an den Eingang, um rasch zusteigen zu können.

Lautstarkes, gewohnheitsmäßiges Hupen kam mir entgegen, ein Hupen, das weniger drängend klang, als dass es einem Lockruf glich, wie Gänse ihn an ihre Jungen weitergeben, in der ständigen Erwartung ähnlich klingender Rückmeldungen in der Art von: *Ich bin hier, wo bist du?*

Ich betrachtete die Gesichter der Vorübergehenden, ihre Augenformen, Nasenrücken, Lippenschwünge, Gesichter von Menschen aus verschiedenen Gegenden Ägyptens, Afrikas, die in aufreizender Gelassenheit die Straße überquerten, als bewegten sie sich auf den alten Wildwechseln zu den alten Wasserstellen, über die irgendein verrückter Stadtplaner die Bilder fahrender Autos gelegt hatte.

Es begegneten mir offene Gesichter, von korrekt gebundenen Kopftüchern umrahmt, aber was heißt schon korrekt? Auch die strengste Observanz in Sachen muslimischer Kleidung ist der Mode unterworfen, in Form, Farbe und Art der Drapierung. Sowie verhangene Züge unter grell eingefärbten, unbedeckten Haarmähnen, die bei jedem Luftzug zu knistern schienen. Der Gesichtsausdruck und die Stimmung, die er vermittelte, ließ sich keineswegs eindeutig zuordnen. Mädchen in Schuluniformen, schwarz-weiß, weiß-schwarz, wuselten wie lebendig gewordene Buchstaben aus verschiedenen Richtungen in verschiedene Richtungen. Zamalek ist eine Schulinsel.

Während ich so für alle sichtbar und erkennbar auf jemanden wartete, der mich auflesen würde, begegnete mein Blick den Blicken der Passanten, landete in Augenwinkeln oder auf Nasenflügeln, glitt über straffe Jungmädchenhaut und über Faltiges oder zwängte sich unter die Ränder von Kopfbedeckungen, immer auf der Suche nach der Bedeutung, die etwas haben konnte oder vermitteln wollte. Ich war dabei den Blicken der anderen genauso ausgesetzt wie sie den meinen. Und manchmal löste sich dieses formlose Einander-Begutachten in einem angedeuteten Lächeln auf.

Plötzlich antwortete ein junger Mann mit Bart und einer Gebetsschwiele auf der Stirn meinem offenen, vielleicht ein wenig zudringlich erscheinenden Blick mit einem dermaßen verächtlichen, dass ich es wie einen körperlichen Angriff empfand. Es war das erste Mal, dass mich in Kairo ein solcher Blick streifte, und nicht nur streifte, sondern auch tatsächlich zu meinen schien.

Ich kannte diese Gebetsschwielen nur aus Ägypten, das heißt, sie waren mir nur in Ägypten aufgefallen, wo sie von Besuch zu

Besuch häufiger wurden, doch schien es sie auch in anderen islamischen Ländern zu geben. Sie waren das äußere Zeichen großer Frömmigkeit, denn sie entstanden durch das wiederholte Berühren des Bodens mit der Stirn während des Gebets. Um sie noch sichtbarer hervortreten zu lassen, wurden die Schürfstellen, wie mir jemand erzählte, mit Zitronensaft verätzt.

Beinah hätte ich die beiden Lektorinnen übersehen, die die Autotüre bereits für mich offen hielten. Sie hatten sich verspätet, und die eine behauptete, eine phantastische Abkürzung zu kennen, worauf die andere eher skeptisch reagierte, jedoch den Hinweisen folgte.

Beide waren sie im Rahmen ihrer Ausbildung für jeweils drei Jahre zu einem Auslandslektorat für Deutsch abgestellt, das sie an verschiedenen Universitäten in Kairo absolvierten.

Wir hatten uns kurz miteinander bekannt gemacht und starrten nun angestrengt aus dem Fenster, als könnten wir die anderen Fahrer durch intensives Schauen dazu bringen, uns den Weg, auf dem wir es eilig hatten, freizugeben.

Wir fuhren durch endlose und löchrige Straßen eines vergammelten Viertels, die zwar aus der Stadt hinaus, aber offenbar nicht nach Heluan führten. Immer wieder schienen wir ganz dicht an der gesuchten *Autostrad* zu sein, fanden aber die Auffahrt nicht. Gelegentlich fuhren wir an die Seite, und die eine Lektorin, die ganz gut Arabisch konnte, fragte einen Passanten nach dem Weg, der uns dann – wie überall auf der Welt üblich – um die nächste Ecke schickte.

Neben einer Reihe von Müllcontainern dörrte ein toter Esel in der Sonne. Auf dem Rücken liegend, mit gasgefülltem Bauch, die Hufe hoch in die Luft gestreckt, schien er darauf zu warten, endlich entsorgt zu werden, wie all der andere Abfall auch, der da geduldig zum Himmel stank.

Ich versuchte, so wenig wie möglich zu reden, da ich wieder Halsschmerzen hatte, und auch die Lektorin, die die Idee mit der Abkürzung gehabt hatte, war immer kleinlauter geworden, je mehr sich ihre Abkürzung in die Länge zog. Die andere am

Steuer sagte ebenfalls nichts, und als wir nach vielen Irrwegen endlich auf der richtigen Straße waren, lächelten wir einander erleichtert zu und versuchten abzuschätzen, um wie viel wir uns verspätet haben würden.

Als wir den Hörsaal betraten, waren noch alle da, Dozentinnen, Assistentinnen, Studenten und Studentinnen. Kein vorwurfsvoller Blick, kein gereiztes Auf-die-Uhr-Schauen. Man hatte die Verspätung schicksalhaft in Kauf genommen.

Die Studenten und Studentinnen waren jung, einige erst im zweiten Studienjahr, freundlich und diszipliniert. Ich hielt mich kurz in meinem Statement, las ein paar Proben aus meinen Arbeiten und ging zum Gespräch über. Doch wurde der literarische Aspekt bald zugunsten von Fragen, die die Studenten tatsächlich interessierten, aufgegeben. Wenn schon Literatur, dann wollten sie konkrete Anleitungen haben, wie man es anstellte, Schriftsteller zu werden, was dabei am wichtigsten wäre und worauf man besonders achthaben sollte. Zu erzählen wüssten sie genug, die Frage war vielmehr, wie es einem gelingen würde, veröffentlicht zu werden, was in Ägypten besonders schwierig wäre.

Ich versuchte gar nicht erst, das Gespräch auf meine Vorgaben zurückzubringen, konnte ich ohnehin nicht voraussetzen, dass irgendwer die Bücher, auf die ich mich bezog, gelesen hatte. Die wenigsten waren in arabischer Übersetzung erschienen, von den Originalausgaben befanden sich maximal ein bis zwei Exemplare in der Institutsbibliothek, und sich importierte Bücher auf dem freien Markt zu kaufen überstieg die Möglichkeiten der meisten Studenten.

Ich musste nur darauf achten, dass sich das Gespräch nicht zu sehr in eine religiöse Thematik verfranste, auch wenn sich die Debatte um das Tragen eines Kopftuchs nicht vermeiden lassen würde. Manchmal provozierte ich selbst mit der Frage danach, um das Unvermeidliche hinter mich zu bringen. Auch kamen die Studenten und Studentinnen dabei rascher in Fahrt und versuchten tatsächlich, mir einiges über sich und ihr Leben zu erzählen.

Viele der Mädchen trugen islamische Kleidung. Eine der Studentinnen war ganz in Schwarz, mit Handschuhen und einem Gesichtsschleier, der bloß einen Sehschlitz freiließ, eine andere, die mir schon beim Hereinkommen aufgefallen war, trug einen kunstvollen Kopfputz aus gefälteltem lindgrünem Taft, der mich an Mumienbilder aus dem Fayum erinnerte. Sie war auch auf diese Weise geschminkt, ein wenig dezenter als die Ägypterinnen der frühen nachchristlichen Jahrhunderte, doch war die Ähnlichkeit erkennbar.

Als ich später im Gespräch mit einer Dozentin die Rede auf diese Studentin brachte, meinte sie, die würde sich immer etwas einfallen lassen, sie sei eben kreativ. Da sie auch sehr hübsch war, fiel sie durch ihre extravagante Aufmachung umso mehr auf.

Im Hörsaal hatte eine der Kopftuchträgerinnen ohne Schleier ein Gespräch über Terrorismus vom Zaun gebrochen, indem sie erklärte, das Wort Terrorismus werde oft unbedacht verwendet. Die Iraker, die ihr Land verteidigten, seien keine Terroristen, sondern Freiheitskämpfer. Ich gab ihr recht, fragte sie aber, ob es zum Freiheitskampf gehöre, wenn Iraker hauptsächlich Iraker umbrächten, oder ob man das nicht doch eher Bürgerkrieg nennen sollte. Somit waren wir quitt und begnügten uns damit, festzustellen, dass die Grenze zwischen Freiheitskampf, Bürgerkrieg und Terrorismus nicht immer eindeutig zu ziehen sei.

Einer der Studenten wollte wissen, was ich von der amerikanischen Politik in Afghanistan, im Irak und in Palästina hielte. Da Diskussionen zu diesem Thema unweigerlich dazu führten, dass man sich vor lauter gewährter und angenommener Gastfreundschaft darauf zu einigen versuchte, dass das meiste auf Missverständnissen beruhe, die auf Unwissenheit zurückzuführen seien, und es überall gute und böse Menschen gebe, war ich bestrebt, diese Debatte möglichst kurz zu halten, was mir mit dem Hinweis gelang, dass wir morgen früh noch hier sitzen würden, wollten wir tatsächlich und ernsthaft über Politik reden.

So klischeehaft das alles klingen mochte, es war gar nicht so weit von der Wahrheit entfernt. Die Missverständnisse beruhten, so es tatsächlich Missverständnisse waren, meistens auf

Unwissenheit beider Seiten, nur dass diese jungen Menschen die Auswirkungen der Revolten und Kriege in der islamischen Welt sowie die Versuche des einzigen verbliebenen Imperiums, ein Imperium zu bleiben, viel deutlicher zu spüren bekamen als ich und das Land, aus dem ich kam.

Dennoch redeten wir miteinander. Zwei Mädchen versuchten, mir die Nonnen als Beispiele christlicher Verschleierung vorzuhalten, und fragten, warum ich diesem Beispiel nicht folgen würde. Ich antwortete, dass es sich dabei um ein freiwillig abgelegtes Gelübde handle, das sich auf Armut, Gehorsam und Ehelosigkeit beziehe, und die Ehelosigkeit könnten sie als Musliminnen doch wohl nicht gutheißen.

Ein Student wollte wissen, warum die Franzosen sich derart gegen den Islam stellten, dass sie Schülerinnen und Studentinnen nicht erlauben wollten, ein Kopftuch zu tragen, und war dann eher erleichtert, als ich versuchte, ihm den Laizismus und die dazugehörigen Gesetze zu erklären, die zu einer Zeit erlassen worden wären, in der noch kaum Muslime in Frankreich lebten. Dennoch blieb er dabei, dass die Angst vor dem Islam Europa nach und nach vergiften würde.

Je länger wir miteinander redeten, desto größer wurde die Anstrengung zum Konsens. Wie bereits bei anderer Gelegenheit fiel mir das Bedürfnis auf, die erzielte Verständigung auch körperlich nachzuvollziehen, so als käme die Welt schon in Ordnung, wenn wir hier in Heluan, an einem sonnigen, warmen, wenn auch ein wenig windigen Tag des Jahres 2004 uns auf eine bestimmte Sicht der Dinge einigen konnten, und sei es nur auf das banale Eingeständnis, dass Menschen Fehler hätten und Fehler machten, und die Hoffnung, dass sich alle Missverständnisse irgendwie aufklären ließen, wenn wir nur die Großmut besäßen, einander diese Fehler und Irrtümer nachzusehen.

Jetzt aber, in diesem Augenblick, würde es genügen, einander ohne Hass und Mordlust anzusehen und zu versuchen, unvoreingenommen miteinander zu reden. Auch wenn die Studenten mein Gefasel über die Aggressivität und den mangelnden Willen mancher Muslime zur Integration in Europa und ich ihr Geschwätz über die Verpflichtung der Frauen zur Züchtigkeit lächerlich finden mochten.

Beim Hinausgehen warteten einige Studenten und Studentinnen auf mich, um mir persönlich die Hand zu geben und mich zu fragen, wann ich denn wiederkäme.

Die Dozentin lud mich ein, noch mit ins Professorenzimmer der Germanisten zu Tee und Kuchen zu kommen. Die Studenten verliefen sich rasch, und als ich dem Mädchen mit dem altägyptischen Kopfputz, unter dem es muslimisch gehorsam sein Haar versteckte, ins Gesicht schaute – vielleicht eine Spur zu neugierig –, errötete es und winkte mir dann zum Abschied zu. Dabei war mir, als hätte ich in ihrem Lächeln einen Hauch von Clownerie entdeckt.

Vom Professorenzimmer aus konnte man den ganzen Campus überblicken, der noch relativ neu war, doch vom übermäßigen Gebrauch schon wieder zu verschleißen drohte. Pflastersteine hatten sich aus den Gehwegen gelöst, Kantensteine waren zerbrochen, und sogleich quoll Sand aus dem Boden. Ein paar Bäume stemmten sich gegen die Wüste, die nicht zu sehen, nur zu spüren war. Eine einzelne Dattelpalme ruderte mit ihren biegsamen Blattwedeln im Wind, und das purpurfarbene Blumenrohr zu ihren Füßen schwankte gelassen hin und her.

Die österreichischen Lektorinnen kannten einige der Assistentinnen von einem Germanistentreffen, jetzt lachten und schwatzten sie an einem eigenen Tisch miteinander.

Der Leiter der Abteilung nahm dem Diener das Teeglas ab und stellte es vor mich hin. Ja, sagte er, die Studenten seien gut, eine Auslese aus dreimal so vielen Bewerbern und Bewerberinnen. Begabte junge Leute, für die es schwierig genug sei, einen Studienplatz zu erringen. Er sagte tatsächlich *erringen*. Er verlange auch viel von ihnen.

Ich sei überrascht, sagte ich, von den guten Deutschkenntnissen derer, mit denen ich gesprochen hatte.

Der Leiter der Abteilung lächelte ansatzweise. Nur wenige hätten schon Gelegenheit gehabt, ein paar Wochen in einem deutschsprachigen Land zu verbringen. Die würden sich natürlich als Erste zu Wort melden. Aber auch die anderen seien ehrgeizig und würden versuchen, jede Chance, die sich ihnen in der Ausbildung und dadurch für die Zukunft biete, zu nutzen.

Ich fragte, wie diese Zukunftschancen denn aussähen.

Der Leiter der Abteilung ließ die Schultern sinken. Das Schlimme sei, dass selbst von diesen hervorragenden und hervorragend motivierten Studenten nur zwei oder drei pro Jahrgang Aussicht auf eine ernstzunehmende Stelle hätten. Die anderen könnten, wenn sie Glück hätten, im Tourismus unterkommen.

Wir hatten unsere Teegläser geleert, und blieben weiter beim Thema. Auszubildende Lehrer und akademischer Nachwuchs fielen bei den Massen an Germanistikstudenten in ganz Ägypten kaum ins Gewicht. Auch er sprach davon, dass mehr als die Hälfte der Bevölkerung unter zwanzig sei.

Für ein Viertel davon gibt es keine Arbeit, und selbst wenn es Arbeit für sie gibt, dann nicht die, für die wir sie ausgebildet haben. Manchen meiner Studenten kann ich bei der Diplom-Verleihung gar nicht in die Augen schauen. Erst recht wenn ich weiß, dass sie keinen Vater oder Onkel haben, der sie irgendwo unterbringen kann.

Vor allem die Mädchen, die sich so bemüht haben und meist auch die besseren Studenten sind. Er schien sich in diesem Augenblick seiner Vorstreiterrolle bewusst zu sein. Ich würde ihnen wünschen, dass sie die Möglichkeit bekämen, ihr Wissen auch in der Praxis unter Beweis zu stellen.

Wir schwiegen eine Weile, dann fragte ich auch ihn nach dem Mädchen mit dem Kopfputz. Er wusste sogleich, wen ich meinte, und wiegte lächelnd den Kopf, als bereite ihr Anblick ihm nachhaltige Freude, doch wurde er gleich wieder ernst.

Um sie mache ich mir Sorgen. Noch hat sie sich nicht entschieden, ob sie mit ihren Kenntnissen oder mit ihrem Aussehen Karriere machen will.

Warum nicht mit beidem?

Er überlegte kurz, bevor er antwortete. Dazu bedürfte es

einer gefestigten Persönlichkeit. Er zögerte wieder ein wenig, als sei dies nur ein Teil von dem, was er dazu zu sagen habe.

Sie meinen, sie spielt? Ist sie denn wirklich begabt?

In vieler Hinsicht. Ihr Gehorsam ist der aufmüpfigste von allen. Aber sie bräuchte noch etwas Zeit, mehr Zeit, als man ihr lassen wird.

Er schien mit großer Hingabe Lehrer zu sein, und seine Besorgnis rührte mich. Auch sprach er ein ausgezeichnetes Deutsch. Er habe ein paar Jahre mit einem Stipendium in Berlin studieren können. Mit einem staatlichen Stipendium, wie er hinzufügte.

Sie werden es nicht glauben, aber Deutsch hat an unseren Schulen und Universitäten bereits das Französische überholt.

Diesmal fuhren wir direkt auf der *Autostrad* nach Kairo zurück, ohne Umweg und ohne Abkürzung. Wir ersparten uns die löchrigen Straßen durch die Viertel mit den Häusern, deren Fertigstellung längst aufgegeben worden war. Die oberen Stockwerke wurden zwar noch aufgezogen, aber nicht mehr gedeckt, Mauerreste, auf denen sich knochendürre Katzen sonnten.

Die beiden Lektorinnen unterhielten sich über ihre eigenen Aussichten, die hier in Ägypten kaum verheißungsvoller als die der Studenten schienen, auch wenn sie diesen um ein paar Sprossen auf der Leiter voraus waren. Offensichtlich wollte die eine ihren Vertrag unbedingt verlängert haben, was aber an der Universität, an der sie seit drei Jahren unterrichtete, nicht möglich zu sein schien. Überhaupt wurde in den seltensten Fällen verlängert, wenn man danach wieder in den österreichischen Schuldienst wollte.

Am Tag zuvor hatte mir ein Journalist, den ich auf der Terrasse des *Florestan* kennengelernt hatte, erklärt, dass die Situation der jungen Akademiker in Ägypten in ein paar Jahren dermaßen unerträglich sein werde, dass die einen zu Faschisten und die anderen zu Dschihadisten geworden wären, so das bis dahin nicht in eins ginge. Und die wenigen Liberalen aus den wohlhabenden Elternhäusern würden ihr Leben in elektronisch und militärisch gesicherten Wohnburgen verbringen, von wo aus sie mit ihren Laptops die Wirtschaft in Gang hielten.

Das klang auch nicht viel anders als die muslimische Lehre von der Vorherbestimmung, vom Kismet, dem Buch des Schicksals. Nur liegt dieses Buch nirgends auf. Da ist nur Schrift, in der die Zukunft angedeutet zu sein scheint. Wenn, dann …

Mein Hals fühlte sich rauer an als am Morgen, möglicherweise hatte ich ein wenig Fieber. Auch fielen mir vor Müdigkeit immer wieder die Augen zu, und mein Kopf rutschte auf die Seite. Ich faltete meine Jacke zusammen und legte sie auf den Nebensitz.

Machen Sie es sich ruhig bequem da hinten, es wird noch eine Weile dauern, bis wir wieder in Zamalek sind, ermutigte mich die Lektorin am Steuer. Und zu sehen gibt es auf dieser Strecke auch nichts außer Autos, meinte die auf dem Beifahrersitz.

Ich hoffe, Sie halten mich nicht für unhöflich, sagte ich, als ich den Kopf bereits auf die Jacke gelegt hatte.

Ich schlief auf der Stelle ein und schlief doch nicht tief genug, um nichts mehr um mich her wahrzunehmen. Zumindest Teile des Gesprächs der beiden Lektorinnen drangen in mein Bewusstsein, vor allem dann, wenn das Stichwort *Abbas* fiel, das sich durch eine längere Erzählung zu ziehen schien. Die Schlaftrunkenheit, in der ich mich befand, verhinderte, dass ich die Gesprächsfetzen, die sich auf diesen Abbas bezogen, eindeutig einer der beiden Frauen hätte zuordnen können. Wahrscheinlich sackte mein Bewusstsein zwischenzeitlich in tiefere Schlafschichten ab, denn ich erinnere mich nicht mehr daran, wovon das Gespräch ausgegangen war, ich schien nur plötzlich mittendrin zu sein, auch wenn ich nicht die Kraft hatte, mich wieder aufzurichten. Wahrscheinlich hätte dieses Gespräch gar nicht stattgefunden, wenn die beiden nicht überzeugt gewesen wären, dass ich schlief.

Ich war noch nie mit einem Mann so eng zusammen.

Wie meinst du das?

Na ja, so ausschließlich. Nicht dass Abbas mir nachspionieren würde, aber er möchte immer genau wissen, wie und mit wem ich meine Zeit verbringe. Ich glaube, er würde es mir sehr übelnehmen, wenn ich allein mit einem anderen Mann essen ginge.

Willst du denn mit einem anderen Mann essen gehen?

Nein, aber angenommen, der zweite Zugeteilte der Botschaft würde mit mir etwas besprechen wollen, etwas Berufliches, und mich ins Restaurant einladen, würde Abbas das nicht verstehen. Er würde sagen, dass man das auch im Büro besprechen kann.

Kann man auch.

Aber gesetzt den Fall ... Du weißt schon, wie ich es meine. Die Beziehung zu Abbas wird immer enger und lässt mir immer weniger Spielraum. Ich hatte noch nie eine so enge Beziehung, obwohl ich in Österreich zweimal mit jemandem zusammengelebt habe, einmal ein halbes Jahr, einmal sogar zwei Jahre lang.

Du meinst, Abbas ist eifersüchtig?

Ich weiß nicht, ob er wirklich eifersüchtig ist, er kommt mir einfach zu nahe. Das gibt mir zu denken.

Ich dachte, du liebst ihn.

Ich habe noch nie so tiefe und umfassende Gefühle für einen Mann gehabt. Und wenn ich in den Universitätsferien einmal für ein paar Wochen zurück nach Wien fahre und all das tue, was ich gerne tue, Freunde besuchen, im Kaffeehaus hocken, durch die Stadt bummeln, die neuesten Filme anschauen und in aller Ruhe ein bisschen shoppen, kann ich es gar nicht richtig genießen, weil ich solche Sehnsucht nach Abbas habe. Ich schlafe sogar schlecht, obwohl ich eins seiner Hemden als Nachthemd trage. Und ich kann es kaum erwarten, nach Kairo zu kommen, seine Stimme zu hören und zu wissen, dass wir die ganze Nacht miteinander verbringen werden.

Wenn ich dann wieder hier bin, mitten im Alltag, und einen Großteil meiner Zeit in grauenhaften Verkehrsmitteln verbringe – vor allem in diesen überfüllten Bussen, in deren Gedränge Männer des Öfteren versuchen, ihren Schwanz an meinem Hintern zu reiben –, um von meiner winzigen Wohnung rechtzeitig an die Uni und von der Uni zu irgendwelchen Meetings oder Veranstaltungen wie der heutigen und anschließend nach Hause zu kommen und davor noch einzukaufen, damit ich für Abbas, der wahrscheinlich schon auf mich wartet, etwas zum Essen kochen kann, sehne ich mich nach Alleinsein, verstehst du? Ich würde Abbas lieber erst später am Abend, nach dem

Essen, das ihm bei mir ohnehin nie schmeckt, sehen, nachdem ich mich ein bisschen ausruhen habe können. Und ich möchte mir nicht auch noch sagen lassen, dass ich müde aussehe, zu viel unterwegs bin und deshalb nervös sei.

Was macht eigentlich dein Abbas? Entschuldige, du hast es mir, glaube ich, schon einmal erzählt, aber ich habe es vergessen.

Er arbeitet in einem Reisebüro. So haben wir uns kennengelernt. Ich wollte preiswert für ein Wochenende nach Siwa, weil alle Österreicher, einschließlich des Botschafters und seiner Frau, so davon geschwärmt hatten. Also wollte ich mir die Oase ebenfalls geben. Damals sprach ich noch kaum Arabisch. Abbas hatte an der Eyin Shams studiert, Deutsch und Englisch, aber nicht an der Uni bleiben können. Sein Vater, der Major, ist schon vor Jahren gestorben, und seine Onkel waren nicht bedeutend genug, um etwas für ihn tun zu können. Also ist er im Reisebüro hängengeblieben.

Mit einem ägyptischen Gehalt?

Mit einem ägyptischen Gehalt.

Das kannst du vergessen. Wenn er Zahnarzt wäre oder Rechtsanwalt oder aus einer der besseren Familien stammte, wäre es etwas anderes. Aber einen Ägypter mit dem Gehalt eines ägyptischen Angestellten kannst du vergessen.

Ich will ihn aber nicht vergessen. Selbst wenn ich das wollte, wie sollte ich, wenn ich andauernd an ihn denken muss. Außerdem verdiene ich ja ganz gut, zumindest für ägyptische Verhältnisse. Ich habe ein bisschen was gespart, und vielleicht wird meine Stelle um ein paar Jahre verlängert oder ich kann an der Botschaft arbeiten, vielleicht auch in der Handelsvertretung, wenn es sein muss, als Sekretärin.

Das wollen viele. Aber willst du Abbas tatsächlich heiraten?

Ja und nein. Das ist das Problem. Ich mag Ägypten, trotz allem was dagegen spricht, ich bin verrückt nach Abbas und ich hätte langsam das Alter, an Kinder zu denken.

Du weißt, was dir blüht, wenn du ihn heiratest und kein österreichisches Gehalt mehr beziehst?

Ich weiß, aber es geht mir nicht so sehr ums Materielle. Auch meine Familie war nicht reich, nicht einmal wohlhabend.

In Österreich. Das bedeutet etwas anderes.

Davor fürchte ich mich am wenigsten. Ich tue mich nur so schwer mit endgültigen Entscheidungen. Die Angst, mich auf ein Leben festzulegen, in dem nicht mehr alles von mir abhängt. Wenn Abbas seine Arme nicht mehr um mich legt, um mich zu küssen, sondern um mich von etwas abzuhalten oder um mich irgendwo festzuhalten, wo ich nicht sein möchte.

Du weißt, dass du, wenn du ihn heiratest, ägyptisch verheiratet sein wirst. Er kann von dir sogar verlangen, ein Kopftuch zu tragen.

Niemals. Abbas ist nicht besonders religiös. Und überhaupt, auch er weiß, worauf er sich bei einer Ehe mit mir einlässt.

Sagt er das?

Ich weiß es. Was mir Sorgen macht, ist etwas anderes. Neulich, als wir bei der Mutter von Abbas zum Essen eingeladen waren und sie mich dann zum Abschied umarmte, konnte ich uns beide im Spiegel sehen. Wir wirkten wie Schwestern, nur dass meine Gesichtszüge schärfer waren als die ihren. Wahrscheinlich lag es nicht nur daran, dass sie molliger ist als ich und ihr Gesicht von Haus aus weicher wirkt als meines, sondern daran, dass ich mich wirklich zu sehr plage.

Abbas' Mutter ist den ganzen Tag zu Hause. Wenn sie vor die Tür geht und sich dem Feinstaub von Kairo aussetzt, dann um einzukaufen oder ihre Freundinnen zu besuchen. Ansonsten kocht sie für Abbas oder für Abbas und mich, wenn wir vorbeikommen, und überlegt, wie sie sich ihre Pension am besten einteilt. Natürlich hat sie auch eine Putzfrau. Ohne Putzfrau könnte sie ihren Freundinnen nicht in die Augen schauen. Außerdem sind Putzfrauen so billig, dass selbst sie sich eine leisten kann.

Ich bemerkte, wie auch sie uns beide im Spiegel sah, unsere Blicke trafen sich, und ich konnte sehen, dass ihr dasselbe durch den Kopf ging wie mir, nämlich dass ich – verglichen mit ihr – alt aussah.

Das bildest du dir ein. Natürlich kann einen der andauernde Stress mit dem Verkehr, den Studenten und den vielen Veranstaltungen manchmal müde aussehen lassen, doch nicht gleich alt.

Aber wir haben es beide gedacht angesichts dieses Bildes im Spiegel, und jetzt fürchte ich mich vor dem Augenblick, in dem Abbas mich mit den Augen seiner Mutter sehen könnte, verstehst du? Ich fürchte mich davor, dass seine Mutter einmal leichthin sagt, er solle mich nicht so viel arbeiten lassen, das tue meinem Teint nicht gut, und er mich plötzlich sehen würde, wie sie mich sieht.

Mich, die Frau, die sich ihren einzigen Sohn geschnappt hat. Und das könnte sie nur einer Frau verzeihen, die rundum vollkommen ist, nicht einer, die im Vergleich zu ihr alt aussieht.

Wahrscheinlich hat sie ihn schon mit zwölf gekriegt.

Mit sechzehn. Und im Jahr darauf seine Schwestern, Zwillinge. Aber die beiden haben ebenfalls früh geheiratet, und jede hat bereits ein Kind.

Kennst du sie?

Von Fotos. Die eine lebt in Beirut, die andere in Oberägypten. Sie hat einen älteren Kollegen von Abbas geheiratet, der jetzt die Filiale in Luxor leitet.

Seine Mutter, das ist mir klar geworden, kann mich nicht mögen. Ganz egal, wie sehr mich Abbas schon in sein Leben eingeplant hat, wie sehr er mir versichert, nicht mehr ohne seine *Shehrezâd* leben zu können, die ihm so viele interessante und berührende Geschichten erzählt hat – ich habe dir doch gesagt, dass er immer alles von mir wissen will –, und dass ich ihn gelehrt hätte, sein Land und die ganze Welt mit anderen Augen zu sehen, für seine Mutter wird nur zählen, dass ich für Abbas zu alt bin, auch wenn ich zwei Jahre jünger bin als er. Ich muss in ihren Augen viel zu sehr von der Welt in Mitleidenschaft gezogen worden sein, in der sich der größte Teil meines Lebens abspielt, nämlich außer Haus, um noch eine gute Mutter abzugeben.

Du übertreibst. Hab erst einmal ein Kind, und sie wird dir und dem Kind zu Füßen liegen.

Ich will aber noch kein Kind. In ein paar Jahren vielleicht, wenn ich Anfang dreißig bin. Ich möchte mich langsam an das Leben mit Abbas gewöhnen, an das ägyptische Leben, das ich werde führen müssen, falls ich nicht verlängert werde oder an der Botschaft arbeiten kann, was ziemlich wahrscheinlich ist. Und ich möchte mich nicht bei jedem Besuch fragen lassen, wann es endlich so weit ist. Es reicht, dass ich mich beruflich herumhetzen lassen muss. Ich will mich nicht auch in meinem Privatleben beeilen müssen. Verzicht will gelernt sein. Mir ist klar, dass wir uns bescheiden werden müssen, wenn ich nicht mehr mit einem Fuß in Österreich stehe.

Habt ihr nie daran gedacht, mitsammen nach Österreich zu gehen?

Schon. Bis ich mich über die neuen Einwanderungs- und Zuzugsgesetze für Nicht-EU-Bürger kundig gemacht habe. Aber selbst wenn wir diese Hürde auf irgendeine Weise nehmen könnten, hinge doch alles daran, ob Abbas Arbeit bekommt oder nicht. Natürlich könnten wir eine Zeitlang von meinem Gehalt als Mittelschullehrerin leben, aber mir vorzustellen, wie Abbas alleine in der Wohnung herumsitzt oder seine Tage in einem Migranten-Café verbringt, während ich in der Schule bin, verursacht mir Schweißausbrüche.

Er, der in seinem Viertel begehrte Junggeselle Abbas, der seinen Job gut gemacht hat und gewisse, wenn auch nicht weltbewegende Aufstiegschancen hatte, wäre in Österreich maximal als mein Mann geduldet. Im Land seiner arbeitenden Frau, das er von ferne immer bewundert und von dem er sich trotz all meiner Warnungen viel versprochen hat. Ich möchte seinen zunehmenden Frust nicht mitansehen müssen und möchte schon gar nicht der Grund dafür sein. Und je mehr ihn Österreich, seine Bewohner und seine Gesetze gegen Ausländer enttäuschten, desto mehr würde er mich mit den Augen seiner Mutter sehen, die ihn angefleht haben wird, sie und Ägypten nicht zu verlassen.

Ziemlich verzwickt, was? Hast du eine Idee, wie du aus dem allen wieder rauskommst?

Natürlich nicht. Das Furchtbare ist, dass ich mich von Abbas nicht trennen kann, ohne seelisch vor die Hunde zu gehen. Allein der Gedanke, nie mehr in seinen Armen aufzuwachen, erfüllt mich mit solcher Schwermut, dass ich mich wie gelähmt fühle. Oder all seine Geschichten von den verrückten Touristinnen nicht mehr zu hören, die so wie ich alleine in Ägypten herumfahren möchten, seinen Schwur, dass ich von all diesen Frauen die einzige gewesen sei, die er nicht alleine reisen hatte lassen. Stell dir vor, er hat sich damals tatsächlich zwei Tage Urlaub genommen und ist ebenfalls nach Siwa gefahren, nur um mich zu sehen.

Er muss sich ganz schön verliebt haben in dich.

Das war erst der Anfang. Er hat um mich geworben, wie noch nie ein Mann um mich geworben hat. Und als er mich seiner Mutter vorstellte, sagte er, das ist die Frau meines Lebens, und ich möchte, dass ihr euch gegenseitig ins Herz schließt. Dabei umarmte er seine Mutter, um ihr zu zeigen, dass sie ihn durch mich nicht verlieren würde. Dann schubste er mich in ihre Arme, und sie weinte ein bisschen und suchte nach ihrem Taschentuch.

Was wirst du wirklich machen? Hierbleiben und dich mit Beruf, ob österreichischem oder ägyptischem Job, in dieser Stadt, in der einen die Luft allein schon umbringen kann, für Mann und Kinder abrackern, bis du tatsächlich älter aussiehst als deine Schwiegermutter, oder zurück nach Österreich gehen, ein Leben lang deinem wunderbaren ägyptischen Lover nachtrauern und mitsamt deinem Kummer wesentlich älter werden als deine Beinahe-Schwiegermutter.

So wie du das sagst, klingt beides tödlich.

Ich weiß, wovon ich rede.

Im Ernst? Warum hast du nie etwas gesagt?

Weil ich herausgefunden habe, dass mein Freund zu allem Überfluss auch noch verheiratet ist. Ich sitze bei weitem tiefer in der Kacke als du. Eigentlich dürfte ich dir nicht einmal so viel sagen. In Ägypten haben selbst Autofenster Ohren.

Und du hast noch nie mit jemandem darüber geredet?

Mit keiner Menschenseele.

Dann ist es höchste Zeit, wenn du nicht willst, dass du eines Tages explodierst. Komm schon, erzähl …

Ich lag schon eine Weile in halbwachem Zustand da und hielt es einfach nicht mehr aus. Mir war nicht nur der Fuß, sondern die ganze linke Seite eingeschlafen. Ich musste mich also dringend bewegen und richtete mich vorsichtig auf, was die beiden Lektorinnen sogleich bemerkten.

Gut geschlafen?

Ich rieb mir die Augen, um ihren Verdacht, ich hätte gehört, was ich nicht hätte hören sollen, zu entkräften, und fragte, wo wir denn eigentlich seien.

Bis zum *Florestan* wird es schon noch zehn bis fünfzehn Minuten dauern, erwiderte die am Volant.

Es rächte sich, dass ich nicht mehr auf die Toilette gegangen war. Aber schon bei meiner Ankunft hatte die Suche danach einem Gang durchs Labyrinth geglichen, und ich war mir nicht sicher gewesen, noch einmal hinzufinden. Auch schienen die Frauen in diesem Land besser trainiert zu sein. Tranken vielleicht weniger oder gar nichts tagsüber. Nur meine Blase scherte sich nicht um den landesüblichen Rhythmus. Ich musste an die Verfilmung von *Pride and Prejudice* von Jane Austen denken, in der eine Freundin der Schwestern während des Balls in Ohnmacht fiel. Nicht etwa aus Hysterie oder weil sie zu fest geschnürt war, es handelte sich um einen Fall von absoluter Dehydrierung, wie die Hauptdarstellerin in einem Interview erklärte. Da die englischen Gutshäuser der damaligen Zeit keine Toiletten für Gäste zur Verfügung hatten, hätten die Ballbesucherinnen – die Männer erleichterten sich offenbar hinterm Haus – den ganzen Tag über nichts getrunken, um ja nicht in Verlegenheit zu kommen. Da konnte es schon geschehen, dass die eine oder andere Dame zu Boden ging.

Während wir weiter auf dem Weg nach Zamalek waren, fielen sie mir mit einem und zum ersten Mal auf, diese Kälber und Lämmer, die als Ganzes oder in Hälften bei den Fleischhauern aushingen und aussahen, als hätte man ihnen Sträflingskleider übergezogen, rot-weiß gestreift.

Eine der Lektorinnen meinte, dass die Fleischbeschauer einfach Freude daran hätten, ihre Stempel auf künstlerische Art anzubringen, so als malten sie Bilder damit. Doch reichte die Stempelmalerei, im Gegensatz zu der von bestimmten Derwischen, die sich mithilfe der Schrift über das Bilderverbot hinweggesetzt hatten, nur zu einer Quasi-Bekleidung der von jeglichem Fell entblößten Haut, indem sie ihr ein Muster aufschrieb, das ein beliebiges Stück Fleisch wieder zum ehemaligen Bestandteil eines Tieres machte.

Meinen Fragenkatalog kennen Sie ja schon, sagte Winifred L.: Woher und warum sind Sie gekommen? An welcher Universität haben Sie etwas vor oder bereits hinter sich gebracht? Werden Sie über dieses Land etwas schreiben?

Wann immer ich in Kairo beruflich zu tun hatte, machte Winifred L. ein Radio-Interview für einen kleinen englischsprachigen Kairoer Sender mit mir. Zum ersten Mal 1981. Wir hatten einander also im Abstand von Jahren älter werden sehen. Jedes Mal war ich wieder überrascht, wir gut sie sich hielt und wie lebhaft und unermüdlich sie noch immer ihrem Beruf nachging. Im Gegensatz zu mir, die ich an diesem Spätnachmittag auf der Terrasse des *Florestan* wer weiß was dafür gegeben hätte, mich einfach aufs Bett legen zu können, um die versäumte Siesta nachzuholen.

Meine Antworten fielen daher kürzer aus als die letzten Male, so dass ich, nachdem sie zwar ihr Aufnahmegerät abgestellt, aber keinerlei Anstalten zu gehen gemacht hatte, den Spieß umdrehte und sie auszufragen begann. Sie war von Natur aus gesprächig, nahm sich jedoch bei Interviews professionell zurück, umso bereitwilliger spielte sie nun selbst die Rolle der Befragten.

Ich trank noch eine Tasse Tee, in der Hoffnung, dadurch etwas aufnahmefähiger zu werden und mir nicht immer das Gähnen verbeißen zu müssen. Dennoch glitt ich manchmal in jenen halbbewussten Zustand ab, bei dem man nicht mehr Herr über seine Gedanken ist, die sich auf eine träumerische Art verselbständigen. Und erst jetzt, da ich mich an Winifreds Abbas-Geschichte genauer zu erinnern versuche, wird mir klar, wie wenig ich mich auf diese Erinnerung verlassen kann. Beziehungsweise, wie sehr ich es in meiner Müdigkeit verabsäumt hatte, einzuhaken und nachzufragen, vor allem an den Stellen, die mir heute unglaubwürdig erscheinen.

Winifred L. war Engländerin und hatte seinerzeit in London Kunstgeschichte mit Schwerpunkt Islamische Kunst studiert.

Sie war rasch in Fahrt gekommen, und ich wollte sie nicht unterbrechen, dabei hätte ich sie sogleich fragen müssen, warum sie sich ausgerechnet für islamische Kunst interessiert hatte.

Ziemlich bald erhielt sie ein Stipendium für die amerikanische Universität in Kairo, wo sie ihren späteren Mann kennenlernte, einen Alexandriner *alter Schule*, wie sie betonte, der dann in den Golfstaaten das Fernsehen aufbaute. Diesen Ausdruck *alte Schule* bekam ich öfter zu hören, wenn Europäerinnen unseres Alters ihre ägyptischen Männer zu charakterisieren versuchten, und es bedeutete immer, dass diese wohlgeraten, wohlerzogen und wohlhabend waren.

Ich weiß nicht mehr, warum Winifred L. von Nasser zu erzählen, besser gesagt, zu schwärmen begann. Wahrscheinlich war ich für ein paar Sekunden von der Müdigkeit vollkommen übermannt worden und erst beim Stichwort Nasser wieder erwacht. Nasser muss ein gutaussehender, charismatischer Mann gewesen sein, so gut aussehend und so charismatisch, dass Winifred L., als sie einmal mit dem Fernsehteam ihres Mannes bei ihm war, gar nicht hatte aufstehen können, als Nasser sich an sie wandte, so weich waren ihre Knie bei seinem Anblick geworden. Später hat ihr Mann Nasser davon erzählt, und der soll sich sehr darüber amüsiert haben.

Sie hatte auch Sadat gekannt, der, wie sie sagte, mithilfe der Religiösen die Kommunisten vertreiben wollte.

Unter ihm ist Ägypten viel unfreier geworden. Sogar den Alkohol hat er verbieten lassen, obwohl er selbst sich immer, wenn er abends nach Hause kam, eine Wasserpfeife und einen Whisky genehmigte. Und seine Frau Dschihan, die Liz Taylor des Nahen Ostens, habe immer alles bekommen, was sie bekommen wollte, und getan, was sie tun wollte. Und seit Sadat ermordet wurde, versuche eben Mubarak das Land zusammenzuhalten und zu stabilisieren. Winifred war, genau wie Katrin, der Meinung, dass Mubaraks Sohn sein geeignetster Nachfolger wäre.

Der hat wenigstens alles von der Pike auf gelernt und ist allem Anschein nach das geringere Übel.

Winifred L.s Stimme grub sich in meinen Kopf ein. Sie sprach schnell und bestimmt, und ich war froh, dass der Strom ihres Erzählens nicht abriss und ich gar nicht mehr zu fragen brauchte.

Mein Mann, sagte sie, war der Sohn eines Ägypters und einer Türkin. Die Türken haben in Ägypten, das ja lange zum Osmanischen Reich gehörte, immer als äußerst vornehm gegolten, und es hat meinen Schwiegervater große Anstrengung gekostet, bei seinen zukünftigen Schwiegereltern überhaupt vorgelassen zu werden. Dennoch wurde diese Türkin seine Frau. Sie haben zeitlebens französisch miteinander gesprochen.

Meine spätere Schwiegermutter, fuhr sie mit einem sarkastischen Lächeln fort, hat die Ägypter immer für faul und schmutzig gehalten, bis auf ihren Mann natürlich und die besseren Kreise von Alexandrien, in denen sie verkehrten.

Winifred L. hatte ihrem Mann, der schon vor Jahren gestorben war, was sie noch immer heftig zu betrauern schien, drei Kinder geboren. Mein ältester Sohn lebt seit zwanzig Jahren in Dubai. Seine Frau hat einen chinesischen Vater und eine philippinische Mutter. Meine drei Enkel haben einen ausgesprochen asiatischen Charakter. Sie sind sehr ehrgeizig und weinen nie, wenn sie sich die Knie blutig schlagen.

Meine Tochter hinwiederum hat Germanistik studiert, arbeitete fürs deutsche Fernsehen und war auch mit einem Deutschen verheiratet, lebt aber mittlerweile wieder in Kairo, wo sie für die Berichterstattung aus der arabischen Welt zuständig ist. Sie ist zwischendurch sogar einmal für sechs Wochen im Irak stationiert gewesen, eine riskante Mission, aber sie hat sie mit Bravour hinter sich gebracht.

Mein jüngster Sohn ist erst achtzehn und hat im Gegensatz zu seinen älteren Geschwistern ein ausgesprochen ägyptisches Temperament. Ein bequemer kleiner Pascha eben, der gar nicht nach Europa will.

Ich versuchte, mir die Kinder von Winifred L. vorzustellen, in denen sich so viele Herkünfte spiegelten, aber wie sollte mir das gelingen, ohne einer Klischeevorstellung nach der anderen aufzusitzen. In Wirklichkeit würden ihre Kinder und Enkelkinder ohnehin ganz anders aussehen, als ich sie mir aus den wenigen Worten, mit denen sie sie mir beschrieben hatte, zusammenreimen konnte.

Während ich noch diesen mir unbekannten Kindern und Enkelkindern nachhing, hörte ich Winifred L. sagen, dass sie sich noch immer für Malerei, Musik und Literatur interessiere.

Im Grunde bin ich nie von der Kunst, nämlich der wahren Kunst, losgekommen. Denn wenn ich etwas hasse, dann ist es das Vulgäre, das Obszöne und das Pornographische. Als ich neulich mit meiner Tochter in Deutschland war, bin ich aus der Frankfurter Oper hinausgegangen, weil in *Pelléas und Mélisande* plötzlich dreißig splitternackte Frauen auf der Bühne standen.

Ich musste an ein Gespräch von vor Jahren denken, bei dem sie sich über die Schamlosigkeit europäischer Touristinnen in dem Hotel in Hurghada empört hatte, in dem sie mit einem ihrer Enkel auf Badeurlaub gewesen war. Diese Frauen verführen Kellner und Hausboys und gaukeln den armen Kerlen ein Leben vor, an dem sie in Wirklichkeit nie teilhaben können. Selbst wenn sie sich tatsächlich in einen dieser Burschen verlieben und ihn nachkommen lassen, ist von vorneherein abzusehen, wie es enden wird. Sie hatte mir damals auch von einer deutschen Architektin erzählt, die sie persönlich kannte und die sich den jungen Mann, mit dem sie in Ägypten eine Liebesaffäre hatte, nachkommen ließ. Nur zu Besuch natürlich. Damit er sehen sollte, wie man in Europa lebt. Er hatte es missverstanden und gedacht, sie würde – doppelt so alt wie er – etwas für ihn tun wollen, da er ihr doch den Urlaub versüßt hatte. Als er dann erfuhr, dass er wirklich nur zu Besuch hatte kommen dürfen, versuchte er, eine ihrer Freundinnen anzubaggern, was ihm die Architektin als himmelschreiende Undankbarkeit ausgelegt hatte, worauf sie ihn früher zurückschickte, als ausgemacht war.

Die Müdigkeit hatte mich weiter in die Erinnerung zurücksinken lassen, als der Gegenwart guttat. Ich fuhr auf, als Winifred L.

mich plötzlich und mit aller Bestimmtheit fragte: Sind Sie nicht auch dieser Meinung? Zum Glück wartete sie meine Antwort nicht ab. Ich verstehe all die jungen Ausländerinnen nicht, die heutzutage Ägypter heiraten und sich ständig über ihre Männer beklagen. Dabei haben sie alle mindestens drei bis vier Kinder von ihnen. Ich hätte als junge Frau ziemlich bald gewusst, ob ein Mann zu mir passt oder nicht, und wenn nicht, wäre ich wieder gegangen. Sie doch auch?

Ich zuckte die Achseln. Ich sei mir nicht sicher, ob man das immer so rasch herausfinden könnte.

Jedenfalls lässt es sich in Kairo ganz gut leben, vor allem, wenn man halbe Tage im Gezira-Club herumsitzt, einen Chauffeur, ein Kindermädchen und einen Koch hat. Darum bleiben sie auch alle, fügte sie noch hinzu, während sie ihr Aufnahmegerät in die dafür vorgesehene Tasche packte und sich die Jacke überzog.

Zum Abschied stellte ich ihr eine letzte Frage, nämlich ob sie es je bereut hätte, in Kairo geblieben zu sein, mit allem, was das für sie bedeutet haben mochte.

Sie sah mich an, als hätte sie diese Frage nicht erwartet, und schüttelte den Kopf. My god, keineswegs, sagte sie mit der ihr eigenen Bestimmtheit, oder sehe ich etwa so aus?

Ich hatte den Eindruck, dass sie mir gerne genauer erklärt hätte, warum sie es nicht bereute, aber in diesem Augenblick bemerkte sie die Besitzerin des Hotels, die sie seit langem kannte und mit der sie sich wohl ein wenig unterhalten wollte, denn sie bedeutete ihr, dass sie gleich zu ihr käme. Damit war unser Gespräch beendet.

Abbas sitzt am Steuer. Wir fahren einen Kanal entlang, aus dem der Herbstnebel steigt, wie damals vor mehr als fünf Jahren, als ich mit Lamis zeitig in der Früh zum Antonius-Kloster aufgebrochen bin. Abbas trägt eine einfärbige meerblaue Galabeya und ich eine naturfarbene mit zarten Mustern in Rosa, einem hellen Grün und Ocker.

Obwohl ich auf dem Beifahrersitz sitze, ist es wichtig, dass ich konzentriert auf die Straße schaue, dermaßen konzentriert, dass ich Abbas' Gesicht gar nicht richtig sehen kann. Ich bin mir sicher, dass es Abbas ist.

Wenn wir aussteigen, sagt Abbas, musst du auf deine Füße achten. Ich nicke und starre in den Nebel, aus dem etwas Schilfrohr lugt. Die Uferböschung verflacht zusehends und geht in Gestrüpp und Dunst über. Ich glaube zu sehen, wie sich am Übergang etwas bewegt.

Wir schwimmen hinaus, sagt Abbas. Er fährt ziemlich schnell, und der Nebel fließt in immer durchsichtiger werdenden Schwaden vorüber.

Wir schwimmen hinaus zur Insel.

Zu welcher Insel? Ich sehe keine Insel, ich sehe nur, wie sich unterhalb der Böschung wieder etwas bewegt.

Die Krokodile sind wach, sagt Abbas. Wir steigen auf ihren Rücken und lassen uns von ihnen an den Fluss bringen.

Ich brauche all meine Kraft, um den Blick von der Straße und der Böschung zu nehmen und den Kopf zu Abbas zu wenden. Ich erkenne ihn nicht wieder. Sein Haar ist weiß, und seine Haut ist sehr dunkel geworden. Ist er immer schon ein Nubier gewesen?

Es ist die Sonne, sagt Abbas, die Sonne, die herniederbrennt. Du wolltest doch in den Feldern arbeiten.

Wir gehen Hand in Hand an den Krokodilen entlang. Die Angst hat mich so klein gemacht, dass ich mit Abbas kaum Schritt halten kann. Wir laufen barfuß über die Schuppenpanzer, ich erwarte eine blitzartige Bewegung und ein ebensolches Maulaufreißen. Aber die Krokodile schlagen nur träge mit dem Schwanz und kümmern sich nicht um uns. Ihre Schuppen zerreißen mir die Haut, ich spüre es bis an den Haaransatz herauf.

Konzentrier dich, sagt Abbas, du darfst dir die Füße nicht wundlaufen. Blut macht sie wahnsinnig. Mach es wie ich!

Ich bemerke, dass Abbas eine Handbreit über den Schuppen dahinschwebt, darum ist er so viel größer als ich.

Das kann ich nicht. Ich gerate in Panik und rieche mein eigenes Blut.

Du kommst aus Europa, sagt Abbas, Europäer müssen alles können.

Er zerrt an meinem Handgelenk, versucht, mich daran hochzuziehen, was einen Augenblick lang gelingt, danach falle ich umso härter auf die Krokodilschuppen zurück.

Aus den Augenwinkeln sehe ich, wie ein Krokodil den Kopf hebt und zu wittern beginnt.

Abbas!, schreie ich so laut, dass ich mit offenem Mund erwache.

Erst als ich den Umriss des Fensters erkenne und den des Kleiderschranks, finde ich mich zurecht. Mein Hals ist trocken und schmerzt ein wenig beim Schlucken. Ich stehe auf, gehe auf die Toilette, und bevor ich wieder ins Bett steige, mache ich den kleinen Heizkörper an und trinke ein Glas Wasser, Trinkwasser aus der Oase Siwa, wie auf der Plastikflasche steht.

Als ich nicht gleich einschlafen kann, stecke ich mir die Stöpsel des Miniradios, das mich überallhin begleitet, in die Ohren und suche nach einem Sender mit klassischer arabischer Musik, die mich zurück in den Schlaf ziehen soll.

Abbas lacht. Ich sitze auf seinen Schultern, und er leckt das Blut von meinen Fußsohlen. Es kitzelt. Seine Zunge ist lang, schmal und gebogen.

Wir müssen auf die Insel, sagt Abbas, auf der Insel erfahren wir, wie es weitergeht.

Die Rücken der Krokodile scheinen kein Ende zu nehmen. Gerade, als ich wieder am Erwachen bin, fragt Abbas: Behauptest du immer noch, dass ich dich entjungfert habe?

Hast du? Es ist wichtig für mich, das zu wissen.

Während Abbas lauthals zu lachen beginnt, ist sein Kopf unter dem weißen Haar plötzlich rot.

Der Schwanz eines Krokodils verfängt sich in meiner Galabeya und schleudert mich in die Höhe. Ich beginne auszuschreiten und kann die Höhe eine Weile halten.

Es ist erst acht, aber Lamis ist schon aus dem Haus. Sie muss an der Universität eine frühe Vorlesung halten. Am liebsten würde sie sich für eine Zeit karenzieren lassen, aus Enttäuschung über die Korruption bei der Stellenvergabe. Aber auch über die Studenten, die immer geschickter werden beim Abschreiben aus dem Internet.

Meist hat sie den ganzen Tag über in ihrem Institut zu tun und kommt oft später als angekündigt zurück. Die Struktur der einzelnen Abteilungen soll reformiert werden, und die Dekanin braucht ihre Hilfe. Sie ist willens, ihr bei kniffligen Umstellungen zur Seite zu stehen und die Reformen mitzutragen.

Wer zum Teufel ist Leonie? Lamis hat mir einen Zettel hinterlassen, auf dem groß *Leonie 10 Uhr* steht. Daneben liegt ein Katalog von Leonies Skulpturen, jetzt erinnere ich mich. Lamis hat Leonie gebeten, mich durch die Altstadt zu führen. Ich blättere ein wenig in dem Katalog, er zeigt eine Reihe von Kartonagen, neben denen Leonie ziemlich klein wirkt. Aus dem Nachwort geht hervor, dass die Ausstellung in einer österreichischen Galerie in Kitzbühel stattgefunden hat, die sie auch vertritt.

Das Licht, das durch die Südfenster fällt, lässt die dünne Staubschicht, die auf allem liegt, wie einen grauen Belag erscheinen, der die Oberflächen stumpf macht. Das rosa Haus wird von der Morgensonne ausgeleuchtet und beginnt zu strahlen.

Ich bin noch nicht angezogen und schlendere durch die Wohnung, als wäre es meine. Ich koche Tee, durchstöbere die Kühlschränke und die Laden nach Obst, Joghurt, Brot. Lamis hat so viel eingekauft, dass ich tagelang davon leben könnte. Das Brot gehört aufgebacken, und ich drehe an den Knöpfen eines getrennt vom Herd stehenden kleinen Backrohrs. Inzwischen gehe ich in mein Zimmer zurück, alles in geradezu göttlicher Ruhe, hole das benutzte Wasserglas, um es in den Spüler zu stellen.

Als ich zurück in die Küche komme, fährt gerade eine Stichflamme aus dem Backrohr, besser gesagt, unter ihm hervor. Ich erstarre, und alles in mir schaltet auf Alarm. Zum Glück finde ich die Steckdosen sofort und kann mit einem Griff die Kabel herausziehen. Dann versuche ich, mit zwei Küchenhandtüchern die Flamme zu löschen. Erst als das gelungen ist, kehren die Gefühle in meinen Körper zurück, und ich kann mein Herz laut und vernehmlich schlagen hören. Ich nehme das Backrohr und stelle es auf den Fliesenboden, falls doch noch etwas glosen sollte. Aber das Backrohr ist es gar nicht, sondern das alte Rechaud, das sich, nur durch ein Holzbrett getrennt, darunter befindet, mit zwei elektrischen Kochplatten. Eine davon musste ich irrtümlich aufgedreht haben, und die hatte den Lack, mit dem das Brett gestrichen war, entzündet. Ich lege auch das Brett, das einen kreisrunden schwarzen Brandfleck abbekommen hat, auf den Boden und stelle das Rechaud in entsprechender Entfernung daneben. Dann muss ich mich erst einmal hinsetzen.

Ich mag mir gar nicht vorstellen, was passiert wäre, wenn ich inzwischen unter die Dusche gegangen und mich dann auch noch angezogen hätte. Als kurz darauf eine Sirene ertönt und eine Reihe von Löschfahrzeugen mit Signalton die Sharia Wadi el-Nil entlangfährt, beginnen meine Hände zu zittern. Immer wieder kontrolliere ich die Gegenstände auf dem Fußboden, ob nicht doch noch irgendwo ein Funken weiterglimmt. Aber die Gefahr scheint für dieses Mal gebannt.

Gegen neun bin ich so weit, dass ich wieder lesen kann. Ich habe alles feucht abgewischt und an seinen Platz zurückgestellt. Sogar ein Frühstück habe ich mir gemacht, wenn auch mit ungeröstetem Brot.

In der Nähe muss sich eine Schule befinden, aus deren Hof ein ganzer Schwall von Pausengeschrei heraufdringt und sich mit dem Hämmern des Autoausbeulers, dem gleichmäßigen Grummeln des behäbig dahinfließenden Verkehrs, gelegentlichen Polizeisirenen, einzelnen im Zorn oder im Schreck von Männern ausgestoßenen Flüchen und von Frauen erhobenem Gekreisch, wenn es einen Blechschaden gibt, sowie den Gebetsrufen des Viertels mischt.

Immer wieder trete ich ans Südfenster, aus dem ich eine gute Sicht auf die Sharia Wadi el-Nil und die umliegenden Häuser habe, bis ich den in Rede stehenden Schulhof ausmachen kann. Er besteht aus einem rechteckigen, von Bäumen umgebenen Platz aus gestampftem Lehm, auf dem Kinder in Schuluniform hin und her laufen, Ball und Abfangen spielen oder sich balgen.

Und jedes von ihnen scheint auf seine Weise Laut zu geben, als müsse all die während der Schulstunde angehaltene Luft aus seinem kleinen Körper in Form von haltlosem Geschrei entweichen.

Ein Zimmer mit Aussicht! Leonies dicke Brillengläser werden von einem Sonnenstrahl getroffen, sie wendet den Blick zu einem anderen Teil der Peripherie, die graugelbe Schwaden ausatmet. Angeblich sieht man an manchen Tagen bis zu ihr nach Gizeh. Leonies Finger tastet den Horizont ab, ihre Sehkraft reicht nicht mehr so weit.

Ich kontrolliere sämtliche Hähne, Schalter und Küchengeräte. Bitte keine Stichflammen mehr oder gar Schwelbrände und keine verstopften Abflüsse, die das Fett des Spülwassers stocken lassen.

Leonie ist hager und trägt Trekking-Kleidung. Mit ihren Turnschuhen könnte sie die Cheops-Pyramide im Laufen besteigen, ohne nur ein einziges Mal abzurutschen.

Handtasche, Handy, Haustürschlüssel …

Wir fahren bis zur Sultan Hassan, einer Moschee, die der Mamluckensultan Hassan im 15. Jahrhundert erbauen ließ. Einer aus einer Serie von grausamen Herrschern, die am Ende alle gemeuchelt wurden. Das Geld für die Moschee stammte von einigen Bürgern und deren Erben, die während einer Pestepidemie ums Leben kamen, so dass der Sultan ihr Vermögen ungehindert einziehen konnte. Trotz anschließender Hungersnot befahl Hassan, an der Moschee weiterzubauen. Allah reagierte, indem er einen der vier geplanten Türme noch im Gerüst einstürzen ließ. So blieb es bei dem einen Minarett. An der Ausstattung wurde keineswegs gespart. Schon über dem Eingang erhebt sich eine der vielen Halbkuppeln; diese sieht wie eine nach innen gestülpte Perücke aus, glatt an der Schädeldecke anliegend, nach unten sich verbreiternd, wie Stoppellocken, die steinernen Stalaktiten.

Dunkle und helle Marmorstreifen, die ein vergittertes Fenster rahmen, viereckige Tafeln mit Kufi-Schrift, geometrisch wie ein Schachbrett, nur dass sich die dunklen Felder zu Buchstaben zusammenschieben.

Leonie lässt sich im ersten Vorraum nieder. Schauen Sie sich alleine um, nur so finden Sie zu einer persönlichen Wahrnehmung. Es lohnt sich, das können Sie mir glauben. Später kann ich Ihnen dann einiges dazu erzählen.

Ich verliere mich in Details, versuche hier, sämtliche Ornamente einer Gebetsnische im Kopf nachzuzeichnen, dort, den Raum hinter einer Tür auf dem Plan zu orten, ziehe mit den Blicken die einzelnen Buchstaben von Schriftbändern nach und bewundere die kunstvollen Holzschnitzereien.

Als ich schließlich in den großen Hof komme, überfällt mich das Licht, als wäre die Sonne gerade erst aufgegangen. In der Mitte befindet sich der Brunnen für die rituellen Waschungen, besser gesagt, ein ganzes achteckiges Brunnenhaus samt Kuppel mit aufgesetztem Halbmond als Knauf, so als könne man sie damit abnehmen.

Darum herum vier kreuzförmig angeordnete Liwane, in denen nicht mehr gelehrt wird. Platz zum Sitzen, um sich in Ruhe dessen, was man sieht, durch längeres Hinschauen zu vergewissern.

Vor dem Mausoleum gibt es eine Wand aus verschiedenfarbigem Marmor mit Friesen aus in Gips geschnittener Kufi-Schrift, davor einen *Mihrab*, eine Gebetsnische, die alle Handwerkskunst in sich vereint, und daneben einen *Mimber*, von dem freitags gepredigt wird. Von der Decke hängen zierliche Alabasterlampen, blau getönt und mit weißen Schriftbändern verziert.

Zwischen *Mihrab* und *Mimber* steht ein Thronsessel aus Holz mit vergoldeter Schnitzerei im Rücken sowie in Wadenhöhe. Zwei mit grünem Samt ausgeschlagene Stufen sollen den Aufstieg des Sultans oder eines anderen Würdenträgers – womöglich alt oder zu fett – erleichtern.

Vom sehr Hellen ins ziemlich Dunkle. Selbst der Sarkophag im Inneren des Mausoleums gewinnt erst nach Augenblicken Gestalt und wird nach und nach zum Orientierungspunkt, von dem aus die Kuppel in den Blick rückt.

Frösteln, besser gesagt, ein leises Erschauern, steigt mir den Rücken herauf. In den metallenen Sarg sind Rosetten tauschiert, oben und unten begrenzt ihn ein Holzrahmen, von Metallbändern zusammengehalten. Auf dem Deckel zwei schräg versetzte Dreiecke, deren Bedeutung mir unklar ist. Stilisierte Haifischflossen?

Dass der, der da seit über fünfhundert Jahren in dem Sarg liegt, ein ermordeter Mörder ist, ein gewalttätiger Herrscher, der die Kunst und den Prunk liebte, lässt sich in den Annalen nachlesen, wie er aussah, nicht.

Die Steine in den Halbkuppeln der Nischen sind zu gewagten Zickzackmustern übereinandergelegt, bei den Friesen greifen sie dann wie Puzzlestücke ineinander. Die Schönheit, die in diesem Raum vor sich hin dämmert, hat längst all das Blut und die Gewalt ihrer Entstehungsgeschichte vergessen. Selbst das Zwielichtige und Düstere erinnert an nichts anderes mehr, als dass es des Kontrasts bedarf, um Schönheit als Erschütterung zu erleben. Dazu dient vor allem der Sarg. Egal, ob derjenige, der sich noch im Tod mit so viel Glanz und Kunstfertigkeit umgeben wollte, ein Bewusstsein davon hatte, dass seine Anwesenheit, wenn auch als längst Verwester, viel eher der Schönheit dieses Raumes dienen würde als seinem Ruhm, für den er ihn hatte erbauen lassen.

Leonie sitzt in der Nähe der Schuhausgabe auf dem Boden. Ihr funkelnder Blick fragt: Zu viel versprochen? Sie hatte sich gerade auf die Suche nach mir machen wollen, mir dann aber noch etwas Zeit eingeräumt.

Wir werden durch die Altstadt entlang der Darb el-Ahmar zu Fuß bis zum Khan el-Khalili gehen. Leonie macht mich immer wieder auf Tore mit Bögen und Friesen in verschiedenfarbenem Stein aufmerksam, auf Türfüllungen aus mehreren Schichten Holz, Türen, in die Türen geschnitzt sind, Embleme, Kartuschen und Symbole. Auf die vielen kleinen *Mashrabiyyas* mit ihren Holzgitterfenstern, winzige Veranden oder Fenstervorbauten, die an den Hauswänden kleben, durch die die Frauen die Straße im Blick haben, ohne gesehen zu werden.

Ornamente, Knäufe, filigrane Verzierungen zeugen von einer Handwerkskunst, die sich selbst hier nicht mehr rechnet, deren Erzeugnisse jedoch wesentlich länger halten als all das Gemauerte, schnell Verputzte und ebenso schnell wieder Abbröckelnde ringsum.

Gelegentlich steht da auch ein Baum, wohl als Schattenspender gedacht, nun kahl und mit beinah völlig ausgebleichter Rinde. Elektrische Schnüre, von denen einzelne Glühbirnen baumeln, hängen in den Ästen als Straßenbeleuchtung.

Alles ist alt, am ältesten aber sehen die Ausbesserungen mithilfe zeitgemäßen Materials aus, vor allem die eingerissenen Plastikfolien und die betonierten neuen Balkone mit ihren Eisenstäben, die sogleich aus den Wänden wachsen, wenn die alten Holzveranden irgendwann doch wegbrechen. Eine fortlaufend korrigierte Welt, die noch von den alten Zeichen dominiert wird, auch wenn das immer ärmlicher werdende Leben sich auf pragmatische Weise zu helfen versucht, egal ob mit Wellblech oder mit Rollläden.

In der Achsel einer rosafarbenen und einer etwas zurückgesetzten gelben Hauswand ragt verwegen eine gemauerte weiße Kuppel empor, wie freihändig gezeichnet. Die Kuppel ist einer würfelförmigen kleinen Moschee aufgestülpt, deren Eingang sich kaum von den Türen der übrigen Häuser unterscheidet, nur dass auch sie frisch gestrichen ist, während an den umliegenden Wänden der Verputz bröckelt und die elektrischen Leitungen frei liegen.

Ein paar Schritte weiter schlägt Leonie gegen eine etwas verwitterte Tür unter einem kunstvollen Fensteraufsatz, ohne dass etwas geschieht. Ich weiß nicht, was sie vorhat, jedenfalls hört sie nicht auf zu klopfen.

Es dauert eine Weile, bis der Kopf eines Mannes in der Türöffnung erscheint, eines Mannes, der eine so frappierende Ähnlichkeit mit einem Schlumpf hat, dass ich mir das Lachen kaum verbeißen kann. Auf dem Kopf eine grüne Strickmütze, ist sein

Gesicht von einem runden weißen Bart umrahmt, der an den Ohren so buschig wird, dass man diese kaum sieht. Er trägt ausgebeulte dunkle Hosen und eine grünbraun gestreifte Pyjamajacke. Als er Leonie erkennt, macht er sogleich einen Schritt zur Seite, damit wir eintreten können.

Auf dem Tisch vor dem Bett liegen Essensreste, und ich zähle insgesamt sechs Katzen, die sich daran zu schaffen machen. Leonie redet lange und ausführlich mit dem Mann, und ich folge ihnen, ohne zu wissen, was mich erwartet, in einen weiteren sehr kleinen Raum.

Das Grab eines Heiligen! Diese Sarkophage, sagt Leonie, werden bei den *Mulids* in den Prozessionen mitgetragen. Sie scheint schon öfter hier gewesen zu sein, ihre Unterhaltung mit dem Wächter des Heiligengrabs klingt irgendwie vertraulich.

Der Sarkophag steckt in einem Überzug aus türkisfarbenem Baumwollstoff, der mit gelben Blumengirlanden und roten Medaillons bedruckt ist. An den vier oberen Ecken stehen Stäbe aus schwarzlackiertem Holz mit kleinen Knäufen heraus. Der Kopfteil, ein stilisierter Turban, ist in apfelgrünes Plastik eingeschlagen, das mit einer schwarzen Schnur festgebunden wurde. Die Teppiche, ebenfalls türkisfarben mit einer Spur von Rot, zerfallen bereits.

Ich frage, ob ich ein Foto machen darf. Der Wächter stellt sich neben den Sarg und streichelt mit einer kleinen, unscheinbaren Geste dessen Überwurf. Und so wie er in die Kamera schaut, erkenne ich in ihm den Heiligen. Einen Heiligen, der einen Sarg betreut und Tisch und Bett mit sechs Katzen teilt.

Als wir wieder auf der Straße sind, erfahre ich, dass der Wächter sich dafür entschuldigte, alles dichtgemacht zu haben. Er hätte schon die Läden geschlossen, weil ein Sandsturm angekündigt sei. Aber der Sandsturm wird noch Tage auf sich warten lassen.

An einem Haus entdecke ich einen Fries, von dem nur noch eine Hälfte vorhanden ist, die andere ist wohl heruntergebrochen oder an einen Sammler verscherbelt worden. Eine Armlänge über dem Fries befindet sich ein Fenster mit bunten, metallgefassten Gläsern, die insgesamt ein Bild ergeben, das aber als solches nicht mehr erkennbar ist. Die meisten Scheiben sind zerbrochen oder fehlen überhaupt.

Eine Moschee mit vielen aus Stein geschnittenen Zierbändern wird gerade renoviert. Sie hat ein blendend weißes, oben abgerundetes Minarett und eine kleine Kuppel, die wie ein Muffin mit gerillter Obershaube aussieht.

Die Erfordernisse des täglichen Lebens setzen sich immer durch. Vor einer zwischen zwei gemauerten Erkern mit Friesen aus Stuck eingeklemmten, besonders kunstvoll geschnitzten Holzveranda hängen mehrere Leinen voller Wäsche – Männerhosen, Kopftücher, Hemden – über der Straße, so dass man die Veranda nur mit Mühe erspäht, obgleich sie es verdienen würde, als Schaustück des ganzen Straßenabschnitts zur Geltung zu kommen.

Ein paar Häuser weiter sticht mir ein Streifen mit blauweißen Fayencen über einem vergitterten Fenster ins Auge. An der anderen Wand sind es zwei Fenstervorbauten mit eleganten Schnitzgittern, als Fenster in den Fenstern, mit Rahmen und allem, was dazugehört, die mich so lange aufschauen machen, bis mein Genick steif wird.

Manchmal erklärt Leonie etwas, nennt den Baustil, ordnet zeitlich zu oder beschreibt den Gebrauch. Meist aber lenkt sie nur meinen Blick in eine bestimmte Richtung. Man muss schauen können, sagt sie, wenn man etwas sehen will.

Auf dem Weg zur Ghureiya, einem Gebäudekomplex, in dem sich das Mausoleum des Mamluckensultans el-Ghuri befindet, müssen wir eine Straßenüberführung benutzen. In halber Höhe der Metalltreppe liegt ein junger Mann. Ich erschrecke, denn im ersten Augenblick sieht er aus, als wäre er tot. Doch er atmet leise und mit offenem Mund. Sein Kopf ist kahl, mit dünnen Büscheln schwarzen Haars, das entfernt an die einzelnen Locken pharaonischer Prinzen erinnert. Seine Kleidung wirkt schäbig, zerfranste Jeans und ein vergammeltes T-Shirt. Ob er seinen Drogenrausch ausschläft oder einfach nur zu Tode erschöpft ist?

Kein Mensch kümmert sich um ihn. Alle steigen an ihm vorbei oder über ihn hinweg, die Treppe hinauf oder hinunter. Auch Leonie nimmt keine Notiz.

Während wir uns durch den Textil-Bazar in Richtung Khan el-Khalili vorarbeiten in einem Gedränge, das mir zu Hause einen Anfall von Platzangst bescheren würde, empfinde ich wieder die mir mittlerweile vertraute Geborgenheit, grundiert von einem Fatalismus, der geradezu irrational ist. Ein Gefühl, als wären all diese Tausende von Überlebenden, die sich Leib an Leib fortbewegen, eine Garantie dafür, dass man ebenfalls überleben wird, hier und mitten unter ihnen. Man empfindet sich als Teil dieses Konglomerats, als Steinchen im allumfassenden Mosaik, ohne das das Bild nicht vollständig wäre, als Mikroorganismus im gigantischen Zellverband, der funktionsmäßig zum Ganzen gehört.

Auch im Khan el-Khalili, dem großen Suk, gibt es immer wieder Ausblicke auf kleine kunsthandwerkliche Wunder an Stellen, an denen man nichts davon vermuten würde. Nischen, Friese, *Mashrabbeyas*, steinerne Bögen und Gewölbe, Kalligraphien auf Fayencen gemalt oder vergoldet auf Gipsgirlanden. Mein Auge hat mittlerweile gelernt, sie zu entdecken, aber es ist an diesem Tag der vielen Besonderheiten schon ein wenig müde.

Vor dem *Fishawi*, einem Café mitten im Suk, setzen wir uns an ein rundes Tischchen, um ein bisschen mehr Luft zu haben als im dichtbesetzten Inneren. Das hat den Nachteil, dass sämtliche Straßenverkäufer sich im Vorübergehen auf uns stürzen, mit einer Penetranz, die einem das Land vergällen könnte. Und doch ist sie der stimmige Ausdruck der Lebenslage von Menschen, die von so gut wie nichts leben müssen, während wir, ohne zu prassen, an einem Tag ausgeben, was sie in einer Woche verdienen. Es sei denn, sie finden ahnungslose Touristen, denen noch immer preiswert erscheint, was sie ihnen maßlos überhöht andrehen.

Erst beim Sitzen merke ich, wie müde ich mich gegangen bin. Wir bestellen Tee, und ich möchte, dass Leonie von sich erzählt.

Sie heißt eigentlich Leonie von Allensbach, und je weniger ich von ihr weiß, desto erfindungsreicher arbeitet meine Vorstellung. Ich geselle ihr Menschen und Schicksale bei, die ihren Platz allein in meinem Kopf haben. Ich höre ihr zu, während ich mit einer kleinen schwarzen Katze kokettiere, die in der Nähe auf dem Boden sitzt und aufmerksam die Umgebung mustert.

Wie ich von Lamis weiß, ist Leonie in Wien immer unglücklich gewesen. Sie hat in den sechziger Jahren in einem der großen Wiener Museen gearbeitet. Doch was sie anfangs als paradiesisch ansah, hatte sich rasch als Vorhölle des Spießertums erwiesen. Der beamtete Apparat, die Menschen, die zu den Vernissagen ins Haus kamen und nicht schauen konnten, nur gesehen werden wollten … um es auf den Punkt zu bringen, sie konnte keinerlei Kontakt zu einem anderen, gleichzeitig existierenden Wien finden, bis sie schließlich eine Idee hatte.

Als Nasser starb, kondolierte sie der Ägyptischen Botschaft. Dort war man dermaßen verwundert, dass man sie zu einem Essen einlud und ihr vorschlug, als Kunsthistorikerin eine bestimmte Reisegruppe zu begleiten.

Als sie in Ägypten ankam, erkannte sie das Land ihrer Träume, zivilisiert genug, um allein als Frau überleben zu können, und gefährlich genug, um ihren Sinn für Abenteuer zu befriedigen. Sie blieb also.

Hier in Kairo hat sie, wie sie sagt, das Gefühl, frei leben und atmen zu können – nicht gerade sehr bequem in ihrem winzigen Haus in Gizeh, jedoch verwöhnt durch Zuneigung, spartanisch, aber selbständig – und sich dabei auf das Wesentliche zu konzentrieren.

Ich bin versucht zu fragen, was das Wesentliche für sie bedeutet, möchte sie aber nicht unterbrechen.

Im Sommer fährt sie jeweils für drei Monate nach Österreich, wenn das Klima hier unerträglich wird. Ihre Mutter, die Baronin, lebt dort, hoch in den Neunzigern und noch immer aufgeschlossen, charmant, ja geradezu amüsant.

In diesem Augenblick hüpft die kleine schwarze Katze mit ungeheurer Zielstrebigkeit auf meinen Schoß, schmiegt sich mit geschlossenen Augen in meinen Arm, wo sie sich zur Sicherheit mit den Krallen festhakt, so als wären wir seit langem miteinander bekannt. Ich kraule sie ein wenig hinter den Ohren, obwohl sie ziemlich staubig ist. Sie versucht sogleich zu schnurren, auch wenn sie es noch nicht richtig kann und es manchmal wie ein Röcheln klingt.

So wie Leonie von ihr spricht, scheint die alte Baronin sich ihrer mit derselben Zielstrebigkeit zu bemächtigen, wie diese kleine Katze es bei mir versucht. Jedes Mal setzt das Gezerre von neuem ein und geht den Sommer über so weit, dass Leonie sich am Ende ihres Aufenthalts wieder als das Kind erkennt, das nur mehr von zu Hause wegwill. Das betrifft sogar ihre Bewegungsfreiheit. Ihre Mutter erwartet noch immer von ihr, dass sie sich rechtfertigt, wenn sie abends mit Freunden ausgeht oder jemanden außerhalb Tirols besuchen will.

Die kleine schwarze Katze auf meinem Schoß wird immer schwerer. Leicht wie ein Vogel, drückt sie sich zunehmend an meinen Arm, als wolle sie daran festwachsen. Es ist offensichtlich, dass sie einen, ihren Menschen sucht. Vielleicht ahnt sie es, dass ich der nicht sein kann und lässt mich deshalb ihr Gewicht weit übers Tatsächliche hinaus spüren, um mir einen Eindruck von dem zu vermitteln, was mir ohne sie fehlen wird.

Es ist müßig, Leonie danach zu fragen, warum sie noch immer auf dieses Mutter-Kind-Spiel eingeht. Wahrscheinlich könnte sie sich den Sommer in Österreich ohne familiären Hintergrund kaum leisten, schon gar nicht in Tirol. Auch an diese Art Ungleichheit erinnern die Straßenhändler auf drastische Weise. Leonie lebt seit fünfunddreißig Jahren in ägyptischen Verhältnissen. Vielleicht erbt sie demnächst, das würde die Relationen verändern. Ob sie sich daran überhaupt noch gewöhnen könnte? Vielleicht, wenn sie für die großen Kartonagen, an denen sie arbeitet, einmal in Gizeh keinen Platz mehr findet.

Wir reden wieder von Ägypten, Leonies Lebensland, und den angrenzenden Staaten, in die sie von Zeit zu Zeit Reisegruppen begleitet. Es ist alles so schwierig geworden durch den Terrorismus und seine Bekämpfung. Und das Älterwerden ist auch nicht gerade hilfreich dabei.

Leonie kommt auf die Sultan-Hassan-Moschee zurück, bei deren Bau Unmengen von Porphyr verwendet wurden. Porphyr gibt es nur in Hurghada. Die byzantinischen Kaiser mussten, um Kaiser zu werden, in einem mit Porphyr ausgekleideten Raum zur Welt gebracht werden. Hieß nicht einer von ihnen Porphyrogenetos?

Sie sagt etwas über die Nachtseite der als so angenehm empfundenen Gelassenheit der Ägypter den Dingen des Lebens gegenüber, über den Fatalismus und das Phlegma, von dem sie behauptet, die Menschen würden es sich anessen. Die vielen schweren Gerichte, Fett, Zucker, Kohlehydrate. Dabei ist Ägypten ein Gemüseland. Aber sie ertränken das Gemüse in Öl und verstopfen ihr Gedärm mit Weißbrot und jeder Menge Hülsenfrüchten!

Leonie wirkt mit einem Mal streng, asketisch und sehr protestantisch. Aber das nächste Lachen, das von ihren Lungenspitzen zu kommen scheint, verwischt diesen Eindruck gleich wieder.

Das Phlegma täuscht natürlich, denn es brodelt in Ägyptens Gauen, mehr noch als in der Hauptstadt. Der Widerstand gegen den *Pharao* ist durchaus organisiert und dabei, sich immer besser zu organisieren. Ägypten ist ein Polizeistaat, doch der Pharao versucht eine gewisse Diskretion zu wahren. Seine geheimen Büttel holen die aufmüpfigen jungen Männer vorzugsweise zwischen zwei und vier Uhr früh aus den Häusern, wenn die meisten Menschen schlafen. Die auf diese Weise Abgeholten bleiben dann auf Jahre hinaus verschwunden.

Es gibt einfach zu viele junge Männer ohne irgendwelche Aussichten auf Arbeit und Lebensunterhalt. Nicht einmal heiraten können viele von ihnen. Der Sohn der Putzfrau zum Beispiel – Leonie lächelt verschämt bei dem Wort Putzfrau –, einer Beduinin und Witwe, der sie auf diese Weise ein paar Pfunde zukommen lässt, die zur Zeit das einzige Einkommen der Familie sind, außer verschiedenen kleinen Geschäften des Sohnes, der sich damit kaum selbst ernähren kann. Dieser Sohn kann nicht heiraten, weil der Brautpreis ein Kühlschrank ist. Mutter und Sohn können nie so viel Geld zur Seite legen, dass es für einen Kühlschrank reicht. Keine junge Frau aber lässt sich heute noch auf eine Ehe ohne Kühlschrank ein. Auch vergeben Eltern keine Töchter mehr an Haushalte ohne Kühlschrank. Ein Kühlschrank ist das mindeste an ehemäßigem Standard, egal, welche elektrische Leitung dafür angezapft werden muss.

Wir trinken nochmals Tee, dann Kaffee und Unmengen von Wasser. Es gibt in der Nähe eine öffentliche Toilette, eine der wenigen in der Altstadt, also ist das Trinken kein Problem. Eine sehr beliebte Toilette, in der manche Frauen aus der Umgebung sich Kopf und Füße waschen. Gelächter erfüllt den Raum, eine ansteckende Fröhlichkeit, die vom Wasser ausgeht. Wasser entspannt, Wasser macht die Atemwege und die Poren frei, und sein Gluckern erinnert selbst an ein Kichern.

Wir könnten endlos so dasitzen und Geschichten austauschen, Vergleiche anstellen und Lebenssummen ziehen, aber das, was ich gerne von Leonie hören würde, nämlich den tieferen Grund für ihr seinerzeitiges Weggehen, den persönlichen Anlass, den Menschen, für oder gegen den sie sich entschieden hat und der keinesfalls Nasser gewesen sein kann, auch wenn ihre Kondolenz bei der Ägyptischen Botschaft damals alles ins Rollen brachte, spart sie aus.

Es muss jemanden gegeben haben, der Leonies Blick überhaupt erst auf dieses Land lenkte – außer der Kunst –, Mann oder Frau. Jemand, der ihr nahegekommen ist oder sie ihm, ihr. Ein Student namens Abbas zum Beispiel, der das Wünschen in ihr entfacht hat. Der zum ersten Mal zu ihr sagte: Bei uns in Ägypten machen wir das und das oder ist das so und so! Ich kann es mir nur so vorstellen.

Eine Galerie in Kitzbühel stellt Leonies Kartonagen, wie gesagt, gelegentlich aus und verkauft sie auch, so sich Käufer finden. Leonie weiß sehr wohl, dass es verrückt ist, so relativ große Dinge zu fabrizieren, wenn man so relativ klein wohnt, allein der Transport. Davon leben kann sie natürlich nicht, aber sie hat immer bei der Künstlerversicherung eingezahlt und bekommt nun eine kleine Rente. In Österreich nicht der Rede wert, aber in Gizeh kann man damit auskommen.

Meine wie beiläufig gestellte Frage, ob sie nicht schon früher jemanden aus Ägypten gekannt habe, würdigt sie keiner Antwort, schüttelt nur mit wenig Nachdruck den Kopf. Die Mutter ist der Kunst gegenüber immer sehr aufgeschlossen gewesen und hätte es sicher gerne gesehen, wenn ich eine berühmte Künstlerin geworden wäre. Aber Kartonagen … Kartonagen haben ihr nie eingeleuchtet.

Die kleine schwarze Katze merkt früher als ich, dass ich aufstehen werde, und schlägt ihre Krallen eine Spur tiefer in meinen Pullover, ich spüre sie deutlich auf meinem Arm. Sie hat längst begriffen, dass aus uns beiden nichts werden kann, und als ich tatsächlich aufstehe, lässt sie sich anstandslos aufheben und auf den Boden setzen, wo sie gleich wieder den Platz von vorhin einnimmt, um weiter Ausschau zu halten.

Die Rückfahrt nach Agouza dauert über eine Stunde. Der Fahrer, ein dicker, pockennarbiger Mann mit grauen Schläfen, dessen letzte Kundin schon im Streit ausstieg – bei dem Verkehr waren wir froh, überhaupt ein Taxi gefunden zu haben –, verlangt plötzlich extra Geld für Zigaretten. Leonie bleibt hart, als strikte Nichtraucherin erst recht. Dennoch macht er unterwegs Halt, um am Kiosk Zigaretten zu kaufen, kommt zurück und zündet sich trotz Leonies lautstarkem Protest sogleich eine an. Sie überlegt laut, von Agouza nach Gizeh mit einem anderen Taxi zu fahren. Den Fahrer scheint das nicht weiter zu kümmern.

Nicht nur, dass er raucht, murrt sie, er fährt mir auch zu riskant. Da kann ich mich gleich in einen Bus quetschen. Das meint sie natürlich nicht ernst.

Den Bus zu benützen erfordere akrobatische Fähigkeiten, hat Lamis mir neulich erklärt. Und das scheint mir keine Übertreibung angesichts der Trauben von Menschen, die an den offenen Türen hängen und an den Haltestellen auf- und abspringen.

Es ist später Nachmittag und die Sharia Orabi ähnelt einem Strom mit zäher Fließgeschwindigkeit, der Riesenmengen von Geröll vor sich herschiebt, das sich an manchen Stellen gewaltig staut. Obwohl die Autos Stoßstange an Stoßstange fahren, zwängen sich immer wieder Menschen von einem Ufer zum anderen durch. Ich entdecke eine Ganzverschleierte, dem unbeschwerten Gang nach ein junges Mädchen, das mutterseelenallein mit tänzelnden Schritten nach einer Furt sucht. Und tatsächlich tut sich auf einmal eine Schneise auf, durch die dieses schwarzseidene Wesen, von dem nicht einmal die Augen oder die nackten Finger zu sehen sind, sich schlängelt. Wie befreit in ihrer Anonymität, schwebt sie geradezu über den Wassern. Eigentlich hatte ich erwartet, dass sie den für sie haltenden Fahrern ein Dankeschön zuwinken würde. Das hätte aus der kleinen Begebenheit eine Epiphanie gemacht, aber die gibt es bekanntlich nicht mehr.

Einige Bilder wirst du in deiner Erinnerung wiederfinden, sagt Lamis, doch die meisten werden sich dermaßen verselbständigt haben, dass du das Original nicht wiedererkennst.

Dreißig Jahre sind vergangen, seit ich für einen einzigen Tag nach Luxor gekommen war. Es ist ein ruhiger Flug, für den wir schon um fünf Uhr aus dem Haus mussten. Zum ersten Mal erlebe ich Muslime und Musliminnen, die im Sitzen beten, sich angeschnallt nach vorne beugen und mit der Stirn die eigenen Knie berühren. Beinah alle haben sich Gebetsschwielen wachsen lassen, selbst Anzugträger mit Managerköfferchen.

Es ist eine fröhliche Gruppe, eine Firmenbelegschaft, wie Lamis mitbekommen haben will, die zu einer *Aviationsshow* fliegt. Viel Gelächter unter den Kopftuchträgerinnen im Reisekostüm. Eine zieht die Gebetskette aus der Handtasche und lässt sie verspielt durch die Finger gleiten, während sie sich mit einer Frau in der Sitzreihe vor ihr unterhält.

Seinerzeit war ich mit dem Zug gekommen. Als zahlender *blinder Passagier* von Daisy, der koptischen Sekretärin des Kulturinstituts, einer Reisegruppe untergeschoben. Angeblich war auf Wochen hinaus kein reguläres Ticket mehr zu haben. Nun gab es sogar ein Single-Schlafwagenabteil für mich.

Einer der Reiseleiter, ein untersetzter junger Mann, versuchte, aus der Situation etwas zu machen, und nachdem er zuerst behauptet hatte, sich mein Ticket noch einmal anschauen zu müssen, setzte er sich neben mich aufs Bett und zerbrach sich den kraushaarigen Kopf darüber, warum ich um alles in der Welt alleine nach Luxor fahren würde. Ich solle doch einen Ägypter zum Freund nehmen, dann würde ich nie mehr alleine verreisen müssen.

Als ihm klar wurde, dass diese Unterhaltung zu nichts führte, begann er mir zu erklären, warum der Zug so rattere und sich während der Fahrt so hin und her werfe. Die Schienen seien nämlich ursprünglich für die alten englischen Pullman-Cars ausgelegt worden, jetzt aber werde mit wesentlich leichteren Waggons ungarischer Herkunft gefahren. Die hätten natürlich mehr Spielraum und würden daher gelegentlich aus den Gleisen springen. Er sah mir in die Augen auf der Suche nach einem Erschrecken über diese Möglichkeit, aber ich war zu müde, um mich zu fürchten, und wies ihm höflich die Tür, indem ich gleichzeitig nach dem Schlafwagenschaffner klingelte.

Trotzdem konnte ich nicht schlafen, und wenn ich schlief, dann so, als hätte ich kein Auge zugetan.

Am Bahnhof nahm mich frühmorgens ein Reiseführer in Empfang, hellhäutig und hellhaarig, ein Albino, der seine Augen mit einer großen Sonnenbrille schützte. Auch er war von Daisy für mich engagiert worden. Es war noch zu früh für Besichtigungen, und so setzten wir uns in den Garten des *Winter Palace*, um zu frühstücken.

Er war nicht mehr jung, zumindest erschien es mir damals so, und gab zu, dass ihm seine Arbeit manchmal schon ein wenig schwer falle. Die Arbeit sei Adams Strafe für den Sündenfall – er war ebenfalls Kopte –, wohingegen Eva das Leiden beim Gebären ausgefasst habe. Ich wandte ein, dass Eva mittlerweile wohl mit beidem geschlagen wäre. Sein Lächeln räumte den Mangel an Überzeugung nicht aus, als er angesichts des herrschenden Frauenüberschusses (wo er den bloß herhatte?) anzuerkennen bereit war, dass die Frauen insgesamt wohl ein wenig mehr litten.

Auch dieses Mal ist es noch ziemlich früh, und die Morgenkälte lässt sich auf dem Weg zum Taxi deutlich spüren.

Eine neue Prachtstraße führt vom Flughafen zur Corniche, gesäumt von Ziersträuchern und Stauden: Hibiskus, indischer Jasmin und Mimosen.

Männer sitzen in braunen, blauen oder hellgrauen Galabeyas auf ihren Fahrrädern, die Füsse in den Plastiksandalen nach außen gekehrt, wie Reiter mit Sporen beim Rodeo. Andere versuchen ihre Esel in Schwung zu bringen, indem sie dünne Stecken auf deren Hinterbacken tänzeln lassen.

Der Taxichauffeur hat berückend schwarze Augen mit langen Wimpern, die sich, enttäuscht und zornig, gleich noch mehr einschwärzen, als Lamis ihm bloß zehn Pfund geben will, er aber auf dreißig besteht.

Vor zwei Jahren waren es noch zehn Pfund, sagt Lamis, samt Trinkgeld, und rauscht zur Rezeption, um den aktuellen Preis zu erfragen. Der Chauffeur ist im Recht, und Lamis nimmt die restlichen zwanzig Pfund, die ich schon bereithalte, um sie ihm mit bedauernder Geste zu überreichen.

Ich erkenne nichts wieder, nicht einmal die Fassade. Es ist dasselbe *Winter-Palace* wie vor dreißig Jahren, nur dass wir in der Dépendance untergebracht sind, die moderner, komfortabler und preiswerter ist als der Altbau, der seine Glanzzeit längst hinter sich hat.

Zwischen Zimmer und Restaurant liegt ein parkähnlicher Garten mit Pool, Bistro und einem traditionellen arabischen Café, in dem man auf Kissen sitzen und Wasserpfeife rauchen kann.

Während zu Hause noch Winter ist, steht hier alles in Blüte und voller Farbe: die allgegenwärtigen Bougainvilleen, Oleander, hohe Dattelpalmen, *Ficus nitida*, in jede erdenkliche Form getrimmt. In den Blumenrabatten: Tagetes, Hornveilchen, vereinzelte Rittersporne, Leberbalsam, Mittagsblumen, Petunien,

Christusdorn und etwas, das Fleißigen Lieschen ähnelt, in Rosa, Lachs und Magenta. Sogar einzelne blühende Stockrosen, Gazzanien und Verbenen sind locker daruntergemischt. Was wird da für den Mai bleiben? Oder blühen die Blumen den ganzen Sommer über?

Im Sommer ist es hier viel zu heiß, sagt Lamis.

Das Mumifizierungsmuseum ist ebenfalls neu. Ein unterirdischer Bau in Ufernähe, mit nur so viel Licht wie unbedingt nötig. Zum Schutz der Exponate einerseits, und andererseits ist die Grabesstimmung wohl kalkuliert. Eine Inszenierung, gut bestückt und eindrucksvoll gestaltet.

Im Inneren eines der ausgestellten Särge sind auch Gesichter en face gemalt, nicht nur wie sonst im Profil. Manchmal erinnern die Bildfolgen an Comics. Figuren mit Enten- oder Geierköpfen, weibliche Körper mit Schlangenhäuptern, die sich junge Krokodile geschnappt haben. Die Toten sollen auch was zum Lachen haben.

Bis auf einen frischen Leichnam ist alles da, was man zum Mumifizieren braucht: Haken, Messer, Scheren, Binden, Salben, Nadeln, Harze. Und bemalte Särge, die sich wie russische Matrjoschkas ineinanderstecken lassen.

Bei einem Museum, für das man höchstens ein Stündchen braucht, bedeuten die umliegenden Shops nicht nur Atempause, sondern auch Vertiefung. In den angebotenen Büchern und Katalogen liest und schaut man nach, was man gerade gesehen hat. Dasselbe gilt für die Postkarten, wenn sie halbwegs gut gemacht sind. Lamis und ich kaufen sie kiloweise. Nicht so sehr zum Verschicken denn als Stütze für das Gedächtnis.

Während ich noch eher ziellos – es ist unser dritter Shop – nach geglückten Nachbildungen von Thot in Gestalt eines Ibisses Ausschau halte, verhandelt Lamis bereits mit tödlichem Ernst über zwei kunstvoll nachgestaltete Köpfe aus Gips. Einer davon soll der von Hatschepsut sein, der andere der einer nicht sehr bekannten Gemahlin eines sehr bekannten Pharaos. Er ist genauso gut, wenn nicht besser, gearbeitet. In diesem Stadium ist klar, dass es noch eine Weile dauern wird mit dem Handeln.

Es geht um Kunst, die angeblich ihren Preis hat, und die Forderung, von der der Händler ausgeht, ist dementsprechend hoch.

Ich freunde mich inzwischen mit der etwa fünfzehn Zentimeter hohen Figur einer Sekmet in Basalt an, die ich einer Katzenliebhaberin schenken möchte, obwohl sie einen Löwenkopf hat, halte sie eine Weile in der Hand, stelle sie auf den Verkaufstisch, so dass ich sie von allen Seiten sehen kann, lenke den Händler kurz von Lamis ab, indem ich wie beiläufig nach dem Preis frage. Stelle dann die Figur wieder an ihren Platz zurück, fest entschlossen, sie zu kaufen.

Neben dem Verkaufstisch, auf dem Boden, steht ein Anubis, der schakalköpfige Totengott, mit einem derart verschmitzten Gesicht, dass ich ihn sofort würde haben wollen, wäre da nicht die leidige Frage des Transports.

Das ist hier nicht der Basar, sondern so etwas wie eine Kunsthandlung, dennoch herrschen dieselben Sitten. Nur die Abwicklung erfolgt ein wenig gelassener. Endlich haben Lamis und der koptische Händler sich geeinigt. Waren sie einander kurz zuvor noch wie Schachspieler gegenübergesessen, mit nichts anderem im Sinn, als ihr Spiel zu gewinnen, loben sie nun entspannt die Ware des Verkäufers sowie den Geschmack der Käuferin und reden von der Freude, die Lamis mit den Köpfen haben soll und wird.

Lamis zieht aus ihrer ohnehin schon voluminösen Handtasche eine zusammengefaltete noch voluminösere Tasche hervor, in die nun die dick mit Papier wie mit Mumienbandagen umwickelten Gipsköpfe gepackt werden. Wir legen alle mit Hand an, der Händler, Lamis und ich.

Im letzten Moment, als Lamis bereits bezahlt hat, fällt ihr Blick auf den Anubis. Ich weiß sofort, was das bedeutet. Und während ich von meiner wohlgestalten kleinen Sekmet rasch noch ein paar Pfund herunterhandle, schon weil es sich so gehört, umkreist Lamis den Anubis, hebt ihn sogar probeweise ein wenig an, obwohl er ohne Zweifel viel zu schwer ist. Wir können schon die beiden Köpfe nur zu zweit tragen und müssen an der Corniche nach einem Taxi Ausschau halten, dabei sind es nur ein paar hundert Meter bis zum Hotel.

Lamis beginnt vom *Dackel* zu reden, auf den sie unter keinen Umständen verzichten möchte. Der *Dackel* muss mit. Plötzlich werden wir gleichzeitig von einem Lachkrampf geschüttelt, so heftig, dass wir die Köpfe abstellen müssen, um sie nicht fallen zu lassen.

Ein Taxifahrer, der neben uns stehengeblieben ist, fährt irritiert weiter, als er sieht, wie wir uns vor Lachen krümmen und uns mit beiden Händen die Tränen aus den Augen wischen.

Ich frage mich und frage Lamis immer wieder, wie sie die beiden Köpfe nach Kairo zu bringen gedenkt.

Wozu habe ich einen Koffer mit Rädern mitgebracht?

Wie vorauszusehen, erregen wir allgemeines Aufsehen, als wir die Tasche mit den zwei Köpfen vierhändig, als hätten wir eine zerstückelte Leiche darin versteckt, durch den Park bis zum Lift der Dépendance schleppen.

Am ersten Abend gehen wir, hungrig wie Hyänen am Rande der Sahara, ins Restaurant *Tarbouche* auf der Dépendance-Seite. Es sieht teuer aus, und das ist es auch. Mit Kellnern, die in Kleidern stecken, wie sie zu Zeiten des Osmanischen Reiches üblich waren. Sie haben einen Fez auf dem Kopf und sind in leuchtend rote Hosen und Jacken gekleidet. Auch die Lohndiener tragen diese Uniform, während die Kellner im Frühstücksraum, der abends für dreierlei Themen-Restaurants genützt wird (Oriental, À la franga, Mediterranée), Galabeyas anhaben, was ihnen wesentlich besser steht.

Der bebrillte junge Kellner im *Tarbouche* arbeitet ebenfalls an seiner Schwiele. Sie hat Rosinenform und ist genauso braun und verschrumpelt. Dennoch entkorkt er die Roséflasche, die ich bestellt habe, professionell und benimmt sich Frauen gegenüber zuvorkommend.

Wir nehmen Hirsepüree, in das wir das Fladenbrot tauchen, gefüllte warme Weinblätter auf kleingeschnittenem Salat und Tauben, die mit Grünkern gefüllt sind.

Beim Essen ist uns warm geworden, die wir vom heftigen Wind aus der Wüste, der uns trotz strahlenden Sonnenscheins durch Mark und Bein fuhr, ziemlich ausgefroren sind. Ich hatte alles angezogen, was noch im Koffer war. Nur für den Kopf hatte ich nichts dabei. Da wäre ein Kopftuch ganz nützlich gewesen.

Ich würde gerne die Weinflasche, die noch halb voll ist, wie in anderen Hotels für den nächsten Tag kühlen lassen, doch Lamis, die ohnehin nur genippt hat, rät mir dringend ab.

Stell dir vor, er spuckt heimlich in die Flasche, aus Glaubensgründen. Sie bietet mir an, die Flasche in ihrer großräumigen Tasche nach oben zu schaffen, damit es mir nicht peinlich sein müsse, mit der Flasche unterm Arm durchs Hotel zu gehen.

Ohne Skrupel bekenne ich mich zu den nationalen Traditionen meines Herkunftslandes und spaziere mitsamt der sichtbaren Flasche hinter Lamis her zu ihrem Zimmer. Niemand ist uns begegnet. Lamis hat beschlossen, dass wir uns noch ein wenig auf ihren Balkon setzen, um den Tag mit Plänen für den nächsten ausklingen zu lassen, bevor wir endgültig ins Bett gehen.

Beim Frühstück entdecke ich eine Figur, die aus einem der Levante-Romane stammen könnte, die ich früher so gerne gelesen habe. Eine korpulente Dame um die fünfzig, mit kastanienfarbenem Haar, in dem eine frische Rose steckt, und viel nackter, tofuartiger Haut an Hals und Brustansatz, der übrigens mit einem altägyptischen Collier behangen ist, wie der erste Shop neben dem Mumifizierungsmuseum eines in der Auslage hatte. Die unter dem milchkaffeebraunen, mit Strass bestickten Seidentop hervorlugenden rosa BH-Träger stören ein wenig. Wenn sie wenigstens schwarz wären, würden sie besser in das Bild passen, das ich mir mittlerweile von der Frau gemacht habe.

Ihr Begleiter ist vom Typ her seriöser, nicht unvermögender Geschäftsmann, und er scheint einen Narren an ihr gefressen zu haben. Möglicherweise hat er sie aus einem Bordell in Alexandrien befreit, hingerissen von der Mischung aus Naivität und Verruchtheit, mit der sie den Platz an seiner Seite füllt.

Ich muss damit aufhören, sie anzustarren. Lamis wird langsam nervös und versucht, mich in ein Gespräch über die Tauben, die der Vogelgrippe wegen in Volièren gesperrt sind, zu ziehen. Aber sosehr ich mich auch bemühe, den Tauben in den Volièren, die ständig an den Gitterstäben von Tauben von außerhalb der Volièren Besuch bekommen, Aufmerksamkeit zu schenken, mein Blick gleitet doch immer wieder zu der Frau zurück, die sich mittlerweile einen Teller voll kleiner Cremetörtchen hat bringen lassen, die sie sich nun eins nach dem anderen und mit weggespreiztem kleinem Finger in den herzförmigen Mund schiebt. Schon bin ich damit beschäftigt, ihre Biographie zusammenzustellen: Italienerin, Waise, Schulabbruch, Dienstleistungsberuf. Perugia, Orvieto, Brindisi. Mit über vierzig dann Alexandrien. Abgeschlafft, ein wenig aus dem Leim gegangen, aber immer noch täglich mit einer frischen Rose im Haar. Ich habe auch schon einen Namen für sie: *Madame Paola*.

Während ich mir noch etwas geschnittenes Obst vom Buffet hole, versuche ich im Vorübergehen so nahe wie möglich an *Madame Paola* heranzukommen, um zumindest einen Hauch ihres Parfums zu erschnuppern. Gerüche sagen viel über einen Menschen.

Ich schnupfe zweimal auf. Das kann nicht sein. Den Duft kenne ich aus dunkler Vergangenheit. Sie riecht nach *Chat noir*, einem Duftwasser, wie es Anfang der Sechziger *en vogue* war. Eine Archäologieprofessorin, bei der ich ein Semester über Grabungstechnik nicht zu Ende hören konnte, benutzte es ausschließlich und exzessiv. Sie hatte sich eines Tages mit einer Überdosis Veronal das Leben genommen, zwischen der Mittwoch- und der Freitagvorlesung.

Wohl darum ist mir dieser Duft so stark in Erinnerung geblieben. Es haftete ihm etwas aufreizend Direktes, beinah ein wenig Vulgäres an, das so gar nicht zu der Professorin passte, und hatte noch Wochen nach ihrem Tod eine Geruchsspur durchs Institut gezogen.

Ich hätte nie geglaubt, dass es *Chat noir* überhaupt noch gibt, womöglich auch die kleinen Flaschen, auf denen eine bucklige, stark stilisierte schwarze Katze klebte. Aber selbst wenn es *Chat noir* in dieser Form nicht mehr geben sollte, musste der Duft die alten Fläschchen, womöglich auch die alte Erzeugerfirma überlebt haben, um hier in Luxor aus einem weiträumigen Frauenkörper wieder aufzuerstehen.

Im Laufe des Tages begegnete ich ihr und ihrem Begleiter noch einige Male. Sie gehörten zu einer amerikanischen Reisegruppe, und als wir dann vor dem Hotel ganz nahe aneinander vorübergingen, konnte ich *Madame Paola* in einem deutlichen Südstaaten-Akzent und mit einer etwas gebrochenen Kinderstimme sagen hören:

No more graves, please!

Die Anwesenheit der Götter ist greifbar, in Stein, in Holz, in Lehm und in der Ebenbildhaftigkeit der menschlichen Gesichter. Damals, zu der von ihnen strukturierten Zeit, wurden sie gewaschen, gesalbt, gefüttert. Sie wurden gepflegt, wie die Welt gepflegt werden wollte. Eine Welt, von der man nicht erlöst zu werden brauchte, die aber in Gang gehalten werden musste, damit nicht das Schlimmste geschah, was zu befürchten war, nämlich niemals geboren zu werden.

Auch jetzt pflegt man die Götter. Reinigt sie, gibt ihnen ihre Gestalt wieder und speist sie mit Blicken der Neugier und der Bewunderung für ihr Alter, ihre Erscheinungsform und ihre Kunsthaftigkeit. Von überall her kommen Menschen, um die Götter anzuschauen, sie in den Blick zu nehmen, mit ihnen und über sie zu reden:

He, du da, du bist zu groß für meinen Sucher! So weit kann ich gar nicht zurücktreten, dass ich dich als Ganzes drauf habe.

Schatz, kannst du mich zusammen mit der Krokodilin da ins Bild bringen?

Die Unstimmigkeiten zwischen Juden und Ägyptern sollen weit in die Zeit zurückreichen. Die Ägypter nahmen es den am Nil lebenden Kindern Israels übel, dass sie in ihren Tempeln Schafböcke verbrannten, in deren Gestalt sie ihren Gott Amun verehrten, dem sie wie in Karnak ganze Alleen aus steinernen Widdern bauten. Während die Israeliten die Ägypter als Götzendiener verachteten.

Die Welt ist kein so guter Ort mehr, aber sie wird noch immer in Gang gehalten, durch Geldbeschaffung zu ihrer Erneuerung und zu ihrer Zerstörung, aber auch zu ihrer Erforschung.

Und durch *Son et lumière* in Karnak. Alle zwei Stunden in einer anderen Sprache. Die Widder sowie die ober- und unterägyptischen Kronen werden ausgeleuchtet, die Säulen trennen Licht- von Schattenreichen. Die Götter werden zu Dreifaltigkeiten gebündelt. Amun, Mut und Choms oder Isis, Osiris und Horus. Eine ständige Wiederholung der Heilsgeschichte, die von Unheil geprägt ist. Da gibt es ganze Katakomben voller ausrangierter Götter, die die Archäologen, Hebammen gleich, wieder ans Licht ziehen.

Die Götter werden nicht nur besehen, sondern auch beschallt. Weltmusik bringt Tragödien zum Klingen, an denen die Götter seit ewigen Zeiten kranken. Lautsprecher sprechen laut und verkünden Heroisches, das aus zeitversetzten Zusammenhängen stammt und sich rasch ins Lächerliche verzerrt.

Im Überlebenskampf gestählte *Priester* versehen ihren Dienst als Reiseleiter und Tempelführer und verdienen mit den Göttern ihren Lebensunterhalt. Als ob sich daran je etwas änderte …

Lamis und ich halten uns an der Hand, um uns in der dramaturgisch eingesetzten Dunkelheit nicht zu verlieren. Gleichzeitig halten wir unsere dicken Jacken fest, auf die wir uns setzen wollen, wenn wir gegen Ende ins tempeleigene kleine Stadion geleitet werden, wo uns dann der Rest des deutschen Textes – er stammt aus den sechziger Jahren – zu Gehör gebracht wird. Mit Blick auf künstliche Funkenflüge und Rot-, Grün- oder Blaulichtspiele, die die jeweils in Rede stehenden Tempelbezirke herausheben.

Es ist nicht mehr so kalt, der Wind hat sich in die Wüste verzogen. Wir sind entsprechend gekleidet und entsprechend beeindruckt von der nächtlichen Gruselführung durch eine der bedeutendsten Gedenkstätten einer alten Kultur, die dem Leben wohlwollte und die nun Zeugnis von sich selbst ablegt. In groben Blöcken und feinen Formgebungen, in einer unermesslichen Vielfalt von Gestalten, die vor allem für eines stehen, den Erhalt des Lebens in seiner diesseitigen und in seiner jenseitigen Form.

Während der textlichen Eskapaden über Dauer und Untergang nicken Lamis und ich immer wieder ein, die Gleichmut des

Erhabenen wirkt nach einem langen ereignisreichen Tag ansteckend bis einschläfernd. Was zur Folge hat, dass das alte Ägypten sich in unsere Träume einnistet.

Als wir dann mit Pauken und Trompeten entlassen werden, bleibt uns nur noch, nach dem Fahrer zu suchen, den wir gebeten hatten, uns an einer Stelle, die wir auch wiederfinden würden, abzuholen.

Als wir so, ein wenig unsicher, ob wir den richtigen Weg genommen haben, durch den Park gehen, werden wir mit einer ganz persönlichen Draufgabe belohnt: Anubis schnürt in Gestalt eines erdfarbenen Schakals über die abgewetzte Rasenfläche. Ich bemerke ihn zuerst und stoße Lamis an, indem ich ihr gleichzeitig die Richtung weise. Ein paar Sekunden lang steht ihr der Mund offen, dann wendet sie sich wieder mir zu.

Der *Dackel*. Ich habe dir gesagt, dass der *Dackel* mit muss.

Auf dem Weg zum Frühstück begegnet uns ein Wiedehopf. Er pickt nach Insekten im Rasen. Seine Stirn und seine Flügel – apricotfarben – sind jeweils von drei schwarzen Punkten markiert. Er merkt, dass ich ihn bewundere, leise auf ihn einspreche. Während er weiterpickt, behält er mich im Auge, dreht sich nach allen Seiten, um sich in seiner ganzen Wohlgestalt zu zeigen, und dennoch weicht er zurück, ohne Eile und ohne aufzufliegen, immer weiter bis zum Fuß einer Dattelpalme, so als würde er jeden Augenblick ihren Stamm hinauflaufen.

Als wir vom Frühstück zurückkommen, lerne ich auch das Weibchen kennen. Es ist ein wenig blasser und ein wenig scheuer als das Männchen. Das Epos *Gespräche der Vögel* des iranischen Dichters Farudeddin Attar aus dem 13. Jahrhundert kommt mir in den Sinn, in dem der Wiedehopf als Seelenführer auftritt, der die dreißig Vögel zum Simurgh führen will, durch Elend, Not, Versuchung und Entbehrung. Am Ende entdecken sie, dass sie sich selbst gesucht haben. Simurgh heißt so viel wie dreißig Vögel.

Ich weiß, dass es das Grabmal des Ramose ist, der Wesir unter Amenophis III. und seinem Sohn Echnaton war. Vor mir geht ein Mann, den ich für den *ghaffir*, den Grabwächter, halte. Ich folge ihm bis zu dem milchfarbenen Relief von Ramose und seiner Frau, die zärtlich den Arm um die Schulter ihres Mannes legt.

Nach Echnatons Glaubensumsturz hat man die Gans, den heiligen Vogel des Amun, herausgekratzt, und nach Echnatons Tod wurde dann *sein* Bild zerstört, um die Erinnerung an ihn zu löschen. Ich suche nach der Leerstelle, aber da ist nur das Bild des Paars, das immer größer und strahlender wird.

Als der *ghaffir* sich umdreht, ist es Abbas. Er trägt auch keine Galabeya mehr, sondern eine khakifarbene Hose und ein weißes kurzärmeliges Hemd.

Ich habe Nasser überlebt, sagt er, und ich habe Sadat überlebt.

Ich weiß, dass noch einer fehlt, der Name liegt mir auf der Zunge und will nicht über die Lippen.

Sprich ihn nicht aus, sagt Abbas, er soll über mein Grab keine Macht haben.

Er kommt auf mich zu und legt den Arm um meine Schulter. Schön, dass du endlich gekommen bist, du hast dir lange Zeit gelassen. Zu lange.

Soll das heißen, ich habe etwas versäumt?

Man kann ein Grab nicht allein bewohnen. Nicht in Ägypten. Man muss es mit jemandem teilen. Ein einzelner Mensch ist weniger als die Hälfte wert.

Ich erwarte, dass Abbas mich umarmt, wie er es damals in seinem Studentenzimmer getan hat. Die Stelle, an der sein Arm meine Schulter berührt, fühlt sich immer heißer an.

Jetzt lässt *du* dir Zeit. Ich drehe mich zu ihm hin und lege meine Arme um seinen Hals. Auf was wartest du noch?

Leonie ist vor dir da gewesen, sie ist in der Kammer und bereitet das Essen vor.

Leonie?

Wir haben uns seinerzeit in Wien kennengelernt und waren damals schon ein Paar.

Vor oder nach unserer Zeit?

Vor und nach unserer Zeit.

Ich war also nur ein Zwischenspiel? Ein kleines Intermezzo?

Im Gegensatz zu dir hat Leonie mich nie aus den Augen verloren. Und als ich wieder in Ägypten war, ist sie eines Tages nachgekommen.

Weil sie es ohne dich nicht ausgehalten hat?

Weil sie es ohne mich nicht ausgehalten hat.

Abbas hat sein Knie zwischen meine Beine geschoben und zieht mich immer dichter an sich heran.

Plötzlich merke ich, dass ich einen viel zu kurzen Rock trage mit nichts darunter. Abbas lacht und zieht mir die Bluse aus. Ich weiß nicht, was mehr auf mein Herz drückt, der unbändige Wunsch, mit Abbas zu schlafen, oder die demütigende Eifersucht auf Leonie.

Als ich erwache, bin ich empört und verletzt zugleich. Es dauert eine Weile, bis dieses Gefühl sich beruhigt. Seine Heftigkeit erstaunt mich und ich kann lange nicht einschlafen.

Dendera. Wir haben uns entschlossen, nach Dendera zu fahren zu Hathor, der Himmelskuh. Ich sehe noch das Bild vor mir, wie sie im Grab des edlen Irinefer an die Wand gemalt ist, die rote Sonnenscheibe zwischen den Hörnern, um den Hals türkisfarbenen Schmuck, bedeckt von einem erdfarbenen Plaid mit weißen hochgestellten Karos. Sie ruht auf einem Wasserbett, das das Urgewässer, Nun, darstellt, aus dem sie den älteren Horus oder Horwer, den Falkengott Re-Harachte, zu sich heraufgeholt hat. Ihr Blick ist ausdrucksstark und lässt mich an eine weitere Kuhäugige, die Hera der Griechen, denken.

Wir fahren im Konvoi aus einigen Bussen und Taxis, die Polizeiautos zur Bewachung haben sich dazwischengeschoben. Die Fahrt geht über Land, etwa 70 km nach Norden. Zuckerrohr wird geerntet, und auf den Feldern leuchtet von Zeit zu Zeit ein rotes Kleid aus dem Röhricht.

Entlang des Kanals tauchen immer wieder kiefernartige Bäume auf, aus denen die Ibisse wie geplatzte Baumwollkapseln hervorleuchten, kugelrund wie knapp vor der Ernte.

Das sind Gazwinas, sagt Lamis. Sie stammen aus Australien wie die Eukalyptusbäume, in denen die Ibisse am liebsten sitzen. Gazwinas vertragen Trockenheit, sogar Frost. Man pflanzt sie als Windschutzgürtel oder an den Kanälen.

Ich würde gerne einen dieser *Baumwollbäume* fotografieren, aber sobald ich die Kamera in der richtigen Position habe, ist der Baum bereits vorüber.

Wir kommen durch eine Stadt namens Qena, die im Jahr 2005 ihrer vielen Gärten und Pflanzungen wegen den Welt-Umweltpreis erhalten hat.

Hast du je davon gehört?, fragt Lamis. Ich schüttle den Kopf.

Und von Abdel Rahim al-Qenavi, dem großen Heiligen dieser Stadt, wahrscheinlich auch nicht. An seinem Geburtstag wird ein in ganz Oberägypten bekannter *Mulid* abgehalten. Schade, dass wir zur falschen Zeit gekommen sind.

Am Straßenrand werden Kürbisse und Paradeiser angeboten sowie rote und violette Karotten. Oleanderhecken säumen die Uferstraße, und einige der Häuser sind mit muslimischen Symbolen und mit Szenen aus dem Alltagsleben bemalt.

In der Stadt selbst steht auf dem bepflanzten Mittelstreifen alle 50 m ein Plakatständer mit einem Jugendbildnis des Präsidenten. Plötzlich dreht sich der Fahrer nach uns um und sagt lachend: *Young, young pharao!*

Hathor reicht weit hinter die Geschichte zurück, auch hinter die ägyptische, soweit sie aufgeschrieben ist. Eine Muttergöttin, wie sie am Anfang fast aller Kulturen steht, kosmisch und mit vielerlei Erscheinungsformen. Als Kuh, als Löwin, als Geier … Sie war die ursprüngliche Schöpferin des Universums, die erste der Götter und Göttinnen und als Hathor-Tefnut *Augapfel* und Tochter des Sonnengottes Re. In ihrer Gestalt als Nut bedeutet sie das Firmament. Die Sonnenscheibe geht nachts durch sie hindurch. Sie ist Teil mehrerer Triaden. Ihr Sohn Ahy gilt als Sohn von Atum. Re-Harachte ist ihr Geliebter, der sie als Horus der Ältere, einmal im Jahr auf seiner Barke mit einer ganzen Prozession von Edfu her kommend, besucht, ein Besuch, den Hathor mit demselben Pomp einmal im Jahr erwidert.

Es gibt viele Geschichten über Hathor. Einst schickte Re seine Tochter als Sekmet, die wilde Löwin, aus, um die gottvergessene Menschheit zu bestrafen. Sie führte diesen Auftrag mit demselben Furor aus, mit dem die frühen Christen später ihre Tempel zu zerstören suchten, und fand aus dem Massakrieren nicht mehr heraus. Als Re, erschrocken über ihre Vernichtungswut, beschloss, wenigstens ein paar Menschen vor dem Verderben zu retten, musste er seine Tochter überlisten. Um ihren Blutdurst zu stillen, ließ er sie rotgefärbtes Bier trinken. Das machte sie so müde, dass sie in Schlaf fiel. Auf diese Weise war die Menschheit noch einmal davongekommen.

Sie ist auch die Göttin der Trunkenheit, sagt Lamis. Mal sehen, ob sie in diesem Zustand abgebildet ist. Aber wir finden nichts, was für eine solche Darstellung spräche.

Aus Sekmet wird im Schlaf Bastet, die Katzengöttin, die einen freundlicheren Aspekt verkörpert.

Als Kuhohrige ist Hathor gleich sechsmal in die Tempelsäulen am Eingang gemeißelt. Das Gesicht aber haben ihr Christen einst mit Spitzhacke und Beil zertrümmert. Dennoch ist Dendera der am besten erhaltene ägyptische Tempel. Viele der Malereien sind noch erkennbar oder konnten diskret renoviert werden. Die Räume sind alle begehbar, auch die auf dem Dach. Astronomische Bilder und Zeichen harren ihrer Deutung, die uns nur notdürftig gegeben wird.

Wir sind zu viele für eine geordnete Führung, und so suchen wir uns im schriftlichen Führer kundig zu machen. Hathor, die die Sonne gebiert, steht da zu lesen. Aber es ist die Sonne, von der trichterförmige Strahlen auf den Hathor-Kopf im Kuhaspekt niedergehen.

Auf dem Dach befindet sich die Kapelle der *Vereinigung mit der Sonnenscheibe*, die von sechs Hathorsäulen und einer halbhohen Mauer begrenzt wird. Angeblich konnte sie bei Regen mit Holz oder Stoff überdacht werden. In dieser Kapelle pflegte die Statue der Göttin ihre Sonnenbäder zu nehmen, ohne aufdringlichen Blicken ausgesetzt zu sein.

Ebenfalls auf dem Dach kann man sich die zwei *Grabkapellen des Osiris* ansehen. Einer Version des Isis-Osiris-Mythos zufolge war in Dendera ein Teil des von seinem Bruder Seth zerstückelten Osiris ausgestreut worden. Isis sammelte die Teile ein, bis auf sein Glied, das ein Fisch verschluckt hatte, setzte sie zusammen und belebte sie wieder.

Das Mysterium, das an den Wänden der Kapelle abgehandelt wird, bezieht sich auf den Zauber, den Isis anwandte, um sich mit dem Samen des Osiris zu schwängern. Sie muss sich dabei eigenhändig an seinen Testikeln bedient haben.

Isis ist eine der *wilden Töchter* des Sonnengottes, und sie ist die durchtriebenste. Um an den wahren Namen ihres Vaters zu gelangen, der ihr Macht über ihn geben würde, erschuf sie eine Giftschlange, der es gelang, den alt und unachtsam gewordenen Re zu beißen. Da er seine Qualen lindern wollte und nur Isis ihn heilen konnte, gab er ihn preis, und Isis kam als *die Zauberreiche* durch den wahren Namen ihres Vaters, der so oft die Gestalt und die Namen wechselte, an die Macht. Ihr Einfluss reichte bis weit in die Römerzeit und verbreitete sich im ganzen Römischen Reich bis tief in die Alpen hinein, wo auch sie Namen und Gestalt des Öfteren wechselte.

Wir haben uns an den vielen Bildern, Reliefs, Säulen und Treppen redlich abgearbeitet, aber es ist eine glückliche Müdigkeit, unsere Schaulust hat höchste Befriedigung gefunden. Ehrfurcht und Bewunderung bleiben. Ich frage mich, warum mir die keltischen Göttinnen, von denen ich mehr phantasiert als erfahren habe, immer so alt und so geheimnisvoll vorkamen, während ich Hathor, die so viel ältere, noch immer als gegenwärtig erlebe. Weil durch ihren Zorn die Güte glaubhaft wird? So viele Hände haben über die Jahrtausende ihre Gestalt in Erscheinung gebracht, so lange nach ihr im Stein, mit Stiften und Farben gesucht, bis sie unverkennbar und unwiderruflich da war. Als Kuh, als Löwin, als Geier, als Katze, als Firmament … Lange vor den Evangelisten, die auch nicht ohne Tiergestalt auskamen.

Beim Hinausgehen bemerke ich zwei majestätisch schreitende Ibisse, zu deren Seiten zwei Götter einen Teppich mit dem Auge des Horus hochhalten. Der eine ist Thot, in Gestalt eines Ibisses, der andere Anubis als schwarzer Schakal. Ich hatte Thot schon vermisst, den unscheinbaren Allgegenwärtigen. Mir fällt die Geschichte von ihm und Hathor in der Gestalt von Tefnut, der Katze, wieder ein. Re hatte Streit mit seiner *wilden Tochter* Tefnut, und sie verließ Ägypten als äthiopische Katze, um nach Katzenart im heißen Obernubien herumzustreunen. Aber Re begann sich nach ihr zu sehnen und beauftragte Thot, sie zurückzuholen. Thot machte sich, diesmal in Gestalt eines Schakalaffen, auf den Weg, und als er Tefnut gefunden hatte, versuchte er, sie mit allerlei Kunststücken und guten Worten zur Heimkehr zu bewegen. Er tanzte vor ihr, umschmeichelte und unterhielt sie mit Tierfabeln und Wortspielen, musste jedoch höllisch aufpassen, um sie nicht zu verärgern. Vor allem wenn er die Moral zu dick auftrug und seine Absicht zu deutlich merken ließ. War das der Fall, verwandelte sich die Katze Tefnut in die Löwin Sekmet, deren Rücken glühte. Ihr Fell rauchte, Flammen schlugen aus ihrem Blick, und ihr Gesicht färbte sich wie die Scheibe der Sonne. Sie brüllte, schnaubte Dampf und wirbelte mit ihrem Schwanz den Sand auf.

Thot, dem zwar von Re sein Leben zugesichert worden war, fühlte sich dennoch gefährdet und ließ keine Gelegenheit aus, der Göttin ob ihrer Schönheit zu schmeicheln, sie mit Zaubertricks zu besänftigen und ihr die richtigen Geschichten zu erzählen.

Launisch und unberechenbar wie das Wetter im Frühling und unter vielerlei Verzögerungen und kleinen Rückziehern kehrte die Sonnenkatze in Begleitung des affengestaltigen Thot in ihre Heimat zurück. Je weiter sie nach Ägypten hineinkamen, desto mehr gewann Thot die Oberhand. Als er obendrein die schlafende Katze vor einem Schlangenbiss rettete, bewies er den Wahrheitsgehalt seiner Geschichte von Löwe und Maus, nämlich dass auch der Schwache den Starken aus einer lebensbedrohlichen Situation erretten kann.

Tefnut wurde bei ihrer Rückkehr in all ihren Heiligtümern mit Jubel empfangen, verehrt und gefeiert. In Heliopolis versöhnte sie sich mit ihrem Vater.

Thot, der Gott des Mondes und der Diebe, der Messer der Zeit und der Heiler der Wunden, der Erfinder der Schrift und der Verbreiter von Mutterwitz, hatte die Göttin gezähmt, indem er sie unterhielt, ihr Geschichten erzählte und für sie tanzte.

Es ist später Nachmittag. Auf dem Vorplatz des Tempels haben sich die Händler eingefunden. Ein kurzer Blick genügt, und Lamis und ich gehen geradewegs auf einen der Schalverkäufer zu. Er bietet jene großen Wollschals an, auf die wir es abgesehen haben. Es gibt sie in verschiedenen Farben, diesjährigen Farben, so weit ich sehe. Lamis prüft, hält gegen's Licht, beginnt zu feilschen, wendet sich ab, erklärt mir auf Deutsch, an welchen Stücken sie für ihre *Kollektion* interessiert sei, nähert sich wieder dem Händler, fasst einen Schal nach dem anderen an, möchte sie zur Gänze ausgebreitet sehen und beginnt mit den Preisverhandlungen.

Es sind schöne Schals, und der Händler nennt von Haus aus einen niedrigeren Preis als die Händler im Suk von Luxor, leider führt auch er, der sich mindestens zehn verschiedene Schals über die Schultern geworfen hat, den einen, den ich haben will, nicht. Enttäuscht, entscheide ich mich für einen rot-grünen, den ich als Geschenk mitbringen werde, während Lamis sich die zwei ihrer Wahl schon vom Gehilfen einpacken lässt.

Wir haben uns für das Buffet der Oriental-Abteilung des großen Restaurants im Hotel entschieden. Uns geduscht und umgezogen, schon der Band zu Ehren, die demnächst ihre beinahe-einheimische Musik vortrommeln und vorflöten wird.

Für hiesige Verhältnisse sind wir viel zu früh dran, aber da die meisten Gäste Ausländer oder ägyptische Touristen sind, füllt sich das Restaurant zusehends.

Wir waren noch einmal bei dem koptischen Händler, um den *Dackel* zu holen, von dem Lamis nicht lassen wollte. Doch als wir ihn ins Licht stellten, zeigte er sich von seiner beschädigten Seite. Da war ein deutlich erkennbarer Sprung hinter seinem aufgestellten linken Ohr, den auch der Händler nicht in Abrede stellte. Er wollte noch mehr von dem bereits ausgehandelten Preis nachlassen, aber bei Lamis siegte die Vernunft.

Einmal irgendwo anstoßen, und das Ohr ist ab. Oder gleich der halbe Kopf. Lamis ist eben doch eine geborene Handwerkerin, die weiß, was ein Material aushält und was nicht.

Insgeheim danke ich Anubis für sein Verständnis. Ich kann mir noch immer nicht vorstellen, auf welch trickreiche Weise Lamis ihn nach Kairo transportieren wollte.

Wieder versuche ich herauszufinden, wer Lamis' Freundinnen, wer ihre Freunde waren, wie sie in Wien und wie sie hier gelebt hat, aber sie ist ein zurückhaltender Mensch, der es einem nicht leicht macht. Manchmal spricht sie über ihren verstorbenen Vater, den *Menschenfresser*, wie sie ihn lachend nennt, der seine Besucher auffraß, so viel wollte er von ihnen erzählt bekommen oder ihnen erzählen. Oder von einer Tante, die in Libyen Handarbeitslehrerin war und das dortige Schulsystem mitaufgebaut hatte.

Sie war als Frau alleine in Libyen?

Sie war nicht alleine. Es gab eine ganze Kolonie von ägyptischen Lehrern samt Familie in Tripolis. Später kamen viele Gastarbeiter. Meine Tante war also nicht alleine in Libyen, sie war nur unverheiratet.

Sag bloß, das ist in deiner Familie Tradition. Lamis reagiert nicht. Oder nicht so, wie ich es mir gewünscht hätte.

Meine Tante war als junge Frau sehr krank, und es war klar, dass sie keine Kinder kriegen würde. Da hat ihr Verlobter sie verlassen. Darüber ist sie nie hinweggekommen. Sie hätte schon noch Bewerber gehabt, aber sie wollte nicht mehr.

Ich versuche, mir Lamis' Tante in Tripolis vorzustellen, doch meine Phantasie versagt. Ich sehe immer nur eine Zeltstadt in der Wüste und Frauen, die am Boden hocken und Hohlsäume nähen. Was weiß unsereiner schon von Libyen.

Sie war eine kluge und sehr kunstfertige Frau, sagt Lamis. Mein ganzes Geschirr, meine Bett- und meine Tischwäsche stammen von ihr.

Das heißt, sie lebt nicht mehr, und du hast geerbt.

Sie war meine Lieblingstante, von ihr habe ich nähen gelernt und wie man eine Wohnung einrichtet.

Und wie lange hat sie in Libyen gelebt?

An die zwanzig Jahre.

Immer in Tripolis?

Ja, und sie hat sich nie darüber beklagt. Erst nach ihrer Pensionierung ist sie zurückgekommen und zu einer ihrer Schwestern gezogen. Sie hatte Erspartes und war sehr großzügig zu ihren Nichten.

Und zu den Neffen?

Hauptsächlich zu den Nichten.

Und du? Du bist sicher auch einmal verlobt gewesen? Wie war es, und wer war es?

Sie schaut mir einen Augenblick ins Gesicht. Du willst wissen, was ich mit Abbas gemacht habe?

Plötzlich steigt es mir heiß auf. Mit Abbas? Mit welchem Abbas?

Mit irgendeinem Abbas.

Tatsächlich ein Abbas?

Dieser Abbas hat ebenfalls in Wien studiert.

Meine Gedanken überschlagen sich. Könnte es sein, dass wir denselben Abbas meinen?

Wann?, frage ich. Wann hat dieser Abbas in Wien studiert?

Lamis lacht. Keine Angst, da liegen Jahre dazwischen.

Und?, frage ich, noch immer verunsichert.

Nichts und. Flop. Ein totaler Flop, vom Ende her gesehen. Wie heißt es auf Deutsch: Außer Spesen nichts gewesen.

Was meinst du mit Spesen?

Den Aufwand an Zeit und Gefühlen. Ein Träumer. Vielleicht sollte ich besser sagen, ein Albträumer.

Ich bin noch immer irritiert. Du willst mir doch nicht weismachen, dass du, die mit so vielen Talenten begabt ist, diesen Träumer nicht wachgekriegt hat.

Hoffnungslos. Wir gingen schon zusammen in die Deutsche Schule. Es war wirklich hoffnungslos, glaub mir.

Und all die anderen Männer, denen du begegnet bist? Warum musste es ausgerechnet Abbas sein?

Lamis zuckt die Schultern. Was glaubst du, warum Isis sich Osiris selbst noch aus seinen Fleischfetzen zusammengesetzt hat. Nicht einmal das fehlende Stück konnte sie von ihm abhalten.

Das meinst du nicht im Ernst. Ich sorge mich wirklich.

Lamis lacht, bis ihr die Tränen kommen. Du solltest dein Gesicht sehen. Als hätten die Vögel dir das Brot weggefressen. Natürlich meine ich es ernst, fügt sie hinzu, als der Lachanfall verflogen ist. Es ist und bleibt bei Abbas.

Mir fällt eine Stelle aus der Broschüre über Dendera wieder ein. Es ging um die beiden Grabkammern des Osiris und natürlich um Isis: Bei all ihrem Hokuspokus, so das Resümee des Autors, erkannten diese ptolemäischen Priester ein Mysterium, wenn sie eines vor Augen hatten.

Heißt das, dass du wie deine Tante …?

Es heißt, dass uns beide, dich und mich, mit dem Namen Abbas viele Träume und wenig Realität verbinden.

Ist das immer so mit Abbas?

Wie schon der Name sagt, Löwen sind unberechenbar.

Aber selbst Löwen sind nicht alle gleich.

Stimmt. Hast du je Marie Nur kennengelernt?

Flüchtig, wenn du die Freundin von Katrin meinst.

Lamis nickt. Hast du mit ihr gesprochen?

Ein paar Sätze höchstens. Sie ist Wienerin und hier verheiratet gewesen.

Du solltest ihre Abbas-Geschichte hören. Nicht jeder Abbas ist wie Abbas. Ihr Abbas ist gestorben, aber sein Name lebt. Von all den Männern der *golden girls*, die in den sechziger Jahren nach Ägypten kamen und eines Abbas' wegen hiergeblieben sind, ist einzig der Abbas von Marie Nur zur Legende geworden.

Marie Nur, sage ich vor mich hin, wie um mit ihrem Namen ihre Gestalt zu beschwören. So weit ich mich erinnere, eine gutaussehende Frau Mitte sechzig.

Sie muss sehr hübsch gewesen sein, sagt Lamis. Auch ich habe sie nur ein, zwei Mal bei Katrin gesehen, aber ihre Geschichte hat die Runde gemacht. Sie kommt jedes Jahr, obwohl sie mit ihren Söhnen schon vor langer Zeit nach Wien zurückgekehrt ist.

Jetzt weiß ich, wo ich diese Marie Nur getroffen habe. Vor eineinhalb Jahren auf einem Bootsrestaurant. Die österreichische Fluglinie hatte einen Empfang gegeben für all die Schmuckdesigner, Modemacher und Projektplaner der *European community*, für die österreichischen Hoteliers, die in Ägypten arbeiteten, das diplomatische Corps sowie sämtliche Vizekonsuln, mit einem Wort für ihre tatsächlichen und potentiellen Kunden. Katrin hatte darauf bestanden, dass ich sie begleite.

Marie Nur saß neben mir in Katrins Auto und sprach davon, dass sie anderntags zum Optiker müsse, um ihre Brille abzuholen. Sie würde sich ihre Brillen ausschließlich in Kairo machen lassen.

Es waren viel zu viele Menschen auf dem Schiff. Wir kamen gerade noch zur Rede des Direktors zurecht, dann wurde das Buffet eröffnet. Katrins Mund blieb an meinem Ohr und gab ihm unzählige Namen ein samt den dazugehörigen Kurzbiographien, die ich des Lärmpegels wegen nur zur Hälfte, wenn überhaupt, verstehen konnte. Wir schüttelten rechte Hände, während die linken Teller mit Häppchen und sogar Gläsern darauf balancierten, und ich ertappte mich dabei, wie auch ich zu kreischen begann, um zumindest meinen Namen zu sagen, dass ich schon öfter in Ägypten gewesen sei und noch eine Weile bleiben würde.

Nach etwa zwanzig Minuten brüllte ich Katrin ins Ohr: Klaustrophobisch! Sie ging mit mir in den zweiten Buffetraum, wo es noch freie Nischen gab. Da hatten wir Marie Nur bereits aus den Augen verloren.

Sie kennt hier so viele Leute, meinte Katrin, wir brauchen uns keine Sorgen um sie zu machen.

Wir holten uns noch etwas zu essen und zu trinken. Katrin unterhielt sich mit jemandem aus dem Management, und ich aß und schaute.

Wenn ich den Blick vom Nil abwandte, konnte ich den Eingang sehen. Die Sicherheitsleute, die uns bei der Ankunft kontrolliert hatten, patrouillierten noch immer auf der Brücke, aber da kaum mehr jemand kam, schweifte ihr Blick ab ins Weite. Sie vertraten sich die vom langen Stehen angeschwollenen Beine, rauchten, unterhielten sich mit den Kollegen.

Alles war ruhig da draußen, bis auf den Verkehrslärm der Uferstraße. Vielleicht hätte es einem dieser jungen Männer gelingen können, sich einzuschleichen und sich unter die schwarzäugigen Kellner zu mischen, als einer von ihnen. Mit seinem Serviertuch könnte er leicht eine Bombe verdecken. Sogar mehrere.

Der Tod würde reiche Ernte halten. Auch die übrigen Restaurantschiffe zu beiden Seiten würden zu schwanken beginnen wie bei hohem Seegang auf offenem Meer. Die Dezemberbrise würde die Schreie über ganz Kairo verteilen. Bald darauf wären die Sirenen der Einsatzwagen zu hören, Blaulicht, die Hupsignale der Rettungsautos. Verzweifeltes Gerenne, der Geruch nach verbranntem Fleisch, Stöhnen, Husten, verlorene Schuhe, abgesprengte Glieder. Kommandos aus verschiedenen Richtungen, Bahren in verschiedene Richtungen, Aufschluchzen, Starre, Marionettenbewegungen. Wir würden mit steifen Beinen das Schiff verlassen – also hätten wir überlebt.

Woran denkst du? Katrin hatte mir ein frisches Glas Weißwein geholt, das sich herrlich kühl anfühlte.

Was glaubst du, wie viele Menschen hier auf dem Schiff sind? Ich bin immer schon schlecht im Schätzen gewesen.

Zwischen achthundert und tausend?, fragte sie zurück.

Ziemliches Gedränge, meinst du nicht?

Sie lächelte. Hier sind immer und überall wesentlich mehr Menschen als bei uns zu Hause, daran wirst du dich gewöhnen müssen.

Sie sagte noch immer *bei uns zu Hause*, obwohl sie seit vierzig Jahren in Kairo lebte. Zu Hause, das war ihr Besuchsland, die Sommerfrische. Wenn es in Kairo unerträglich heiß wurde und die Stadt sich mit Saudis füllte. Heiß, wenn auch bei weitem nicht so heiß wie in Djidda.

Die Band ist hereingekommen, und die zwei Spieler haben sich bereits aufgestellt, als eine Sängerin aus der anderen Richtung auf sie zuschwebt, das Mikrofon aus der Halterung nimmt und es so dicht an ihren Mund hält, dass zu befürchten ist, sie werde es demnächst verschlucken.

Lamis schaut mich an, lächelt gottergeben und erhebt sich. Also doch wieder. Ich erhebe mich ebenfalls, wir stehen noch einmal beim Dessert an. Es scheint sich herumgesprochen zu haben, wie köstlich es schmeckt. Kein Baklava oder sonst irgendein klebriger Blätterteig, bei dem die Nüsse im Sirup ertrinken, sondern kleine flaumige Kuchen, die auf der Zunge zergehen, und das in verschiedenen Sorten. Eine davon ist bereits ausgegangen.

Und was machen wir morgen? Ich habe aufgehört, Wein zu trinken, und halte mich an Granatapfelsaft und Wasser.

Ein Museum ist noch ausständig, das Luxor-Museum.

Ich mache wohl kein zu begeistertes Gesicht.

Du wirst es mögen, sagt Lamis. Neuer Bau, moderne Art der Präsentation und interessante Ausstellungsstücke. Darunter mehrere Mumien. Eine davon ist zweihundert Jahre lang in Kanada herumgegammelt, wohin Grabräuber sie verkauft hatten, ohne dass es ihr viel geschadet hat. Man nimmt an, und einige Indizien sprechen dafür, dass es der Corpus von Ramses I. ist.

Na gut. Mehr ist an dem Vormittag ohnehin nicht zu schaffen. Spätestens um zwei müssen wir zum Flughafen.

Ich muss kurz hinaus. Eine Frau wäscht sich das Dekolleté im Waschbecken vor der Toilette, eine andere erzählt ihr etwas, und sie müssen beide hellauf lachen. Es dauert eine Weile, bis ich ans Becken komme.

Und dann geschieht etwas, das mich sprachlos macht. Ein hochgewachsener Mann mit Turban und Galabeya, mit einem riesigen grauen Schnauzbart, kommt, ohne sich umzusehen, herein, zieht den Container für die Papierhandtücher aus der Halterung und verschwindet wieder. Und während ich noch darüber nachdenke, was das zu bedeuten hat, bringt er den leeren Container zurück und befestigt ihn an der entsprechenden Stelle.

Wieder bei Tisch, erzähle ich Lamis davon.

Die Revolution, sagt sie, findet längst statt, auch wenn die meisten Leute es noch nicht zur Kenntnis nehmen wollen.

Ich habe Oberägypten geliebt. Abbas konnte das nicht verstehen. Er ist früh von zu Hause weg und zur Armee gegangen. Sein Onkel war Generalfeldmarschall und sein Clan bei den *freien Offizieren* rund um Nasser stark vertreten.

Ich hatte nicht gedacht, dass es so einfach sein würde, Marie Nur zu treffen. Sie war in diesem Jahr später gekommen als sonst, das hing mit einer gemeinsamen Woche der Witwen in Hurghada zusammen. Sie, Katrin und noch zwei Österreicherinnen, die in Ägypten verheiratet gewesen waren, hatten sich in Hurghada verabredet. Der Winter in Österreich wird immer unerträglicher und das Frühjahr ist noch schlimmer. Von ihnen allen ist nur Katrin hier in Ägypten geblieben, bei ihr kann sie jederzeit unterkommen.

Hurghada? Ich ziehe die Brauen hoch.

Ich weiß, was Sie denken, nur etwas für Touristen. Marie Nur lacht. Aber Hurghada kann ganz nett sein, wenn man in der richtigen Gesellschaft ist. Wir saßen Abend für Abend auf der Terrasse, tranken unsere *sundowner*, schauten aufs Wasser und redeten über vergangene Zeiten. Das muss von Zeit zu Zeit sein.

Sie sind oft in Oberägypten gewesen?

Die Familie von Abbas lebte in einem Dorf in der Nähe von El-Minya. Mein Schwager war der *landlord*. Er bewirtschaftete die Güter des Clans, und wir fuhren ein paar Mal im Jahr zu ihm und zur Familie.

Ich war Mitte zwanzig, und meine Söhne waren noch klein. Ich fühlte mich wie im Paradies. Da war das langgestreckte Haus der Verwandtschaft, das ich der compartementartigen Räume zu beiden Seiten des Ganges wegen immer den *Zug* nannte. Es war nicht üblich, dass Frauen das Haus vor Sonnenuntergang verließen. Nur ich war frei, zu gehen, wohin ich wollte.

Und wohin gingen Sie?

Zu den anderen Frauen der Familie. Ich wurde als *messenger* eingesetzt.

Messenger? Wir haben Tee bestellt und dazu etwas trockenes Gebäck. Es sind kaum Gäste im *Groppi* an diesem Vormittag. Die Räume wirken abgenutzt und riechen nach einem Putzmittel, das ich aus der ländlichen Türkei kenne. Der Kellner sieht aus, als habe er ein Gelenkleiden, und an den wenigen Tischen, die besetzt sind, sitzen Männer, die sich hinter ihren Zeitungen verschanzt haben.

Messenger, weil ich von Haus zu Haus ging und die Frauen fragte, was sie fürs gemeinsame Abendessen kochen würden. Damit nicht alle dasselbe Gericht brachten. Es gab weder Telefon noch Elektrizität in den Häusern.

Und wie verständigten Sie sich?

Oh, ich hatte innerhalb von zwei Jahren ganz gut Arabisch gelernt. Mit oberägyptischem Akzent ... Es klingt, als wäre sie noch immer stolz darauf. Deshalb mochten mich die Schwägerinnen. Ich habe nie in meinem Leben so viel gelacht wie damals mit ihnen. Abbas vermisste unser Badezimmer in Kairo, während ich es genoss, mich baden zu lassen. Jeden Abend stieg ich in eine Kupferwanne, und drei Dienerinnen gossen aus langschnabeligen Kupferkannen warmes Wasser auf meinen Leib. Der pure Luxus, ich weiß, sie errötet ein wenig, aber es war himmlisch. Und wir lachten und lachten, während sie mich schrubbten, und manchmal kam die Hebamme und entfernte mir alle Körperhaare mit einer Harzmasse, die sie auf die Haare presste und dann abriss.

Für die Frauen bewegte sich der ganze Tag einzig auf den Abend zu. Da saßen sie alle beisammen, aßen, scherzten und erzählten sich Geschichten. Oder Witze. Sie haben keine Ahnung, was für zotige Witze Frauen reißen können. Je mehr ich davon verstand, desto mehr erstaunte es mich. Auch wenn Männer dabei waren. Wahrscheinlich die Kehrseite der Prüderie, die ihnen anerzogen wird.

War Ihnen nicht manchmal langweilig? Ich meine, immer nur in den Häusern, immer nur baden und essen.

Sie schaut mich an, als habe sie meine Frage nicht ganz verstanden. Langweilig? Da waren meine Söhne, da waren die Schwägerinnen, die Cousinen, die Tanten, und am Abend Abbas. Nein, mir war bei Gott nicht langweilig. Im Gegenteil, manchmal hatte ich sogar das Bedürfnis nach ein wenig Einsamkeit, nach weniger Unterhaltung. Da stieg ich dann aufs Dach hinauf, um die Sterne zu sehen. Es gibt keinen Himmel wie den in Oberägypten, und nirgendwo sind die Sterne so nah. Ich hatte das Gefühl, tatsächlich danach greifen zu können, wenn ich mich ein wenig streckte. Ich musste nur aufpassen, dass ich nicht auf eine Schlange oder einen Skorpion trat, die sich gerne in den zum Trocknen aufgeschütteten Baumwollstängeln versteckten, mit denen winters geheizt wurde.

Es war die Schönheit?

Ja, es war die Schönheit. Die nubischen Hirten mit den Zicklein auf den Schultern, die die Herde rechtzeitig zum Fastenbrechen nach Hause trieben, hochgewachsen, in eine dunkle Galabeya und eine Wolke von Staub gehüllt, oder die Kamele, die sich mit federnden Schritten durch den Sand bewegten ... Marie Nur seufzt. Heute sehe ich den Staub, damals sah ich die Schönheit.

Die gutgeschnittenen Gesichter meiner Schwägerinnen, ihre mit Kajal geschwärzten Augen, die langen Kleider, in denen ihr Gang so elegant wirkte, die silbernen Schmuckbänder auf ihren Stirnen ... ich erinnere mich noch gelegentlich an all die Schönheit in einer sehr fernen Vergangenheit. In jungen Jahren ist man viel empfänglicher für Schönheit, meinen Sie nicht auch?

Ich versuche mir vorzustellen, wie Marie Nur auf die Familie in Oberägypten gewirkt haben muss. Das hellblonde Haar lässig unter einem Seidenschal verborgen, in eine hellblaue Galabeya gekleidet, die das klare kräftige Blau ihrer Augen noch mehr zur Geltung brachte, der erdfarbene Lidschatten und die blauschwarz getuschten Wimpern, die kleinen weißen Zähne, die bei jedem Lächeln sichtbar wurden ...

Mein Schwager, der *landlord*, hielt jeden Abend Diwan, das heißt, dass die Bauern, die für ihn arbeiteten, kamen, um mit dem Patron die anstehenden Arbeiten zu besprechen, aber auch die Politik und alles, was ihnen sonst noch Sorgen machte. Reine Männersache, wie seit vielen, vielen Generationen.

Ihr Mann hatte darauf bestanden, dass auch sie daran teilnahm. Sie ist sprachmächtig und hat etwas zu sagen, erklärte er seinem Bruder. Und so geschah es, dass sie mitunter neben ihrem Schwager an der Tür stand, um den Männern, die zum Diwan kamen, die Hände zu schütteln. Dabei wurde die Geschlechtertrennung ansonsten penibel eingehalten. Selbst die Bewirtung wurde von den jüngeren Söhnen, Neffen und Enkeln, wenn sie alt genug waren, um ein Tablett tragen zu können, vorgenommen. Die Dienerinnen stellten Speisen und Getränke vor dem Versammlungsraum ab, und die männliche Jugend setzte alles den Gästen vor.

In den Augen von Marie Nur spiegeln sich noch immer die Züge der Ratsuchenden, die da auf Kissen und in die Wände eingelassenen Bänken im Kreis saßen, um die wichtigen Dinge ihres Lebens auszuhandeln, und in ihrer Stimme klingt die Ernsthaftigkeit und das Lachen der Versammelten nach, denen sie zusammen mit den Männern ihrer ägyptischen Familie von Zeit zu Zeit vorsaß.

Darf ich fragen, wo und wann Sie Ihren Mann kennengelernt haben? Noch scheue ich mich, den Namen Abbas einfach auszusprechen.

Marie Nur schaut mich an und lächelt unwillkürlich. Aber ja. Das war Anfang der sechziger Jahre, in Wien. Ich hatte Pharmazie studiert, und einer der Kommilitonen schmiss eine Party, zu der auch Abbas eingeladen war. Damals war er noch blind.

Blind? Meine Verblüffung scheint sie zu erheitern.

Abbas war Offizier der ägyptischen Armee und ist bei einem Einsatz beim Koalitionskrieg im Jemen verletzt worden, was zu seiner Erblindung führte. Bevor er nach Wien kam, hatte man ihn bereits zu einem weltbekannten Ophthalmologen nach Spanien geschickt, aber der konnte ihm auch nicht helfen. So eine Untersuchung oder gar Behandlung im Ausland war enorm teuer, doch Nasser sorgte für seine Offiziere. Abbas wurde als

Militärattaché nach Wien geschickt. Ein Wiener Professor namens Böck hat ihn dann neunzehn Mal operiert, bis er wieder sehen konnte.

Ja, er war blind, als wir uns kennenlernten. Marie Nur lächelt in ihre Vergangenheit zurück. Er wusste gar nicht, wie ich aussah, als wir uns ineinander verliebten.

Wir heirateten 1963 in Wien und blieben da, solange Abbas noch an der ägyptischen Botschaft arbeitete. Unsere beiden Söhne wurden in Wien geboren.

Und als er Sie zum ersten Mal wirklich sah, was hat Ihr Mann da gesagt?

Marie Nur errötet schneller, als sie antworten kann. Ihre Augen sind so feucht, dass sich demnächst einzelne Tränen bilden werden.

Ich wusste nicht, dass du so schön bist. Das waren seine Worte, als er mich – noch im Krankenhaus – zum ersten Mal zu Gesicht bekam.

Ich hätte noch ein Jahr gebraucht, um meinen Abschluss in Pharmazie zu machen. Aber Abbas meinte, die Frau eines ägyptischen Offiziers brauche nicht zu arbeiten.

Bevor wir nach Ägypten zogen, hatte Abbas mir das Land schon einmal gezeigt. Und später hat er meine Eltern, deren einziges Kind ich war, für ein ganzes Jahr nach Ägypten eingeladen, damit sie sehen sollten, dass es ihrer Tochter gutging.

Auch meine Eltern waren gerne in Kairo, noch lieber in Oberägypten. Meine Mutter hat sogar, ein Jahr bevor sie starb, noch den Wunsch geäußert, nach Oberägypten zu fahren, aber da war sie schon zu krank dazu.

Von 1969 bis 1970 lebten wir wieder in Wien. Die ägyptischen Offiziere, vor allem der Onkel meines Mannes, der Generalfeldmarschall, wurden für die Niederlage im Sechstagekrieg zur Verantwortung gezogen. Der Onkel musste die Konsequenzen ziehen und seinem Leben selbst ein Ende machen. Abbas' bester Freund hatte uns dringend geraten, uns für eine Weile ins Ausland abzusetzen, bis die Sippenhaftung aufgehoben sein würde.

Da habe ich dann doch gearbeitet, in einer Wiener Pharma-Firma, schließlich musste die Familie versorgt sein. Es fiel Abbas unendlich schwer, von meinem Geld zu leben. Sobald es ging, sind wir nach Ägypten zurückgekehrt.

1970 starb Nasser, aber in Kairo war uns kein Glück beschieden. Abbas erkrankte neuerlich, und der Verdacht auf Multiple Sklerose erhärtete sich langsam. Ich setzte durch, dass man ihn nach zweieinhalb Jahren endlich zur Diagnose nach London zu einem ebenfalls weltbekannten Neurologen schickte.

Ich war zu allem bereit. In den Augen von Marie Nur blitzt noch etwas von der wilden Entschlossenheit auf, mit der sie es bis ins Büro des Verteidigungsministers geschafft hatte. Abbas und er hatten sich als Militärattachés kennengelernt, der Minister war in Bonn stationiert, als Abbas in Wien akkreditiert war. Aber es war nun viel schwieriger geworden, den ehemaligen Kollegen, der Verteidigungsminister geworden war, zu kontaktieren. Als alle Versuche erfolglos blieben, ging ich eines Tages, als ich sicher sein konnte, dass der Minister im Amt war, einfach selbst ins Ministerium. Ich ließ mich nicht davon abbringen, dass ich den Minister persönlich sprechen wolle.

Ich war zweiunddreißig, also relativ jung, und ich sah, glaube ich, noch ganz gut aus. Es war nicht üblich, eine Frau körperlich zu berühren, um sie aufzuhalten. Und da ich gut genug Arabisch sprach, um mein Anliegen deutlich zu machen, gelang es mir tatsächlich, bis ins Büro des Ministers vorzudringen.

Ich erinnerte den Minister an seine Zeit in Bonn und dass er sich damals öfter mit Abbas getroffen hatte, sowohl in Bonn als auch in Wien. Der Minister zeigte sich äußerst besorgt wegen Abbas. Schließlich bewilligte er Flug und Aufenthalt in London, damit der Neurologe in Ruhe seine Diagnose stellen konnte.

Während der eingehenden Untersuchungen bestätigte sich der Verdacht, dass Abbas an MS litt. *You are entering a tunnel*, sagte der Professor zu mir, *and you should know it.* Er gab ihm noch zweieinhalb Jahre.

Die insgesamt fünf Jahre, die Abbas an dieser Krankheit zu leiden hatte, waren ein Vorgeschmack auf die Hölle.

Die Dienstwaffe habe ich seinem besten Freund übergeben, damit Abbas nicht in Versuchung käme, sich vor Verzweiflung zu erschießen. Ich sah keinen anderen Ausweg. Ich weiß nicht, sagt sie ein wenig zögerlich, ich weiß noch immer nicht, ob es richtig war.

Es dauerte tatsächlich auf den Tag genau zweieinhalb Jahre, bis ein gütiges Schicksal Abbas nach dem dritten Herzinfarkt hat sterben lassen. Er rauchte sechzig Zigaretten am Tag und trank an die zwanzig Tässchen Mokka. Das war das einzige, was ihm noch geblieben war, die Ärzte hatten nichts dagegen. An einer Krankheit wie MS zu leiden, war in den siebziger Jahren, und erst recht in Ägypten, der reine Schrecken.

Und die Familie? Die hat Sie doch nicht allein gelassen?

Auch die Familie war mit MS überfordert. Hin und wieder kamen sie zu mehreren aus El-Minya angereist und saßen dann weinend und seufzend in der Wohnung herum, bis ich fuchsteufelswild wurde und sie anschrie: Zum Heulen ist mir selber zumute, was Abbas jetzt braucht, ist Aufheiterung! Die Verwandten hatten sich doch sonst auch über alles den Mund zerrissen und sich über jeden lustig gemacht. Normalerweise erfährt man von der Großfamilie in jeder Hinsicht Solidarität und Unterstützung und wird nie alleingelassen, nicht beim Kranksein und auch nicht beim Kinderkriegen. Aber mit MS waren sie einfach überfordert.

Ich habe hier in Ägypten so viel Schönes, aber auch so viel Hässliches erlebt, und das Schöne war unvorstellbar schön und das Hässliche abgrundtief hässlich. Marie Nur muss sich die Nase putzen und holt ein Taschentuch aus ihrer Handtasche. Sie hätten die jungen Ärzte im Militärkrankenhaus hören sollen. Wie sie gnadenlos Witze über mich und Abbas rissen, über die unbefriedigte junge Europäerin und den alten Mann im Rollstuhl, der zur Gänze in seiner Krankheit eingesperrt war. Wenn man da nicht reagiert, ist man schon tot. Diese arroganten Lümmel konnten sich nicht vorstellen, dass ich Arabisch sprach, und so taten sie sich auch keinerlei Zwang an.

Eines Tages habe ich dann reagiert. Ich stellte denjenigen, der das ätzendste Mundwerk hatte, und riss ihm mit einem Bleistift von seinem eigenen Schreibtisch die Rangabzeichen von den Schulterklappen.

Ich war so wütend, dass sich das auch physisch äußern musste. Dann zischte ich ihn auf Arabisch an: Nicht diese Abzeichen machen dich zum Offizier, sondern dein Benehmen. Nur weil du selbst weder Englisch noch Französisch verstehst, von Deutsch gar nicht zu reden, glaubst du, dass ich kein Arabisch kann. Da hast du dich aber geschnitten. Ich habe sehr wohl verstanden, was dein dreckiges Maul von sich gegeben hat!

Dann verlangte ich den Kommandanten zu sehen, um ihm persönlich zu erklären, warum ich einen seiner Ärzte degradiert hatte. Dieser und seine Kollegen wollten das mit allen Mitteln verhindern, aber ich gab nicht auf, bis ich im Büro des Kommandanten stand. Dem war das Ganze überaus peinlich, er war in England erzogen worden und entschuldigte sich bei mir für seinen Untergebenen.

Marie Nur beginnt zu lachen. Es tat unendlich wohl, diesen schweinigelnden, aufgeblasenen Möchtegern-Pascha auf seine natürliche Größe zurückzustauchen. Abbas war so anders als diese Kerle, von denen ich nach seinem Tod noch einige kennenlernen sollte. So anders, dass ich manchmal glaubte, eine Fee müsse ihn in Empfang genommen haben, als er aus dem Leib seiner Mutter gepresst wurde. Im Verlauf seiner Krankheit wurde er jedoch dermaßen hilflos, wie er es wohl nur in den ersten Monaten seines Lebens gewesen war.

Mir ist klar, was sie mit dieser Hilflosigkeit meint.

Und Ihre Kinder? Wie sind Ihre Kinder damit zurechtgekommen?

Eigentlich gar nicht. Sie haben ihren Vater nur als kranken Menschen erlebt, auf den sie Rücksicht nehmen mussten. Seit sie in die Schule gingen, war ihr Vater krank. Er war am Zuckerfest krank und am Opferfest, an ihren Geburtstagen und zu Weihnachten.

Eine Melodie aus *Die Zauberflöte* erklingt, es ist Marie Nurs Handy. Katrin ruft an und bittet sie, mir auszurichten, dass das mit dem Treffen nächste Woche fix sei. Außerdem solle Marie für heute Abend noch Artischocken kaufen, denn sie, Katrin, habe länger im Büro zu tun.

Marie Nur entschuldigt sich für einen Augenblick, der viele Tee …

Vor eineinhalb Jahren, als ich in Zamalek wohnte und während der Stoßzeiten immer wieder im Stau steckenblieb, verließ ich manchmal das Taxi und ging zu Fuß zum *Florestan*, wenn ich nahe genug war, um alleine hinzufinden. Aber wenn ich mit Katrin unterwegs war, hatte das wenig Sinn. Sie wohnte nur zwei Straßen weiter und konnte den Wagen nicht einfach irgendwo stehen lassen, also blieb ich bei ihr sitzen, bis wir weiterfahren konnten.

Es war Anfang Dezember, die Zeit der Weihnachtsmänner. Meist waren es Nubier, die sich eine rote Mütze mit weißem Baumwollrand auf den Kopf gestülpt und einen Wattebart ans Kinn geklebt hatten. In dieser Aufmachung stürzten sie sich auf jene Autos, in denen sie Europäer oder Amerikaner vermuteten, schwenkten grüne Plastikbäumchen vor den Windschutzscheiben oder Säckchen mit Datteln und getrockneten Feigen. Manche öffneten Weihnachtskarten, aus denen *Stille Nacht, heilige Nacht* erklang, andere schwenkten lange Strümpfe, auf die *Merry X-mas* gestickt war. Dabei stießen sie jene ungeschlachten Laute aus, die Weihnachtsmänner angeblich zum Navigieren ihrer Rentierschlitten gebrauchen.

Dazu schien die Sonne, dass uns die Schweißperlen auf der Stirn standen. Katrin hatte die Klimaanlage ausgeschaltet, damit wir uns bei dem wechselwarmen Wetter nicht erkälteten, und plötzlich ertönten von überall her die Allah-Rufe der Muezzine, die die Gläubigen zum Gebet mahnten.

Einer der Weihnachtsmänner ließ sogleich von uns ab, ging zum Gehsteig zurück, wo er in der Ecke neben der Treppe einen kleinen ausgeblichenen Teppich liegen hatte, der offensichtlich nicht ganz nach Mekka ausgerichtet war, denn er zog ihn ein wenig zurecht, bevor er sich aus einer gelben Plastikkanne etwas

Wasser über Gesicht, Hände und Füße goss und sich gleich darauf auf die Knie fallen ließ. Die Weihnachtsmannmütze schien er vergessen zu haben. Er gehörte zu den Weihnachtsmännern ohne Bart, darum war ihm an sich wohl nichts aufgefallen.

Er betete, als wäre er vollkommen allein auf dem Gehsteig, dabei strömten unaufhörlich Leute an ihm vorüber, die seinen Gebetsübungen nur gerade so weit auswichen, dass sie ihn nicht streiften.

Die übrigen Weihnachtsmänner belagerten noch immer Katrins Auto, schnalzten mit den Fingern und wackelten mit den Hüften, als tanzten sie bei einer Hochzeit, während sie die Christbäumchen wie Weihrauchkessel hin und her schwenkten. Katrin ließ ihr Seitenfenster hinunter und sagte etwas auf Arabisch, das so klang, als versuche sie die Weihnachtsmänner mit kräftigem Geschimpfe zu vertreiben. In Wirklichkeit führte sie eine kleine Preisverhandlung, und nachdem die Rede mehrmals heftig hin und her gegangen war, reichte einer der Weihnachtsmänner ihr eine Karte, die *Silent Night, Holy Night,* und eine andere, die *O Christmas-tree, o Christmas-tree* spielen konnte. Sie reichte ihm im Gegenzug ein paar Scheine aus dem Fenster, gerade rechtzeitig, um nicht totgehupt zu werden, denn der Stau löste sich langsam auf. Wer sich nicht sogleich um ein paar Zentimeter weiterbewegte, wurde dermaßen angehupt, dass allein die Schallwellen ihn vorwärtsgetrieben hätten.

Als ich sie fragte, was sie denn mit den beiden Karten im Sinn habe, behauptete sie, sie wolle ihrer koptischen Sekretärin eine Freude damit machen. Sie habe diese Art Karten in Kairo zum ersten Mal gesehen. Gewiss würden sie nur in Zamalek verkauft.

Ich schaue auf die Uhr, es ist bereits zwei, und Marie Nur kommt an den Tisch zurück. Wir bestellen eine Kleinigkeit. Reden macht hungrig. Sie lächelt verbindlich, was mir helfen soll, wieder ins Gespräch zurückzufinden.

Wir waren bei Ihren Söhnen, sage ich, und dass sie immer auf die Krankheit ihres Vaters Rücksicht nehmen mussten.

Wissen Sie, was mein jüngerer Sohn, er war damals zehn und

der ältere elf, gesagt hat, als sein Vater gestorben war? Sie macht eine kleine Pause, wie um mich auf das gefasst zu machen, was ich nun gleich hören würde. Er sagte, jetzt können wir endlich in den Zoo gehen.

Die Familie war nach Kairo gekommen, um den Bruder, den Onkel, den Cousin heimzuholen. Glauben Sie ja nicht, dass sie auf der Fahrt nach El-Minya besonders getrauert hätten. Im Gegenteil, sie stopften sich mit Essen voll und tranken sämtliche Thermosflaschen leer. Erst als der Trauerkonvoi sich dem Dorf näherte, begannen die Frauen sich die Haare zu raufen und das Gesicht zu zerkratzen. In dem Moment, in dem wir in Sichtweite der Dorfbewohner kamen, zerrissen die Frauen des Hauses ihre Kleider, warfen sich Erde ins Gesicht und begannen mit dem schrecklichen Gekreisch, das einem durch Mark und Bein fährt. Erst als man gesehen wurde, riss man sich Haare aus, wurden Wangen wirklich blutig gekratzt und streute man Sand in die Wunden, als wäre alles nur ...

Marie Nur scheint nach dem passenden Wort zu suchen, das ihrer Skepsis gegenüber diesem Trauerspektakel Ausdruck verleihen soll.

Ein Ritual?, versuche ich ihr beizuspringen.

Schlimmer noch, eine Pose! Ja, ich erlebte es als Pose, als Trauerdarstellung. Nicht dass sie Abbas nicht geliebt hätten, aber ihre Art, sich *coram publico* zu zerfleischen, nachdem sie sich die ganze Fahrt über normal benommen und ihre Witze gerissen hatten, war mir einfach zuwider.

Marie Nur ahnte nicht, was ihr bevorstehen würde, wenn sie ihren Mann tatsächlich zu Grabe tragen wollte. Die Begräbnisstätten befanden sich ungefähr sieben bis acht Kilometer vom Dorf entfernt in der Wüste. Und es war nicht üblich, dass Frauen der Leiche ihres Mannes folgten.

Doch ich wollte es mir nicht nehmen lassen. Ich hatte mich nicht nur so angezogen, dass nicht einmal ein Fingerknöchelchen herausschaute, ich hatte mich sogar verschleiert, was ich sonst nie tat, um nur ja mit meiner Kleidung keinen Anstoß zu erregen.

Als der Zug sich formierte, trat mir ein Cousin von Abbas in den Weg und sagte: Der Vater begräbt den Sohn, der Sohn den Vater, der Bruder den Bruder, der Cousin den Cousin, nicht aber die Frau ihren Mann!

Ich schrie, und ich schrie so laut, dass alle, die sich versammelt hatten, es hören mussten: Gib den Weg frei! Meine Söhne begraben ihren Vater, und ich begrabe meinen Mann! Da trat er dann doch zur Seite und ließ mich hinter Abbas hergehen.

Die Sonne brannte unbarmherzig, es war Juli, und von den Söhnen ging der eine rechts und der andere links von mir. Der Weg schien endlos, so als würde er sich irgendwo in der Wüste verlieren. Zuerst lief mir der Schweiß wie Badewasser herunter, dann hatte ich nicht mehr genügend Feuchtigkeit in mir, um zu schwitzen.

Ich dachte schon, wenn ich überhaupt etwas dachte, dass die Leichenträger sich verirrt hätten und wir nie mehr irgendwohin kämen. Da ich selbst zum ersten Mal zu einer dieser Begräbnisstätten ging, erkannte ich die Gestelle, die plötzlich wie aus dem Nichts auftauchten, nicht gleich als Gräber. Es waren aus Holz gezimmerte Verschläge, in denen die Toten, die bis dahin von vielen sich ständig abwechselnden männlichen Verwandten und Bekannten auf einer Bahre getragen wurden, ohne Sarg, nur in weiße Tücher gewickelt, in der heißen Luft langsam verdorrten. Die Verschläge ruhten auf Stelzen, damit kein Schakal oder sonst ein Aasfresser sich am Fleisch der Toten vergreifen konnte.

Es war ein Schock für meine beiden Söhne, dass nun von ihnen erwartet wurde, die bandagierte Leiche in den Verschlag zu schieben. Aber sie taten es. Ohne dass man es ihnen hätte sagen müssen. Sie sahen einander an, gingen auf die Leichenträger zu und sagten laut und vernehmlich: Wir begraben unseren Vater. Die Leichenträger gingen mit Abbas bis an den Totenverschlag heran, so dass die beiden es kräftemäßig bewältigen konnten, ihren Vater hineinzuschieben. Sie begruben ihn nicht in Erde, sondern in Luft.

Mit dem Schweiß waren mir auch die Tränen ausgegangen, sagt Marie Nur. Auf dem Weg zurück ins Dorf mussten meine

Söhne und ich uns gegenseitig stützen. Aber ich hätte es mir und ihnen nie verziehen, wenn wir Abbas nicht auf seinem letzten Weg begleitet hätten.

Langsam füllt sich das *Groppi*. Marie Nur trinkt ein ganzes Glas Wasser leer und lehnt sich zurück. Auch ich habe das Bedürfnis zu trinken. Wir sind beide erschöpft, sie vom Noch-einmal-Erleben, ich von der Anstrengung des Nachvollziehens und von all den Bildern, die ihr Erzählen in mir hat entstehen lassen.

Schöner Ring, sagt sie. Meine Hand umfasst das Glas, und der Ring ist genau in ihrem Blickfeld.

Aus dem Suk, sage ich, schon der zweite dieser Art. Den anderen habe ich vor einer Ewigkeit von einem Ägypter geschenkt bekommen.

Und verloren?

Und verloren. Aber es gibt Formen, die faszinieren einen immer wieder. Wir schweigen eine Weile, ohne dass es peinlich wird. Der Kellner fragt, ob wir noch etwas bestellen möchten, Kaffee vielleicht? Warum nicht Kaffee, nach all dem Tee.

Marie Nur schaut auf die Uhr. Die Zeit bewegt sich schneller als ein Erdhörnchen.

In unserem Alter vergeht sie fast schon mit Lichtgeschwindigkeit. Wir lachen beide.

Und danach?, frage ich.

Danach? Sie ist nicht mehr ganz bei der Sache und denkt anscheinend, dass ich unser aller Sterben meine.

Sind Sie in Ägypten geblieben?

Ich musste Geld verdienen. Die Krankheit hat allen Besitz und alle Reserven aufgefressen. Abbas hat mir kurz vor seinem Tod das Versprechen abgenommen, mit den Kindern nach Österreich zurückzukehren. Dieses Land ist nur etwas für Reiche, sagte er, und wir haben nichts mehr.

Sie sind aber geblieben.

Ich konnte an der österreichischen Handelsmission Arbeit finden. Es reichte, um erst einmal zu mir zu kommen und mich und die Kinder zu versorgen. Mir war klar, dass es nicht einfach sein würde. Die Familie erhob Anspruch auf meine Söhne, sie waren minderjährig, und sie waren Muslime. Ich konnte sie nicht einfach nehmen und mich mit ihnen davonmachen.

Es dauerte Jahre, bis ich das Sorgerecht bekam. Ich sah noch immer ganz gut aus. Es gab eine Reihe von Männern, die gerne das Sorgerecht über mich bekommen hätten, als Konkubine sozusagen. Oder zumindest das Recht, mit mir zu schlafen. Selbst Freunde von Abbas. Sie waren alle verheiratet. Es scheint Marie Nur noch heute zu empören.

Die Söhne begannen mit den Jahren zu verwildern. Die Schulen, in die sie gehört hätten, konnte ich mir nicht leisten. Es wurde höchste Zeit, das Land zu verlassen.

Sie glauben gar nicht, was es mich alles gekostet hat, die Kinder freizubekommen, und das in mehrfacher Hinsicht.

Inwiefern gekostet?

Darüber möchte ich nicht reden. Nach vier Jahren war es dann so weit. Wir konnten ausreisen.

Und die Söhne haben ihr Leben hier freiwillig aufgegeben?

Damals haben sie es mir nicht wirklich übelgenommen, und heute sind sie mir dankbar dafür.

Und die Familie in El-Minya? Haben Sie und Ihre Söhne sie je wiedergesehen?

Ja, doch! Als die beiden großjährig waren und österreichische Pässe hatten. Aber viele, auch mein Schwager, waren inzwischen gestorben. Ich habe sie öfter besucht, als meine Söhne sie je besucht haben. Ich liebte die Familie, trotz allem. Ich konnte verstehen, dass sie auf meine Söhne scharf waren. Die Großfamilie sollte erhalten bleiben.

Ist sie denn erhalten geblieben?

Ich war vor zwei Wochen noch einmal dort, aber ich kenne kaum noch jemanden unter den Jungen, die da nachgewachsen sind. Als mein Schwager lebte, stand ich noch einmal an der Tür und schüttelte die Hände derer, die zum Diwan gekommen waren. Ich glaube, inzwischen hat sich auch das aufgehört.

Das Händeschütteln oder der Diwan?

Marie Nur lacht. Eher, dass eine Frau noch einmal die Gelegenheit hat, beim Diwan zu empfangen.

Es ist Freitag, und die Sharia Wadi el-Nil vibriert etwas leiser als sonst, während der Wind die Sanddünen auf den unbewohnten Dächern von einer Ecke in die andere treibt.

Ich hatte vor kurzem, noch in Österreich, eine TV-Dokumentation gesehen, in der ein Dach-Biotop gezeigt wurde, bewohnt von Türhütern, Straßenhändlern, Handwerkern und Büglern. Sie hatten die Container, die den Mietern ursprünglich als Speicher dienten – anstelle eines Dachbodens – und nicht immer gebraucht wurden, nach und nach in Beschlag genommen.

Wohnraum wird immer knapper, und so wurden aus den Containern für Hausrat schließlich Container für Hausangestellte samt Familien, die meist aus Oberägypten zugezogen waren. Man brachte sie vorübergehend darin unter, und sie nahmen sie für immer in Besitz, beherbergten Verwandte und Bekannte, bis die Ansiedlung auf dem Dach wieder Dorfcharakter angenommen hatte.

Was mir von dieser Dokumentation am deutlichsten in Erinnerung geblieben ist, war eine Frau mittleren Alters in einer Gruppe von Frauen, die mit gekreuzten Beinen auf dem Boden saßen, Schüsseln mit Nüssen, die sie auslösten, im Schoß. Sie trug ein weißes Kopftuch mit Pailletten an den Rändern und ein rotes, mit Blumen gemustertes Kleid, das wie ein Kaftan geschnitten war. Sie lachte viel, und als die Interviewerin sie fragte, ob sie und die anderen Frauen denn tatsächlich so viel zu lachen hätten, meinte sie: *Was kannst du dir denn sonst vom Leben mitnehmen als das Lachen!*

Als ich Lamis nach den Bewohnern des Dachs ihres Hauses frage, erwidert sie, dass nur die Bawabs da oben eine Art Behelfsquartier haben. Keine Rede also von einem wiedererstandenen Dorf.

Wir haben eher gebruncht als gefrühstückt und wie üblich über die unstillbare Habgier und das gleichzeitige Versagen der ägyptischen Eliten diskutiert, ein zeitloses Thema, das aber immer seine Zeit braucht. Es ist Mittag, als wir schließlich aus dem Haus kommen. Der Wind hat sich vor Erschöpfung in sich selbst zurückgezogen, und ich reiße mir sogleich die Jacke vom Leib, auf deren Mitnahme Lamis bestanden hat.

In der Nähe des Tahrir-Platzes finden wir sogar eine Parklücke. Wir müssen etwa zehn Minuten zu Fuß gehen, sagt Lamis, stört dich das?

Warum sollte es? Ich balanciere über die zerbrochenen Kantensteine des Gehsteigs, zwischen denen sich zerknülltes Zeitungspapier und alte Plastikflaschen verfangen haben, schaue in die Läden, die selbst heute von frühmorgens bis spätabends offen haben, auch wenn der Besitzer Zeitung liest und der Geschäftsgang ruhiger als sonst ist.

Die Sonne beißt sich immer kräftiger durch den Dunst, und für einen Augenblick kann ich glauben, dass Sommer ist, ein europäischer Sommer mit angenehm warmen Temperaturen, ohne Regen, einfach so, wie man sich den Sommer gerne vorstellt.

Lamis will mich überreden, lieber auf der Straße zu gehen, da würde ich weniger leicht stolpern, was ich dann auch tue, um die Frau in schwarzer beduinischer Kleidung nicht zu stören, die vor einem kleinen Obst- und Gemüseladen auf einem hölzernen Stuhl sitzt und ihr Gesicht mit geschlossenen Augen ins Licht hält.

Als ich an ihr vorübergehe, könnte ich schwören, dass sie schläft. Dermaßen entspannt ist ihre Anbetung der alten *Sonnenscheibe*, die als einzige der Gottheiten des alten Ägypten nichts von ihrer Kraft eingebüßt hat.

In einem Wächterhaus mit Schranken sitzen zwei Uniformierte und untersuchen unsere Handtaschen, dann kontrollieren sie die Ausweise. Lamis muss ihren Führerschein abgeben, ich meinen Reisepass. Wir erhalten jeweils einen Jeton dafür. An den Innenwänden des Wächterhauses sind zu beiden Seiten Holzbänke montiert, auf denen Tee trinkende junge Männer in Zivil sitzen und sich gut oder zumindest lautstark miteinander unterhalten.

Der Schranken wird für uns geöffnet, und erst jetzt erfahre ich, dass es ins Ethnographische Museum gehen soll.

Kaum ein Tourist verirrt sich hierher, sagt Lamis. Es scheint in keinem der Reiseführer auf. Dabei habe ich die englischen Beschriftungen der Exponate *verbrochen*. Sie sagt *verbrochen*, damit es nicht so aussieht, als rühme sie sich. Eine englische Seite von Lamis, die ich noch nicht kenne.

Weißt du was, wir besuchen zuerst den Direktor.

Die Frau an der Kassa, von der Lamis zwei Tickets kaufen will, weist das Geld, das sie ihr dafür hinschiebt, entrüstet zurück.

Die Museumswärter begrüßen sie herzlich, und einer von ihnen, ein hagerer, hochgewachsener Mann in einer schlotternden Uniform, macht sich erbietig, uns nach oben zum Büro des Direktors zu geleiten.

Ein Freund meines verstorbenen Vaters. Lamis schubst mich in Richtung eines alten Herrn mit glänzenden weißen Haaren und Brauen, in dunklem Anzug mit Krawatte und Stecktuch aus demselben Stoff, der mich in makellosem Oxford-Englisch anspricht. Und während wir uns setzen, haben wir schon einen gemeinsamen Bekannten, einen ungarischen Volkskundler, ausgegraben, den ich vor vielen Jahren in Budapest kennengelernt hatte und mit dem der Direktor vor noch mehr Jahren einmal in Assuan bei einem Kongress gewesen war.

Das Büro ist weiträumig, mit hoher Decke, schmalen Nordfenstern und Vitrinen voller Bücher. Bücher auf niedrigen Stellagen umgeben auch das kleine alte Ledersofa und die dazugehörigen Ledersessel.

Dort, wo am meisten Licht hinfällt, steht ein geräumiger Schreibtisch mit vielen kleineren und größeren Laden, auf dem sich ebenfalls Bücher stapeln.

Der Direktor freut sich vor allem über Lamis, der er wie einer Tochter beide Hände schüttelt und die er dann von oben bis unten betrachtet, als sei sie ein Mädchen, das seit dem letzten Besuch möglicherweise noch gewachsen ist.

Ein Museumsdiener bringt Tee, wir reden über Kairo und die arabische Volkskultur, die wesentlich eindrücklicher präsentiert gehörte, als er es mit seinen beschränkten Mitteln zuwege bringe.

Sie wissen, die öffentliche Hand, sagt der Direktor und hebt die Arme und den Blick mit einem Seufzer, weil diese öffentliche Hand für sein Museum zu wenig auslässt, überhaupt für die Kultur, und wenn, dann höchstens für die Altertümer, weil die eben weltweit gefragt sind und eine Menge Devisen bringen.

Lamis seufzt solidarisch mit. Sie wird nach dem Befinden ihrer Mutter gefragt, dem ihres Bruders und dessen Familie, nach dem Stand der Dinge in ihrem eigenen Leben und nach dem Geschehen auf der Uni.

Der Direktor, der wohl überall sonst in der Welt schon in Pension wäre – oder täusche ich mich? –, empfiehlt mir, alles in Ruhe anzuschauen und mich ansonsten der kundigen Führung von Lamis zu überlassen, eine bessere könne auch er mir nicht bieten.

Wir verabschieden uns ausführlich mit Grüßen an Land und Leute, vor allem Wien soll ich grüßen, aber auch den ungarischen Professor, falls ich ihm je im Leben noch einmal begegnen sollte. Dann gehen wir wieder ins Parterre hinunter, wo die Exponate sich in ein paar Räumen zusammendrängen.

Die Farbe Blau ist von Anfang an Osiris zugeordnet und ziert Millionen von Talismanen, bis hin zu den Horusaugen und *Blauen Perlen* gegen den *Bösen Blick*. Ich lerne *Siddhi* und *Sitthi* kennen, Dämon und Dämonin, zwei Dschinne, die in unzähligen Varianten wiederkehren, selbst als Fisch und Fischin, bestens geeignet für Beschwörungs- und Abwehrzauber.

In einer anderen Vitrine ist die geschnitzte Figur eines Fußbüglers ausgestellt. Daneben liegen die Zunftzeichen der Beschneider. Mir fällt die Geschichte von den drei türkischen Säbelfechtern ein, die sich an Fliegen versuchen, um ihre Treffsicherheit zu demonstrieren. Der erste fährt mit seiner Waffe durch die Luft, es ist der berühmte Mehmet, und gleich darauf fällt eine Fliege in zwei Hälften gespalten herunter. Dann zieht der große Jussuf seinen Säbel und vierteilt seine Fliege, zugegeben ein fetter Brummer. Als Letzter zeigt ein kleingewachsener, schnurrbärtiger Mann sein Können, zieht den Säbel, doch die Fliege fliegt schmerzlich summend davon. Daraufhin verbeugt sich der Meister und sagt zu der staunenden Menge: Gestatten, ich bin der Beschneider Ali.

Das Lachen von Lamis wird von strengem Miauen unterbrochen. Wie ich an ihrer Mimik zu erkennen glaube, ist wieder einmal Bertrand dran.

Ich wende mich all den handlichen Zeugnissen einer Zeit zu, die sowohl vergangen als auch in vielen Teilen des Landes noch gegenwärtig ist. Vom einstigen vielfältigen Gebrauch ist ein Geschmack des täglichen Lebens zurückgeblieben, eine Erinnerung an menschliche Behausungen, an den fröhlichen Lärm bei Hochzeits- und Beschneidungsfeiern, aber auch an Krankheiten, die man mithilfe all der kleinen Wunschgötter zu heilen versucht hat.

Im nächsten Raum befindet sich ein Tisch mit Perlmuttintarsien, der zum Aufrollen von Schriftstücken und Landkarten gedacht war und auf dem nun einer jener kunstvoll kalligraphierten Fermane, Befehle des osmanischen Sultans, aufliegt, die im ganzen Imperium Gültigkeit hatten und promptest ausgeführt werden mussten.

Lamis kommt mir nach. Hast du all diese englischen Schildchen selbst geschrieben?, frage ich angesichts der in Sonntagsbuchstaben gemalten englischen Bezeichnungen. Sie schüttelt energisch den Kopf. Du kennst meine Schrift nicht. Ich habe sie bloß übersetzt und getippt. Geschrieben hat sie eine Kalligraphin aus dem Haus.

Eine Weile stehe ich vor dem Schmuck aus gefärbten Lehmperlen und Halbedelsteinen, der sich seit pharaonischer Zeit kaum verändert hat. Vor allem die Farbzusammenstellungen wirken so heutig, dass sie in jedem Schmuckladen der Stadt ausliegen könnten. Sie haben nichts von ihrer schlichten Schönheit verloren.

Lamis nimmt mich am Ellbogen. Reiß dich los. Die eigentliche Überraschung kommt erst. Ich begreife noch immer nicht, was sie meint. Wir haben einen Raum mit allerlei Modellen von Dörfern, Landgütern und Eisenbahnen betreten.

Erst als der Mechanismus eingeschaltet ist, erkenne ich, was er darstellt. Die Maschine stammt, wie angeschrieben, aus dem Jahr 1926, es handelt sich um einen Schaukasten, in dem Passagiere auf einem Schiff zu sehen sind. Eine Frau steht mit breitkrempigem Strohhut zum Schutz gegen die Sonne und einem taillierten weißen Kleid, dessen Rock mit der Brise mitschwingt, an der Reling. Die Männer daneben tragen Tropenhelme und Khaki-Anzüge.

Durch zwei handbemalte Rollen, die die Uferlandschaft zeigen, wird eine Fahrt auf dem Kanal suggeriert, von Port Said bis nach Suez. Ein geradezu magisches Spielzeug, das, was Ägypten angeht, jede Art von Nostalgie für die erste Hälfte des 20. Jahrhunderts begreiflich macht. Auch klingt das Geräusch, das das mechanische Abrollen der Leinwände erzeugt, wie das Rasseln von Ankerketten.

Lamis steht mit leuchtenden Augen davor, als hätte sie es eigenhändig angefertigt. Was sagst du, ist es nicht wunderbar?

Wir gehen Arm in Arm in die afrikanische Abteilung hinüber. Es riecht nach gegerbten Tierhäuten und nach Staub. In den Vitrinen liegen kleine Figuren aus Ebenholz und aus Elfenbein. An den Wänden sind Masken, Schurze und Talismane aufgehängt. Die Speere und Schilde sind nur angelehnt, ohne jeglichen Schutz. Auch ein paar Trommeln stehen auf dem Boden, und auf einem Tisch liegt ein ausgestopftes Krokodil mit Glasaugen, die es sehr lebendig erscheinen lassen.

Inzwischen haben sich auch andere Besucher eingestellt. Junge Paare, die die Gelegenheit nutzen, an einem unverfänglichen Ort händchenhaltend miteinander zu flirten. Wie mir schon öfter aufgefallen ist, sind die Mädchen mit Kopftuch koketter als jene, die ihr Haar offen tragen. Aber auch Eltern finden in dieses Museum, deren halbwüchsige Kinder schon einmal einen Speer in die Hand nehmen und nach einer der Puppen in Handwerkertracht greifen oder versuchen, sich einen der befiederten Muschelgürtel umzuhängen, die Schamanen beim Exorzismus helfen sollen.

Natürlich schreiten die Museumswärter ein, aber sie tun es

wie Lieblingsonkel, denen es schwerfällt, ihren Lieblingsnichten und -neffen etwas abzuschlagen.

Ich stehe an einen Schaukasten gelehnt, beäuge das Krokodil und erwarte, dass es mir zuzwinkert oder den Rachen aufsperrt und ein Amulett ausspuckt. Im Augenwinkel bemerke ich, dass ein einzelner Mann sich nähert. Er trägt einen spitzen Hüttenwirtshut aus geflecktem grauem Filz und eine Sonnenbrille. Seine Lederhose ist atypisch, nämlich knöchellang, und seine braunen Haferlschuhe glänzen dermaßen, dass das Krokodil sich in ihnen spiegelt.

Dhun-Nun in älpischer Kleidung steht vor mir, ich weiß es, und dass es die Chance meines Lebens ist, ihm eine Frage zu stellen. Aber ich bin zu sehr damit beschäftigt, ein Lachen zu unterdrücken.

Obwohl Dhun-Nuns Sonnengläser beinahe schwarz sind, ist zu erkennen, dass er mich fixiert, so sehr fixiert, dass ich das Gefühl habe, ihm immer näher zu rücken, als sauge er mich mit seinem Atem an.

Ohne den Blick von mir zu wenden, fährt er dem Krokodil über die Rückenschuppen, und ich sehe, wie es sich unter der Wärme seiner Hand zu räkeln beginnt.

Dann ist es Dhun-Nun, der mich fragt, ohne die Lippen zu bewegen: Wo ist das Ende der Liebe?

Obwohl ich darauf noch nie eine Antwort wusste, sage ich mit einer Stimme, die ohne mein Wissen spricht: Dummkopf, die Liebe hat kein Ende!

Dhun-Nun beugt sich ein wenig nach vorne: Und warum nicht?

Den Aufzeichnungen getreu, antworte ich: Weil *der Geliebte* kein Ende hat.

Und ich staune Dhun-Nun so lange an, bis er in meinem Staunen verschwindet.

Dein Narrenkästchen ist wohl von einem Krokodil besetzt, sagt Lamis, die versucht hat, in der Vitrine nebenan einen Beschwörungstext zu entziffern. Ich habe ihr buchstabierendes Gemurmel noch im Ohr.

Was ist eigentlich das Ägyptische an Al-Misri, frage ich.

Lamis schaut mich entgeistert an.

Ich meine Dhun-Nun, den man den Ägypter nennt.

Hm. Es ist das erste Mal, dass ich sie *hm* sagen höre. Wir bewegen uns zwischen den Vitrinen auf den Ausgang zu. Draußen steht unter einem jungen Bombax-Baum, dessen große grellrote Blüten sich gerade an den noch kahlen Ästen geöffnet haben, eine Bank, auf die wir uns setzen. Nach dem ausführlichen Herumwandern im Museum ist es Zeit, die Beine hochzulagern.

Schuhsohle an Schuhsohle, die Gesichter gestreift vom Schatten der Zweige, sitzen wir uns gegenüber. Da wir beide knöchellange, nicht zu enge Hosen tragen, kann auch niemand daran Anstoß nehmen.

Meinst du den historischen Dhun-Nun, den Dichter, Denker und Mystiker, oder unseren Dhun-Nun, den Magier, Heiler und Zauberer mit dem Krokodil?

Sag was zu dem einen, dann wird es auch zu dem anderen passen.

Die Liebe und die Bewunderung für die Schöpfung.

Also für das, was ist.

Für die alten Ägypter war nichts wichtiger, als die Welt am Laufen zu halten, dafür zu sorgen, dass sie nicht ins Chaos, in die Urmaterie, ins Nun zurückstürzte. Und ihr ganzer hoch elaborierter Kult diente der Beschwichtigung des Zorns der Götter und der Eindämmung des Bösen, das natürlich auch im alten Ägypten zu Hause war. Fast alle Götter hatten zwei Seiten, eine wohlwollende und eine grausame, die jedoch besänftigt werden konnte. Dazu brauchte man neben dem Kult noch die Magie, das Wissen um die höchsten und geheimen Namen der Dinge.

Du meinst, die Sache mit den *wahren*, den *mächtigen* Namen ist so alt wie Ägypten?

Was waren denn die Hieroglyphen anderes als die *wahren* Namen der Dinge, deren Kenntnis Macht über sie verlieh, die Macht des Unterscheidens und des Festhaltens des Unterschiedenen? Ich will dir eine Geschichte vom historischen Dhun-Nun erzählen, die sicher weit ins alte Ägypten zurückweist.

Ein Mann, der viel von sich und seinem Wissen hielt, war aus Mekka zu Dhun-Nun nach Ägypten gekommen. Er hatte gehört, dass Dhun-Nun den höchsten und geheimsten Namen Gottes kannte. Also bat er ihn, ihm diesen Namen zu verraten. Aber Dhun-Nun empfand keinerlei Sympathie für den Mekkaner. Dennoch gelang es diesem mit der Zeit, sich bei Dhun-Nun Respekt zu verschaffen, und so wurde er als Schüler angenommen.

Nach einem Jahr bat der Mekkaner Dhun-Nun wieder, ihm den höchsten und geheimsten Namen Gottes zu verraten. Dhun-Nun antwortete nicht.

Nach einem weiteren halben Jahr schickte er ihn mit einem Topf, auf dem der Deckel mit einer Serviette festgebunden war, zu einem Freund nach Fustat, der Hauptstadt der Fatimiden.

Als der Mekkaner dann an die Brücke von Gizeh nach Fustat kam, erschien ihm der Topf viel zu leicht, um als Gabe für einen Freund zu dienen. Er fürchtete, Dhun-Nun habe sich bloß über ihn lustig gemacht, und nahm die Serviette mitsamt dem Deckel ab. In diesem Augenblick sprang eine Ratte heraus und lief eilends davon. Natürlich war der Mekkaner verärgert und machte sich sogleich auf den Weg zurück zu Dhun-Nun.

Dieser erkannte am Gesichtsausdruck seines Schülers, was geschehen war, und sagte: Du Einfaltspinsel! Ich habe dir eine Ratte anvertraut, doch du hast mich hintergangen. Wie könnte ich dir da den höchsten, geheimsten Namen Gottes anvertrauen? Und er warf ihn hinaus und wollte nichts mehr von ihm wissen.

Das ist ein Punkt, an dem unsere beiden Dhun-Nuns sich schon sehr nahe kommen.

Obgleich, sagt Lamis, aber da fängt ihre Katze wieder zu miauen an, und während sie einen Schwall von arabischen Wörtern auf ihr Handy umleitet, versuche ich mich an ein längeres Gedicht von Dhun-Nun zu erinnern, das ich einmal in einer Studie zur islamischen Mystik gelesen hatte. Es schien mir eher der klassischen Mönchsdichtung, wie sie schon die christlichen Anachoreten kannten, verpflichtet, wenn es auch hinsichtlich der Bilder von großer Schönheit war. Seine Strenge aber war die

Strenge eines Eingottglaubens, die mit den Göttern des alten Ägyptens nichts zu tun hatte.

Im Gegensatz zu den späteren Mystikern, vor allem denen aus dem Iran, war Gott für Dhun-Nun zwar ebenfalls der *ewige Geliebte*, doch konnte er weder durch Askese noch durch Frömmigkeit erreicht werden. Das *selige Schauen* oder gar *die Vereinigung mit dem Geliebten* war für ihn erst im Jenseits möglich. Für Gott konnte es kein Jenseits geben, denn jenseits von *Ihm* war nichts. Für alles Seiende aber war Gott das Jenseits.

Dhun-Nun, sagt Lamis, nachdem sie ihr Handy wieder in dem bestickten Futteral verstaut hat, ist dem Weg der frühen Mystiker gefolgt, für die das höchste Stadium der Liebe das Leiden war, der Schmerz, den *der Geliebte* dem Liebenden zufügt.

Du meinst, die Rechnung ging auf, sie kasteiten sich, flehten, ließen nichts und niemanden außer *dem Geliebten* gelten und wurden am Ende von *Ihm* mit *Seiner* Gegenwart belohnt?

Nicht unbedingt. Dhun-Nun zum Beispiel, der sein Leben mit dieser Liebe und all ihren Forderungen verbracht hatte, erlangte selbst am Ende keine Gewissheit. Denn als er schließlich im Sterben lag, fragte man ihn nach seinem größten Wunsch. Und er antwortete: Dass ich *Ihn* einmal, bevor ich sterbe, für einen Augenblick erkennen kann.

Schon seit vielen Jahren versuche ich mir vorzustellen, wie diese Liebe sich anfühlen muss, deren Objekt sich nicht zeigt, nur vom Hörensagen bekannt ist und dennoch mit Gewalt in den Liebenden einbricht und ihn leiden lässt, wie man nur an einer unerfüllten und unstillbaren Sehnsucht zu leiden imstande ist. Bis zur Selbstaufgabe, oder sollte man besser sagen, bis zur Selbstzerstörung?

Weißt du, frage ich Lamis, was es mit dieser furchtbaren Liebe auf sich hat, von der all eure Sufis, Derwische und Heiligen immerfort reden?

Ich habe in meiner Handtasche ein paar Hustenbonbons gefunden und biete Lamis welche an. Hustenbonbons sind gut gegen den Smog, der den Hals rau und die Taschentücher schwarz macht.

Natürlich weiß ich es nicht, aber ich vermute, dass es darum ging, das Schweigen des Jenseits, *des ewigen Geliebten*, zu brechen.

Das klingt nach Erpressung. *Dem Geliebten* die Liebe mit einer solchen Beharrlichkeit nachzutragen, bis *Er* nicht mehr anders kann, als Laut zu geben.

Du musst dir das als den höchsten Anspruch vorstellen, den ein Mensch haben kann, nämlich den, das Jenseits oder *den Geliebten* dazu zu bringen, ja geradezu zu zwingen, ihm zu antworten.

Und es hat funktioniert?

Manche von ihnen bekannten ein, dass und wie sie Umgang mit *dem Geliebten* hatten. Andere bezichtigten die, die das einbekannten, der Lüge, denn der Umgang mit *dem Geliebten* lasse sich nicht in Worte fassen.

Das heißt, sie setzten alles daran, um diesen Umgang möglich zu machen, fasteten, lebten in Armut, meist auch enthaltsam, gingen in Lumpen, übten sich in Demut und warteten zeitlebens darauf, dass es passieren würde. Zumindest in den frühen islamischen Jahrhunderten war das so.

Die einen, sagt Lamis, wurden darüber zu Weisen, die andere unterwiesen. Die anderen, weniger Weisen, wurden darüber zu Narren, die sich alles herausnahmen, sogar, mit *dem Geliebten* zu hadern oder ihn regelrecht zu beschimpfen.

Und sie wurden nicht auf der Stelle zermalmt? Immerhin war dieser *Geliebte* ein strenger und zorniger Zuchtmeister, den sie sich um alles in der Welt zum Vertrauten machen wollten.

Im Gegenteil. *Der Geliebte* schien die Unverschämtheit zu schätzen. Wenn du willst, erzähle ich dir auch eine Dhun-Nun-Geschichte.

Ein Schüler von Dhun-Nun, der vierzig Jahre lang gebetet, gewacht und geschwiegen hatte, beklagte sich beim Meister, dass ihm trotz all seines Gehorsams noch immer keine Erleuchtung und keine Seelenfreude zuteil geworden war. Er wolle ja nicht jammern, aber die Frage sei einfach: Was tun?

Dhun-Nun riet ihm: Wenn *der Geliebte* nicht in Güte auf dich schaut, wird er es vielleicht im Zorn tun und dir Vorwürfe machen. Hör einfach auf mit dem Beten, schlag dir den Bauch voll und schlaf dich endlich einmal aus!

Der Derwisch tat, was Dhun-Nun ihm geraten hatte, und schon in der folgenden Nacht erschien der Prophet ihm im Traum und bestellte ihm etwas vom *Geliebten*, nämlich: Wie kann jemand, der Umgang mit *Uns* hat, Schaden nehmen? Doch deine Qual ist nicht vergebens gewesen. Dir fällt jetzt alles in den Schoß, was du dir gewünscht hast.

Dhun-Nun aber ließ *der Geliebte* ausrichten: Du abgefeimter Heuchler! Du verscheuchst *Mir* die Liebenden und bringst sie vom Weg zu *Mir* ab. Ich werde es dir noch gehörig heimzahlen, wenn du mit dieser Wegelagerei nicht aufhörst.

Dhun-Nun aber war von dieser Botschaft aufs äußerste beglückt.

Wenn ich dich recht verstehe, ging es einzig darum, wahrgenommen und angesprochen zu werden. Um die Erwartung von Menschen, die *dem Geliebten* die absolute Liebe zuschrieben und ihn dann im Namen dieser Liebe beim Wort nahmen. Was wollten sie damit?

Lamis zuckt die Achseln.

Die Welt war damals viel kleiner als heute. Dennoch ist es unglaublich, wie diese Gottesliebhaber versuchten, die Ferne allein durch ein Gefühl zu bezwingen. Aber wäre es nicht die unumstößlichste Bestätigung dessen gewesen, dass man als Ich existierte? Wenn *der Geliebte* persönlich einen ansprach und es akzeptierte, dass man von ihm gegengeliebt werden wollte?

Darum gibt es die Menschen. In unserer Tradition heißt es von Gott, er habe die Erschaffung des Menschen folgendermaßen gerechtfertigt: *Ich war ein verborgener Schatz und wollte erkannt werden*.

Die Sufis haben die Intimität eines Liebesschatzes darin gesehen. Indem sie Gott persönlich nahmen, standen sie selbst als Person außer Frage. Eigentlich die höchste Form von Dreistigkeit, ob heilig oder unheilig.

Stimmt, sagt Lamis, aber eine Dreistigkeit der gehobenen Art. Wenn du unsere Ansprüche damit vergleichst …

Dieser totale Einsatz, nur um aus der Ungewissheit Gewissheit zu machen, die dennoch nie außer Frage stand, macht mir Gänsehaut. Kannst du dir vorstellen, wie Glauben damals war?

Nein. Aber es waren nicht die Schlechtesten, die diesen Weg gegangen sind. Vielleicht auch ein Geheimnis, das nicht im Raum, sondern in der Zeit beschlossen ist. Sie wussten voneinander und versuchten, sich gegenseitig in der Liebe zu übertreffen. *Der Geliebte* war in ihrer Zeit genauso gegenwärtig wie in unserer das Geld.

Du meinst, sie hatten nichts, aber sie waren wer?

Vielleicht. Wir hingegen, wir haben etwas, aber sind wir wer?

All die Sufis, Derwische und Heiligen hatten wohl auch keine Angst vor der Lächerlichkeit.

Sie waren lächerlich, sagt Lamis, überaus lächerlich in ihrem Gerangel um und mit dem *Geliebten*. Aber möglicherweise lachte *der Geliebte* damals selbst noch gerne.

Vielleicht hat sich Dhun-Nun deshalb eine spitze Mütze und ein Krokodil geschnappt, damit auch die Menschen von Zeit zu Zeit etwas zu lachen hätten. Es scheint nicht einfach gewesen zu sein, Leute aus den Bäuchen von Krokodilen zu zerren. Selbst wenn es gelungen war, saß der Schock tief. Da half am besten ein Witz, etwas, das das Lachen wieder aus der Kehle holte. Das konnte ruhig eine Zote sein, wenn sie nur half.

Eine plötzlich aufgekommene Brise fährt Lamis ins Gesicht, hebt ihr schwarzes halblanges Haar, dass die hohe glatte Stirn zur Gänze sichtbar wird, während sie in Abwehr die Lider vor dem mitfliegenden Sand schließt.

Gehen wir? Ich nehme meine Tasche und klettere von der Bank.

Weißt du noch, wo das Auto steht? Lamis muss lachen, als sie mein erschrockenes Gesicht sieht. Ich weiß es nämlich im Augenblick nicht, aber keine Angst, ich habe es noch immer gefunden.

Als wir zum Wächterhaus kommen, fängt die Katze von Lamis wieder zu miauen an. Die jungen Männer samt den Uniformierten ziehen die Mundwinkel hoch. Doch ihr Grinsen prallt an Lamis ab, einer kleinen resoluten Frau in sehr erwachsenem Alter, die zwei Jetons auf den Tisch knallt und mit der Hand eine fordernde Geste macht, während sie heftig mit ihrem Handy diskutiert.

Wieder einmal spüre ich, wie mein Hals, meine Bronchien, meine Nebenhöhlen sich entzünden, kaum hat es ein paar beschwerdefreie Tage gegeben. Ich schlucke Pillen, gurgle mit Tinkturen, benütze einen Seidenschal, versuche so wenig wie möglich zu sprechen und mich nicht übermäßig anzustrengen.

Es wird alles nichts helfen, aber auf Reisen gilt: *Ignorieren, so lange es geht*, und ich weiß aus Erfahrung, dass es noch bis zum Abend gehen wird.

Die Bazillen tragen hier andere *Mascherln*, hat Katrin gesagt, da helfen dir die Pillen, die du mitgebracht hast, auch nicht weiter. Lamis hat mich bereits mit sämtlichen Medizintöpfen Ägyptens vorbehandelt, sogar darauf bestanden, dass ich Salzwasser durch die Nase aufzog.

Um es in der Sprache der Mystiker zu sagen: Weder das Gesetz *shariah*, das vorschreibt, wie dem Eindringen von Feinden in den eigenen Körper zu begegnen ist, noch der Pfad *tariqah*, der nahelegt, welche Richtung einzuschlagen ist, ändern etwas an der Wirklichkeit *haqiqah*, nämlich dass ich dabei bin, den Kampf zu verlieren. Einzig das Geheime, Innere Wissen *maarifat* könnte mir helfen, aber da ich weder eingeweiht, noch entsprechend gut auf dem Pfad vorangekommen bin, um eine spontane Erleuchtung erwarten zu dürfen, bleibt mir nichts anderes als das Leiden und die Hoffnung, in Gottes Namen nicht erst nach 40 Wochen, 40 Monaten oder 40 Jahren, die für den gewöhnlichen Adepten vorgesehen sind, für mein Leiden belohnt zu werden.

Es ist später Nachmittag, und die Straßen und Plätze vor dem Khan el-Khalili, in dem wir noch einige Besorgungen gemacht haben, quellen über vor Menschen, als würden sie plötzlich von überall her zusammenlaufen. Katrin lässt sich von den Parkwächtern für ein Extra-Trinkgeld die Ausfahrt freiwinken. Damit es schneller geht, sagt sie, als hätte ich auch nur den geringsten Zweifel an ihren Fahrkünsten geäußert.

Sie schaut auf die Uhr. Zeit genug, dir noch rasch den Al-Azhar-Park zu zeigen.

Wir fahren den Hügel hinauf zum neuen Hilltop-Restaurant inmitten von ausgedehnten Parkanlagen. Von der Terrasse hat man die Aussicht auf einen formalen Garten, dessen bepflanzte Achse bei den Silhouetten der Al-Azhar-Moschee und ihren Minaretten endet. Auch hier ist alles überfüllt. Im Halbstock finden wir einen Tisch in einer Nische. Mein Hals kratzt, und ich huste leise in mein Taschentuch.

Während wir warten, erzählt Katrin mir von Uschi B., einer österreichischen Lektorin, die seit drei Jahren in Kairo ist. Du kennst sie übrigens, sie hat dich an die Eyn Shams begleitet, wo sie für ein paar Stunden die Woche beschäftig ist.

Das Problem ist, dass manche der Lektorinnen sich während dieser drei Jahre gefühlsmäßig hier binden, das heißt, einen ägyptischen Freund haben. Heiraten sie, ist die Sache geklärt und untersteht von da an den ägyptischen Behörden, die über eine Weiteranstellung zu entscheiden haben.

Leben sie in einer offenen Beziehung, wird es schwierig, schon weil außerehelicher Geschlechtsverkehr offiziell nicht erlaubt ist, was dazu führt, dass die jungen Frauen zur Familie ihres Freundes ziehen oder eine *orfi*-Ehe eingehen, eine Ehe auf Zeit, die gerade den Geschlechtsverkehr absegnet, aber ansonsten keine Rechte und keinen Schutz bietet, vor allem dann nicht, wenn aus dieser Verbindung Kinder hervorgehen. Mit einem Wort, das Ganze ist das Papier nicht wert, auf dem es geschrieben steht. Kinder aber sind in Ägypten Sinn und Zweck jeder Verbindung zwischen Mann und Frau, und die Frauen, die es nicht sofort auf die Gründung einer Familie anlegen, ihre Zukunft planen und sich Zeit lassen wollen, um herauszufinden, wie gut sie es mit dem jeweiligen Mann getroffen haben, werden für die Familie des Mannes immer weniger akzeptabel.

Natürlich kenne ich Uschi B., eine Brünette Ende zwanzig, die mir erzählt hatte, dass sie einmal in der Woche für eine Doppelstunde Unterricht auch noch an die Universität von El-Minya fahre, und das mit öffentlichen Verkehrsmitteln, Fahrer könne sie sich keinen leisten. Das sei zwar einigermaßen mühsam und koste sie viele Stunden bloße Reisezeit, aber so lerne sie am schnellsten Arabisch, ein Arabisch, mit dem sie auch etwas anfangen könne.

Jetzt hat sie doch klein beigegeben, sagt Katrin, und diesen *orfi*-Vertrag unterschrieben. Wahrscheinlich hat die Mama ihres Freundes Druck gemacht, und ich kann es ihr nicht einmal verdenken. Die Frau ist Witwe, hat keinen Beruf und lebt von der Pension nach ihrem Mann. Sie wünscht sich Enkel, und das möglichst bald. Ihr Sohn hat immer bei ihr gelebt, also rechnet sie damit, dass es so bleiben wird. Und die Frau, die er ihr da ins Haus bringt, nimmt sie gerne in Kauf, wenn sie dafür ein paar Kinder um sich haben kann. Um die sie sich nur zu gerne kümmern wird, wenn die Schwiegertochter arbeiten geht und ein bisschen Geld nach Hause bringt.

Sieht aus wie ein perfektes Arrangement, zumindest auf den ersten Blick. Abbas, der übrigens sehr nett ist, aber was bedeutet das schon in diesem Zusammenhang, wird in seinem Reisebüro weiter den *sonnyboy* geben, während Uschi B. Fürsprecher brauchen wird, um ins ägyptische Unterrichtssystem integriert zu werden und nicht als Nachhilfelehrerin für Deutsch zu enden. Und wenn sie erst Mitglied einer normalen ägyptischen Familie ist, wird sie mit einem Verhaltenskodex konfrontiert, dem sie jetzt, als die *ausländische Freundin*, noch nicht wirklich untersteht. Aber schon durch die *orfi*-Ehe wird sie einen Vorgeschmack darauf bekommen.

Und deine Erfahrungen? Du hast es immerhin mehr als vierzig Jahre ganz gut ausgehalten, hier zu leben und mit einem Araber verheiratet zu sein.

Einem halben Araber. Vergiss nicht, meine Schwiegermutter war Engländerin, wir haben nicht wie eine gewöhnliche ägyptische Familie gelebt. Außerdem bin ich immer mit einem Fuß in Österreich geblieben. Das macht einen Unterschied.

Wir warten noch immer auf unsere Bestellung. Die Bedienung, lauter gutaussehende Mädchen und Burschen in T-Shirts, mit einem langen, bis zum Boden reichenden Schurz, schlurfen derart müde durch die Gegend, dass es fast eine Stunde dauert, bis wir das bisschen Fastfood endlich vor uns stehen haben.

Später, beim Hinuntergehen, deutet Katrin auf die Reste der alten Stadtmauer, auf die man beim Ausheben des Fundaments für eine weitere Tiefgarage gestoßen ist. Diesmal ist der Versuch, den Fund zu verheimlichen, missglückt, und die Tiefgarage konnte nicht gebaut werden.

Ich komme aus Graz, ich aus Wiener Neustadt, ich bin in Salzburg aufgewachsen, ich in Pfaffstätten.

Es ist wichtig, woher man kommt, noch immer wichtig. Auch wenn man wie einige Club-Mitglieder seit fünfzig Jahren und länger hier lebt. Die Erinnerung an eine Identität bleibt wach, selbst wenn sie längst eine andere geworden ist. Kinder, Familie, Beruf, das alles ist mittlerweile ägyptisch. Der Club bietet die Möglichkeit, sich von Zeit zu Zeit ein wenig Luft zu machen. Es klagt sich besser, wenn diejenigen, bei denen man sich beklagt, im selben Boot sitzen, man also keinen Verrat begeht an der Entscheidung, die man einmal getroffen hat.

Erstaunlich, wie gut sich die jetzt sechzig- bis siebzigjährigen Frauen gehalten haben, deren Jugend in eine Zeit gefallen ist, in der viele Ägypter nach Wien, Graz und Leoben zum Studium kamen.

Alle wohlsituiert, wie du siehst, flüstert mir Katrin ins Ohr. Das mag der Grund sein, einerseits. Und andererseits? Dass das Prestige der Frauen wie in den meisten patriarchalen Gesellschaften mit dem Alter zunimmt. Erst recht, wenn sie Söhne geboren haben und sexuell nicht mehr gefährdet sind.

Das sagt sich so leicht: sexuell nicht mehr gefährdet. Sind Enkelkinder und ein Ehemann, den noch gelegentlich der Wunsch nach einem nächtlichen Tête-à-tête überkommt, tatsächlich der Graben, in dem jede Art von unvorhergesehenem Begehren versickert?

Wenn ich mir die Damen so anschaue, und ich finde kein anderes Wort als Damen, trotz des Geschnatters und des manchmal geradezu hysterischen Gelächters, dann sehen sie keineswegs nach verpfuschtem Leben aus. Gepflegt, gut gekleidet, mit rosa lackierten Fingernägeln und der Grandezza eines Alters, das zu leben sich durchaus lohnt.

Soweit das Gruppenbild. Katrin flüstert mir wie eine Simultandolmetscherin Bruchstücke von Lebensläufen, Schicksalsschlägen und beruflichen Misserfolgen ins Ohr, was den Blick auf die Nahaufnahmen ein wenig verändert. Ein an Leukämie sterbender Sohn, ein autistischer Enkel, eine in den USA verschollene Tochter ... Tragödien, wie sie überall auf der Welt vorkommen, nichts Spezifisches. Spezifisch nur für diejenigen, die sie zu erleiden haben.

Und die anderen, bei denen die Entscheidung sich gegen sie gekehrt hat? Für die die ägyptische Familie ein Inferno bedeutete? Die sind nicht im Club. Genauso wenig wie die, die arm geheiratet haben. Aber sind die nicht eher in Österreich geblieben, mitsamt ihren Männern? Oder die, die zu Musliminnen strenger Observanz geworden sind, sei es freiwillig, unter Zwang oder der Liebe wegen.

Eine dieser Frauen habe ich in der Mubarak-Library kennengelernt, in Begleitung ihres Mannes. Sie waren extra für diesen Abend aus dem Delta heraufgekommen. Beide noch ziemlich jung, keinesfalls älter als dreißig. Die Frau stammte aus Oberösterreich und trug eine orangefarbene Galabeya – ich dachte im ersten Augenblick, die beiden seien Bhagwan-Anhänger – und einen weißen Seidenschal, dicht um den Kopf geschlungen. Der Mann mit rotem Bart und weißem Käppi fragte mich, ob ich Muslimin sei. Er glaubte in meinem Vortrag einen diesbezüglichen Hinweis entdeckt zu haben. Als ich verneinte, schien er enttäuscht.

Der jungen Frau war anzumerken, dass sie gerne länger mit mir geredet hätte. Sie sei schon in Wien mit meiner Arbeit in Kontakt gekommen. Und deshalb seien sie heute extra ... Ihren Blick werde ich nie vergessen, so voller Sympathie und Heimweh, ohne dass es bedeuten musste, dass sie tatsächlich nach Österreich zurückwollte.

Auch ihr Mann schien eine Spur von Nostalgie zu empfinden. Sein Deutsch war wienerisch gefärbt, so dass er mindestens ein paar Jahre in Österreich gelebt haben musste. Aber es war deutlich, dass ihn etwas anderes umtrieb. Es gehe ihm ausschließlich um das Religiöse, sagte er, keinesfalls um das Politische, das man damit häufig verbinde. Und er versuche mit größter Offenheit und vollkommen ehrlich über das zu reden, was ihn so nachhaltig beschäftige.

Ein junger Übersetzer gesellte sich dazu, der mir zuvor schon erklärt hatte, dass die Religion sein wichtigstes Thema sei. Die Leidenschaft, die dabei an den Tag trat, war mir ungewohnt, sie interessierte mich. Ich hätte mich gerne länger mit den dreien unterhalten, aber Katrin zog mich mit aller diplomatischen Bestimmtheit, zu der sie fähig ist, ab und hin zu einem Germanistikprofessor der Al-Azhar-Universität, bei dem ich vor Jahren einmal auch privat zu Gast gewesen war.

Seine Frau, ebenfalls Universitätsprofessorin, im Gegensatz zu ihm Naturwissenschaftlerin, hatte mir und zwei anderen Österreicherinnen damals einen unvergesslichen Abend beschert, an dem sie uns demonstrierte, was Marie Nur gemeint haben mochte, als sie sich darüber alterierte, dass ihre weiblichen Verwandten angesichts von MS alle ihre ordinären Witze, mit denen sie sonst die Familie unterhielten, vergessen hätten.

Während die Männer sich nach dem Essen zum Rauchen an einen eigenen Tisch setzten und sich mit der Analyse des ausbleibenden Wirtschaftswachstums und der mangelhaften Alphabetisierung beschäftigten, scharten wir uns um die Frau des Hauses, ebenfalls rauchend, es war in den siebziger Jahren, und sie legte los. Kein Schlappschwanz wurde ausgelassen und keine Möse verfehlt. An diesem Abend war mir einmal mehr klargeworden, was *Mutterwitz* von Haus aus bedeutet.

Nur unter den jüngeren Club-Mitgliedern gibt es ein paar verhärmte Gesichter. Frauen, die offensichtlich nicht mit Ägyptern der *alten Schule* verheiratet sind. Oder Anpassungsprobleme haben – die ägyptische Gesellschaft ist keineswegs offener geworden, im Gegenteil – und kleine Kinder, die an den Nervensträngen zerren, Schwiegermütter, die die Wahl des Sohnes nicht begrüßt haben, finanzielle Rückschläge, die auch wohlhabende Familien treffen. Keine Chance, es an diesem Abend herauszufinden.

Inzwischen ist die Prozession ums Buffet in Gang gekommen. Jede der Damen hat etwas mitgebracht, sauer oder süß, doch in jedem Fall auch fürs Auge gedacht.

Sogar der Botschafter hat sich Zeit genommen. Er hat es oder es hat ihn im Magen, schon seit Monaten. Er kann kaum etwas essen. Die Damen wetteifern darin, ihm die bekömmlichsten Happen auf den Teller zu legen. Ich bemerke, wie ihm angesichts der diplomatischen Pflicht auf Stirn und Oberlippe der Schweiß ausbricht. Mein Hals kann es nachempfinden, auch wenn ich nur Schluckbeschwerden habe und kein Ekelgefühl.

Den Teller auf den Knien, das Glas in der Hand, setze ich mich auf eines der ausgeleierten Sofas, die viele Jahre im Dienste des ehemaligen Kulturinstituts standen und nun in Ehren verschlissen sind, ohne dass man sie tatsächlich ausrangieren müsste.

Eine gewichtige Dame kommt an meine Seite, mit schneeweißer Haut und dahlienrotem Haar, über das sie wie einst Vivien Leigh als Scarlett O'Hara ein schwarzes Plüschnetz gezogen hat. Die Hände ebenfalls schneeweiß und leicht gepolstert, so dass sich keine Fältchen bilden, die Nägel im selben Dahlienrot lackiert, die leibliche Fülle von einem dunkelgrünen Kleid samt schwarzem Umhang mit Fransen im Zaum gehalten.

Ich verrenke mir sogar den Hals ein wenig, um sie unauffällig ins Auge fassen zu können.

Ein freundliches Lachen, auch noch schöne, regelmäßige Zähne, diese Frau ist ein Erlebnis. Sie deutet mit der Gabel auf die kleinen Blätterteigpastetchen auf meinem Teller. Die sind von mir. Kosten Sie sie. Wenn sie Ihnen schmecken, müssen Sie sich gleich noch welche holen. Meine Pasteten sind ziemlich beliebt, und soviel ich gesehen habe, sind kaum mehr welche da.

Ich lege die Hand auf die Brust, ich habe heute schon im Hilltop-Restaurant etwas gegessen, ich kann bloß noch kosten.

Ein verächtlicher Blick, der nicht so sehr mir, als dem fernen

Hilltop-Restaurant gilt. Selber schuld, aber lassen Sie sich wenigstens das Kosten schmecken.

Ich frage sie, wie lange sie schon in Ägypten lebt.

Wir sind nur im Winter hier. Abbas hat von seiner Wiener Firmenabfertigung eine kleine Wohnung in Garden City gekauft. Wir kommen im November und bleiben bis April. Samt Katze.

Ihr Mann heißt Abbas?

Ein häufiger Name in Ägypten. Er ist in den sechziger Jahren nach Wien gekommen, um zu studieren. Sie lacht weitherzig. Er war aus keiner der sogenannten *Familien*. Sie macht mit der Hand eine allumfassende Bewegung, die den Großteil der Anwesenden umfasst. Er musste jobben, um sich das Studium zu verdienen. Irgendwann war ihm das Jobben dann lieber. Es klingt, als habe ihr Abbas all den Ehemännern der hier Anwesenden ein Schnippchen geschlagen.

Wir haben beide gearbeitet. Abbas ist bei einer Export-Import-Firma untergekommen, die expandiert hat, und ich habe, ob Sie es glauben oder nicht, bis zu meiner Pensionierung insgesamt achtundvierzig Jahre im selben Kosmetik-Institut in der Wiener Innenstadt gearbeitet. Demnach muss sie einiges über sechzig sein. Ich werde von heute an nicht mehr in den Spiegel schauen.

Und die Katze? Nehmen Sie sie tatsächlich immer mit?

Klar. Die Katze ist es gewöhnt, und Ägypten ist die Urheimat der Katzen.

Mein Blick muss eher ungläubig wirken, denn sie macht noch einen drauf.

Man hat die Katzen im alten Ägypten sogar mumifiziert. Im Museum hier gibt es eine eigene Abteilung für *Tierkörperverwertung*.

Ich lache mit ihr über den Witz und nehme mir vor, endlich einmal diese Nische zu suchen, die mir bisher entgangen ist. Vielleicht sollte ich meinen Rundgang einmal von links beginnen, nicht immer die alte Tour wiederholen, durch die Eingangshalle und dann rechts. Da bin ich dann nach der ersten Hälfte immer schon zu müde, um noch in die Seitentrakte zu gehen.

Wissen Sie, wir haben keine Kinder, darum hängen wir beide

so an unserer *Sternschnuppe*. Eine ägyptische Falbkatze, fügt sie präzisierend hinzu.

Marie Nur ist gerade zur Tür hereingekommen. Sie trägt eine schicke neue Brille. Ich stehe auf, um sie zu begrüßen und gleichzeitig meinen Teller abzustellen.

Hallo, Reingard, sagt Marie Nur zu der weißhäutigen Dame neben mir, die sich ebenfalls und aus denselben Gründen erhoben hat.

Servus, Marie. Schade, dass du nicht mehr bei der Isis-Air bist. Seit du uns nicht mehr sponserst, können wir uns die Flüge kaum noch leisten. Sie umarmen sich und machen dabei Bewegungen, die am ehesten Tanzschritten gleichen.

Haben Sie schon das Buffet getestet? Marie Nur wendet sich mir zu. Es ist für gewöhnlich sensationell, die Damen stehen sozusagen im Wettbewerb.

Und Sie, nehmen Sie auch daran teil?

Ich komme seit fünfundzwanzig Jahren nur mehr zu Besuch nach Kairo. Da genügt es, wenn ich ein Fläschchen Grünen Veltliner mitbringe.

Ich mache mit Marie Nur noch einmal die Runde ums Buffet, um sie nicht zu verlieren. Wie es scheint, wollen alle mit ihr reden. Sie gustiert.

Mein Gott, Gerti, sagt sie dann zu einer schlanken, hochgewachsenen Blondine in einem Chanel-Kostüm, einer gebürtigen Linzerin, du machst ja noch immer deine berühmten Kardinalschnitten.

Gerti nimmt das Kompliment erfreut entgegen. Jemand hat verlauten lassen, dass du kommen würdest.

Marie Nur fällt prompt darauf herein. Meinetwegen? Das gibt es doch gar nicht.

Nicht nur. Gerti notiert den Treffer mit offensichtlicher Befriedigung. Aber natürlich auch deinetwegen.

Reingard unterhält sich mit Katrin im Stehen, besser gesagt, an einen der Tische gelehnt. Sie scheinen tatsächlich etwas zu besprechen zu haben, wie an der ausladenden Gestik deutlich wird.

Marie Nur und ich setzen uns auf ein anderes Sofa. Sie wird zwei Tage nach mir nach Wien zurückfliegen. Es reicht langsam, sagt sie, so gerne ich immer noch nach Kairo komme. Und ich komme mindestens einmal im Jahr, schon um meine Pension abzuholen.

Pension? Ich habe wohl nicht gut genug aufgepasst.

Die Pension nach Abbas. Meine Söhne hätte ich nicht damit großziehen können. Hier nicht und in Wien erst recht nicht. Da hat es schon mehr gebraucht. Ich habe dann in Wien über zwanzig Jahre für Isis-Air gearbeitet. Wie gut, dass ich in Oberägypten so gründlich Arabisch gelernt habe.

Der Botschafter verabschiedet sich. Er müsse ein wenig an die Luft und werde zu Fuß zur Residenz zurückgehen. Er sieht fahl aus und so, als könne er nur durch kontrolliertes Ein- und Ausatmen verhindern, dass er sich übergeben muss.

Marie Nur empfiehlt ihm ein einheimisches Mittel, dasselbe, mit dem Lamis mich schon einmal traktiert hat, mit Erfolg.

Ich bemerke Uschi B., die von der Garderobe her auf mich zukommt, und würde sie gerne fragen, wie es sich so lebt im *erlaubten Konkubinat*.

Marie Nur zieht es zu den alten Bekannten. Bevor ich es vergesse, ich habe da neulich jemanden getroffen, der ebenfalls in Wien studiert hat und Sie zu kennen glaubt. Wäre doch möglich, oder?

Uschi B. hat ein Anliegen, wie sie sagt. Sie möchte kurz mit mir sprechen.

Als ich mich umdrehe, ist Marie Nur bereits verschwunden. Später sehe ich sie in Richtung Buffet gehen, doch auf halbem Weg wird sie von einer der älteren Damen aufgehalten, die sie stürmisch umarmt und auf beide Wangen küsst. Einen Augenblick denke ich an Abbas, aber der Gedanke ist zu phantastisch.

Uschi B. möchte mich dafür gewinnen, sie in ihren Kurs zu begleiten, den sie an der Eyn-Shams-Universität hält, damit auch ihre Studenten mich kennenlernen. Sie muss dafür erst noch im Rektorat um Erlaubnis ansuchen, und das Rektorat muss es bei der Zensurbehörde melden, die – wenn sie einen

Grund dazu sieht – es verbieten kann. Aber wenn ich einverstanden bin, möchte sie die Sache gleich morgen in Angriff nehmen.

Es ist erst zehn, als ich bereits im Bett liege. Die Erschöpfung und die Zugluft haben mich von meinem Platz an der Fensterfront vertrieben. Fröstelnd saß ich noch eine Weile mit Lamis zusammen, die Hibiskustee aufgebrüht hatte. Seine großen, durchs Trocknen fast schwarzen Blätter werden von den Gewürzhändlern aus riesigen Jutesäcken verkauft. Lamis und ich hatten uns den ganzen Tag nicht gesehen, es ist die Zeit der Prüfungen, und sie nimmt täglich welche ab.

Ich habe heute Marie Nur getroffen, sagt Lamis, mit einem ungewohnt bedeutungsschweren Blick, bei einem Optiker in der Innenstadt, bei dem ich meine Sonnenbrille in Reparatur hatte. Wir haben anschließend zusammen Kaffee getrunken. Sie weiß nicht, dass ich ihre Lebensgeschichte kenne, aber ich sagte ihr, dass du von dem Treffen mit ihr sehr beeindruckt warst.

Und wie findest du sie?

Sehr energisch. Und noch immer schön. Wir haben lange miteinander geredet.

Sogar beim Teetrinken tut mir der Hals weh.

Du gehörst ins Bett. Lamis befühlte mit professioneller Miene meine Stirn. Und das auf der Stelle.

Ich fröstle noch immer, obwohl Lamis mir eine Extradecke gebracht und den kleinen Elektroheizkörper eingeschaltet hat, der die Luft noch trockener macht, so dass ich immer wieder husten muss.

Ich versuche noch ein wenig zu lesen, kann mich aber nicht konzentrieren. Außerdem ist mir in den Fingern kalt, und das Buch fällt mir von Zeit zu Zeit aus der Hand.

Es sind alte Schriftzeichen, so etwas wie Hieroglyphen, die ich von einer weißen Hirschhaut ablese, ohne ein Wort dessen, was ich lese, zu verstehen. Mit hartem Gaumen und voll von unendlicher Bedeutung, die so umfassend ist, dass sie sich nicht zu Sätzen bündeln lässt. Daran merke ich, dass ich Fieber habe.

Ich lese und lese, bis aus den Schriftzeichen Figuren entstehen. Ein Pavian kratzt sich mit dem Hinterfuß am Schulterblatt. Thot, der Wesir, mit einem Krokodil am Halsband. Der fleckige Mond zieht eine Runde, geht der Sonne aus dem Weg, ohne den Himmel ganz zu verlassen.

Jemand sagt: Abbas ist ein Pickel, den du nicht ausdrücken kannst, weil sich sonst alles entzündet.

Heißt das, ich habe ein Leben lang herumgekaspert?

Thot ritzt mit einem Griffel Zeichen in die Stirn eines Menschen, der verschont werden soll. *Wer nicht beschriftet ist, muss sterben!*

Ich sitze unter den Zweigen eines Baumes neben Hathor, die das Buch des Thot dabei hat. Sie schlägt es auf, und ich lese: *O du alte Kuh, die sich zu ihrer Zeit verjüngt. Du Alte, die zum Mädchen wird, lass Thot zu mir kommen, damit er mir das Krokodil Wendegesicht verjagt.*

Ich trinke einen Schluck von dem Tee, den ich mir ans Bett mitgenommen habe. Dabei verschütte ich etwas, aber ich bin zu müde, um mich abzutrocknen.

Auch Dhun-Nun mit seiner spitzen Mütze ist da. Wieder schwingt er die Keule und lässt sie auf das Krokodil niedersausen. Aber das Krokodil bleibt immer am Leben.

Was sucht eigentlich Abbas in dieser Männer- und Krokodilgesellschaft? Brennt ihm der Hut oder möchte er bloß Tee trinken?

Ist *er* am Ende der Jäger mit der Lanze, der die Seelen aufspießt? Der Engel, der sie aus dem Paradies vertreibt? Es juckt mich im Hals, ihn nach seinem grünäugigen Freund zu fragen, den mit dem kamelfarbenen Dufflecoat.

Ich erwache in eine stürmische Sandattacke gegen das Fenster hinein. Ist das der schon vor Tagen angekündigte Sturm?

Ich bin ganz nass, muss Pyjama und Leintuch wechseln und das restliche Bettzeug umdrehen. Bevor ich wieder ins Bett steige, schalte ich das Öfchen aus, um nicht weiterzuschwitzen. Während ich mich matt im Bett ausstrecke, wird die Dunkelheit immer fadenscheiniger.

Kasperl trifft mit seiner Keule Gretl anstatt das Krokodil. Gretl sackt zusammen, kann aber noch kreischen. Eine Prinzessin schwebt herbei. Sie riecht an einem indischen Blumenrohr, nur riecht es nicht.

Als die Prinzessin sich nach ihm umdreht, will Kasperl sich verbeugen, haut ihr dabei jedoch mit der Keule versehentlich eine aufs Aug. Die Prinzessin jammert ein wenig und seufzt, und Kasperl seufzt und jammert, als hätte er sich selbst geschlagen.

In diesem Moment reißt das Krokodil blitzschnell das Maul auf und verschlingt die Prinzessin. Kasperl regt sich auf: So haben wir nicht gewettet!

Das Krokodil rülpst gesättigt: Wir haben überhaupt nicht gewettet.

Wenn ich dich jetzt prügle, du seelenböses Krokodil, spürt das die Prinzessin?

Das Krokodil reißt wiederum das Maul auf, diesmal um lauthals zu lachen.

Nebenher erklingt aus seinem Maul die Stimme der Prinzessin: Nicht, Kasperl, nicht!

Kasperl verschiebt seinen Blickwinkel. Dadurch erkennt er, dass das Krokodil eine Tube ist, und beginnt damit, es vom Schwanz her aufzurollen. Je dicker die Rolle, desto weiter wird die Prinzessin wieder aus dem Krokodil herausgedrückt.

Das Krokodil ist dermaßen zum Kotzen gereizt, dass es gar nicht mehr zuschnappen kann. Mit einem letzten Rülpser entfährt ihm die Prinzessin.

Danke, Kasperl! Sie hustet und ringt nach Luft. Ich werde veranlassen, dass du für meine Rettung glückselig gesprochen wirst!

Ich liege hellwach im Bett und denke mir andere Kasperlgeschichten aus. Irgendwann werde ich der Verbindung zu Dhun-Nun noch auf die Spur kommen. Mit Lamis' Hilfe.

Der Hals tut mir zwar noch weh, aber das Fieber habe ich ausgeschwitzt.

Das Fenster ist von der Nacht her mit einer dicken Schicht Staub überzogen, so dass ich kaum den Himmel erkenne. Der

Sturm ist noch immer unterwegs, mit seinem Maul voller Sand und seiner Röhrenstimme. Ein Tag zum Daheimbleiben und zum Lesen. Ich höre Lamis, wie sie die Wohnungstür auf- und wieder zusperrt. Es muss wichtig sein, wenn sie bei einem solchen Wetter aus dem Haus geht.

Als ich in die Küche komme, sehe ich eine Schüssel mit ausgelösten Granatapfelkernen und daneben einen Zettel: Bitte iss die Krabbenstäbchen, bevor ihr Datum abläuft, und probier die Quittenmarmelade.

Ich stelle Teewasser auf und stecke den Finger in die überall herumstehenden Blumentöpfe, sie müssten alle gegossen werden. Auf der Extension rüttelt der Wind an den Oleanderstämmen. Die Töpfe sind hoffentlich gut verankert. Einer der Christusdorne ist abgeknickt. Zum Glück der mickrigste. Lamis wird ihn verschmerzen.

Mit der Teetasse in der Hand gehe ich die Fensterfront entlang, der Sand dringt durch sämtliche Ritzen. Auf dem Klavierdeckel lässt sich ganz gut schreiben, und ich male eine spitze Mütze in den Staub.

Das Krokodil vom Nil …, summt es in meinem Kopf. Wie ist es nur zum Kasperl nach Wien gekommen?

Auf dem Regal hinter dem Klavier stehen mehrere Figürchen, Ausdruck von Lamis' Sammelleidenschaft. Es hätte mich gewundert, wenn nicht auch ein Krokodil darunter gewesen wäre. Nicht nur eines, zwei Krokodile aus gebranntem Ton räkeln sich auf dem dritten Brett von oben und in ihrer Mitte Sobek persönlich, der Wassergott, dessen Gefräßigkeit weithin gefürchtet war. Eine Gefräßigkeit, die immer wieder besänftigt werden musste, durch Pflege und Opfergaben aller Art.

Eine menschliche Gestalt mit dem Kopf eines Krokodils, manchmal auch nur ein Krokodil, aufrecht stehend. Doch in jedem Fall ein Gott. Ein göttlicher Prinz, der von Dhun-Nun, dem Zauberer, entführt, sozusagen in Geiselhaft genommen wurde und ihm dienen musste?

Eine Art Gedankenrasen hat eingesetzt.

Angenommen, Dhun-Nun war tatsächlich ein so mächtiger

Zauberer, dass er selbst Sobek an sich binden konnte, warum sollte er ihn nicht auf Wanderschaft mitgenommen haben? Selbst vom historischen Dhun-Nun ist bekannt, dass er in Palästina und im Irak aufgetaucht ist, wo er sogar eine Weile im Gefängnis einsaß. Ohne Krokodil.

Der Zauberer mit der spitzen Mütze zieht mit einem Krokodil an der Leine in die Fremde. Ein Er-Krokodil im Gegensatz zum Sie-Krokodil, der großen Fresserin, dem Krokodil *Wendegesicht*, das beim Wiegen der Seelen dicht hinter Thot steht.

Vor allem im Fayum, einer Halboase auf dem Weg nach Oberägypten, wurden Sobek zu Ehren Tempel errichtet und Krokodilbecken angelegt. Sogar eine Stadt namens Krokodilopolis wurde gegründet, im Südosten des mittlerweile ziemlich geschrumpften Sees.

Was ihre Götter anging, hatten die alten Ägypter ein großes Herz. Selbst die Gefräßigkeit war ihnen der Vergöttlichung wert. Vielleicht lebten sie deshalb im Großen und Ganzen in Frieden, weil sie mit sich und den menschlichen Makeln im Reinen waren und sie nicht ständig unter den Teppich kehren mussten, um ihrem Bild von sich zu entsprechen.

Anfang der achtziger Jahre hatte mich einmal ein österreichischer Archäologe ins Fayum mitgenommen. Es gab nur zwei Dinge, die ich mit dem Fayum verband, Krokodile und Mumienportraits, von denen die meisten angeblich hier gefunden worden waren. Von beidem gibt es kaum noch Spuren zu entdecken.

Die Sümpfe des Fayum waren in Etappen, beginnend in pharaonischer Zeit, dann in ptolemäischer und schließlich in muslimischer, trockengelegt worden oder im Kampf gegen die Wüste von selber ausgetrocknet. Und haben einerseits einen immer salziger und kleiner werdenden See zurückgelassen, andererseits fruchtbares Ackerland, das von Fellachen bearbeitet wurde und wird. Die Wüste hat sich trotzdem ihren Teil geholt.

Also keine Krokodile mehr im Fayum und im Museum nur ein einziges Mumienportrait, alle anderen in der Welt verstreut, in Kairo, in Wien, in Paris, in London und so weiter, wie üblich.

Diese Mumienportraits aus der Römerzeit, mit ihren im Gegensatz zur altägyptischen Malerei stark personifizierten Gesichtern, wirken, als könnten sie einen mit ihren übergroßen Augen sehen und würden gerne von den Umständen ihres Lebens und ihres Todes erzählen.

Die Mumienportraits waren das Todhaltigste, was ich je gesehen hatte. Viel todhaltiger als die altägyptischen Mumien, von denen zwar noch der ganze Körper übriggeblieben war, aber diese Körper waren nicht mehr beseelt, das Persönliche, nämlich der Ausdruck, der ein Gesicht zu einem unverwechselbaren macht, war längst aus ihnen entwichen.

Die Mumienportraits hingegen wurden nach einer Weile zu den einzigen Zeugen, dass der Leib, der unter ihnen lag, ein menschliches Antlitz besessen hatte. Ein Gesicht, das denen ähnelt, die man noch immer auf der Straße sieht.

Wenn ich mich recht erinnere, sind wir damals um den See herumgefahren und dabei mehrmals ausgestiegen, in Karanis wegen des Museums, in dem einige Fundstücke ausgestellt waren, die der Archäologe selbst ausgegraben hatte. In Dionysas zeigte er mir den ganz gut erhaltenen Sobek-Tempel, und danach sind wir bei Haware in beziehungsweise auf den Resten jenes Labyrinths herumgestapft, das im Altertum als Weltwunder galt, aber schon in der Römerzeit als Steinbruch verwendet wurde.

Der Archäologe hatte mir viel dazu erklärt, was längst dem Vergessen anheimgefallen ist. Was ich aber nicht vergessen habe, war der Anblick einer lebenden Leiche, die ich noch immer vor mir sehe, ungeachtet der Zeit, die inzwischen vergangen ist und die die näheren Umstände dieses Ausflugs ins Fayum zum Teil gelöscht hat.

Es muss beim Gang durch eines der Dörfer gewesen sein, die in der Nähe der archäologischen Denk- und Sehenswürdigkeiten entstanden oder schon von alters her da waren, dass ich hinter einem Haus aus Lehmziegeln eine Frau auf dem Boden liegen sah, in Decken gewickelt, als wäre sie bereits für die Grablegung zurechtgemacht, in der vollen Sonne, die gerade hinter dem Feigenbaum hervorgekommen war.

Ich glaubte, die Frau wäre tot, aber der Schweiß auf ihrer Stirn, in dem Fliegen badeten, und ein leises, rasselndes Atemgeräusch bezeugten, dass sie noch lebte.

Mein erster Impuls war, in das dahinterliegende Haus zu gehen, um jemanden zu holen, der die Frau aus der Sonne und ins Haus hineinnahm. Aber der Archäologe hielt mich fest und bedeutete mir mit den Augen, dass wir aus einem der Fenster beobachtet wurden.

Der Weg führte nicht unmittelbar, sondern in einigen Metern Entfernung an dem Haus und an der Frau vorbei, jedoch nahe genug, um zu erkennen, dass sie alt war, mit schütteren Wimpern und ausgebleichten Brauen. Der Schweiß hatte begonnen, die Kerben zwischen Mund und Nase zu füllen, und das leise Rasseln ihres Atems klang, als verursache es ihr keine Schmerzen mehr.

Der Tod war gegenwärtig, und wahrscheinlich würde nichts auf der Welt ihn mehr vertreiben können. Aton, flüsterte der Archäologe. Man lässt sie ein letztes Mal seine Kraft spüren.

Ich war viel zu ergriffen, um den Archäologen zu fragen, ob er sich nun tatsächlich auf einen alten Brauch berief, der auf dem Land und in den Dörfern überlebt hatte, oder ob er sich das gerade ausgedacht hatte, um mich ohne viel Aufhebens vom Schauplatz eines Sterbens wegzuführen.

Die alte Frau hätte, selbst wenn sie im zweiten oder dritten Jahrhundert nach Christus hier gelebt hätte, kein Mumienportrait auf ihren Sarg gemalt bekommen, dazu war ihre Familie nicht wohlhabend genug. Doch in meiner Erinnerung ist ein solches Mumienportrait von ihr entstanden.

Ich sehe ihr Gesicht, die feingeschnittene Nase, den schmalen, faltigen Mund über dem herzförmigen Kinn, um das die Haut bereits spannte, das über ihrem unsichtbaren Haar festgezurrte weiße Kopftuch, die bräunliche Decke, die um ihren Leib gewickelt war, all das ist wie mit enkaustischer Malerei in mein Bewusstsein eingegraben. Im Gegensatz zum Gesicht jenes Archäologen, dessen Züge ich mir schon die ganze Zeit wieder ins Gedächtnis zu rufen versuche.

Die *Große Fresserin* Zeit, die sich von menschlicher Erinnerung nährt, hat es längst in sich hineingemampft, genau wie das Wunder an Labyrinth, von dem ich zwar die Reste gesehen habe, das ich mir aber nicht einmal mehr vorstellen kann.

Hinter der Figur des Sobek und den beiden Tonkrokodilen finde ich einen Katalog mit Mumienportraits, einen Katalog des Kunsthistorischen Museums in Wien, das sämtliche Mumienportraits und Portraitmumien, deren es habhaft werden konnte, im Rahmen einer Ausstellung präsentierte. Auf dem Vorblatt ein paar handgeschriebene Zeilen mit Datum und Unterschrift. In Arabisch.

Das einzige, was ich entziffern kann, ist der Name. Ich buchstabiere mehrmals, er lautet eindeutig Abbas. Also hat Lamis zumindest damals noch Kontakt zu ihm gehabt. Ob ich es riskieren soll, sie einfach zu fragen?

Ich hole mir Lamis' großen Nubierschal, schlucke alles, was ich in meinem Medizinbeutel finde, und lege mir den unhandlichen Katalog auf die Knie.

Bei den Abbildungen ist weder gespart noch gepfuscht worden. Ich blättere und lese, sitze in der Runde mit Toten, als wären es die Dozentinnen der Kairo-Universität oder die Bawabs vom Hauseingang unten.

Erst jetzt wird mir klar, welche Bedeutung Kartonage in Ägypten gehabt hat. Ganze Sarkophage und unzählige Totenmasken wurden aus bemalter Kartonage hergestellt. Sind Leonies Kartonagen am Ende eine Hommage an ihr Wunschland?

Die alten Ägypter waren von der Möglichkeit des Totseins besessen, und sie fanden und erfanden immer neue Formen und Riten, um dieses Totsein, das in ihren Augen doch noch ein Sein war, erträglich zu gestalten. Es gab in römischer Zeit sogar Schranksärge aus Kartonage, die man im Haus aufstellte, um diejenigen Familienmitglieder, die tot waren, weiterhin am Familienleben teilhaben zu lassen. Das ging Jahre so, bis man fand, es wäre *genug gelebt nach dem Tod*, und sie im Sand verscharrte. Ohne Grabmal.

Männer, Frauen und Kinder in ergreifenden Farben. Jeder und jede Einzelne ein Mensch, den man sich gut vorstellen kann, mit all seinen Liebenswürdigkeiten, Marotten und Abgründen. Die Männer allesamt mit Bart.

Auch die Mumienportraits widerspiegeln den Zeitgeist. Die Einführung des Vollbarts durch Kaiser Hadrian muss sich flächendeckend im ganzen Imperium ausgewirkt haben. Es gibt kein männliches Portrait im ganzen Band, das nicht wenigstens eine Andeutung von Backen-, Lippen- oder Kinnbart trüge. Und die Frauen? Nicht mehr, aber auch nicht weniger modisch. Vielleicht ein wenig variantenreicher in der Art, ihre Löckchen zu drapieren und ihren Schmuck zur Geltung zu bringen.

Ich muss an die Studentin in Heluan denken, die sich offensichtlich diese vor zweitausend Jahren dominierende ästhetische Vorgabe zunutze gemacht hat.

Auch die Vollbärte gewinnen wieder an Attraktivität, vordringlich bei den Islamisten, wohingegen Ägypter und Römer gerne das ganze Gesicht zeigten und sich als Pharaonen lieber künstliche Bärte umbanden oder es als Vertreter des Römischen Reiches den Barbaren überließen, rundum Haar zu tragen.

Das Portrait eines alten Mannes, im Fayum gefunden und im Ägyptischen Museum in Kairo aufbewahrt. Je länger ich es betrachte, desto eher finde ich eine gewisse, wenn auch nicht umfassende Ähnlichkeit mit Abbas. Der weiße Streifen Bart, der sich von Ohr zu Ohr zieht, irritiert ein wenig, aber die hohe Stirn und die lange Nase könnten durchaus zu Abbas gehören. Auf diese Weise würde er wohl gealtert sein, was nach heutigen Begriffen noch nicht wirklich alt bedeutet.

Ich mache mich auf den Weg, um zumindest *das Portrait eines bärtigen alten Mannes* im Original zu sehen. Die Ausstellung in Wien war im Jahr 1999. Selbst wenn sie anschließend um die halbe Welt gegangen ist, müssten die Exponate inzwischen wieder in Ägypten sein. Kein Museum der Welt gibt seine guten Stücke so lange außer Haus.

Als ich das Museum zum ersten Mal besuchte, konnte man von der Straße aus direkt auf den Eingang zugehen, ein Ticket kaufen und sich in Ruhe umsehen. Heute steht man mindestens eine Viertelstunde in der Schlange, egal, zu welcher Tageszeit.

Inzwischen haben nicht nur die Besucherzahlen, sondern auch die Sicherheitsvorkehrungen in einem, von damals her gesehen, unvorstellbaren Ausmaß zugenommen. Auch die Ausstellungsstücke waren anders angeordnet, legerer, und das mit den Beschriftungen hatte man nicht allzu ernst genommen

Trotzdem hat sich im Museum selbst ein wenig von der alten Atmosphäre erhalten. Besucher lehnen sich ungeniert an die Vitrinen, betatschen freistehende Skulpturen, und dazwischen spielen Kinder Abfangen.

Diesmal bleibe ich vorerst im Parterre und schenke mir den Mumiensaal. Man will 70 Pfund extra für den Blick auf die Haltbarkeit menschlichen Fleisches.

Beim letzten Mal habe ich sie mir alle genau angesehen, Pharao um Pharao, die mit Namen, Haut und Knochen erhalten geblieben sind, bis ich vor lauter bloßliegenden Zähnen und leeren Augenhöhlen Gespenster zu sehen glaubte.

In einem Seitentrakt haben amerikanische Archäologen eine kleine Ausstellung zusammengetragen, rund um einen großen Kopf von Hatschepsut, die als einzige Frau nicht nur wie, sondern als Pharao geherrscht hat, was an ihren Statuen mit nacktem Oberkörper und umgebundenem Bart zu erkennen ist.

Ihr Gesicht ist dabei eindeutig weiblich geblieben, mit riesigen, geschminkten Augen und wachem Blick, die Mundwinkel zu einem Hauch von Lächeln hochgezogen. Sie regierte einundzwanzig Jahre und neun Monate, dann folgte ihr der Sohn einer Nebenfrau ihres verstorbenen Mannes und Halbbruders als Thutmosis III. auf den Thron.

Der Name der Hatschepsut wurde sogleich von den Stelen und Tempelwänden gekratzt, ihre Statuen wurden zertrümmert oder umbenannt. Den Ägyptern sollte kein weiblicher Herrscher in Erinnerung bleiben. Hatschepsut hatte vorgesorgt. Es dauerte allerdings mehr als dreitausend Jahre, bis Archäologen die Spuren ihrer Existenz wiederentdeckten.

Auch eine andere ägyptische Königin, eine, von der man es

am wenigsten erwartet hätte, die schöne Nofretete, Gemahlin des revolutionären Echnaton, wurde von Ägyptologen auf einem Relief im Lendenschurz und mit der Kriegskrone des Pharaos als Kriegsherrin identifiziert, die mit einem Sichelschwert die Feinde Ägyptens köpft. Eine reizvolle Spekulation, nämlich die des weiblichen Pharaos Nofretete, der ich gerne nachhänge.

Von Echnaton selbst gibt es Darstellungen, die ihn von seiner weiblichen Seite zeigen. Mittlerweile ist die Vermutung aufgetaucht, dass Nofretete nach seinem Tod in Gestalt des Pharaos Semenchkare, Sohn einer Nebenfrau Echnatons, über den sonst nichts bekannt ist, zwei Jahre lang geherrscht haben könnte.

Um mich ein wenig auszuruhen, setze ich mich in einen der Doppelsitzer, die neuerdings über das ganze Museum verteilt sind. Hier, bei den Gegenständen aus der Römerzeit, herrscht kein solches Gedränge wie bei den Pharaonen des Alten, des Mittleren und des Neuen Reichs oder gar in der nachgestellten Grabkammer von Tutanchamun.

Ein Putztrupp macht sich zu schaffen, angeführt von einem Zwerg im Arbeitsmantel, der mit einer hübschen jungen Putzfrau unterwegs ist. Die andere, weniger hübsche, kehrt gleich wieder um. Zuerst versucht der Zwerg der Schönen alles Mögliche aufzutragen, aber als sie nur verträumt in die Ferne schaut, ohne sich nach dem weggeworfenen Papierknäuel zu bücken, hebt er ihn selber auf. Er nimmt ihr sogar den Besen aus der Hand, als wolle er ihr zeigen, wie man kehrt. Aber als sie noch immer nicht reagiert, kehrt er, ohne was zu sagen, weiter. Zum Dank erhält er ein Lächeln geschenkt und ein paar zwitschernde Laute. Dann verschwinden beide im nächsten Quergang.

Gleich darauf mache ich mich wieder auf die Suche, gehe sämtliche Kartonage-Särge und alle ausgestellten Mumienbilder ab, aber der alte, bärtige Abbas ist nicht dabei.

Mir fällt ein anderer Archäologe aus Österreich ein, den ich im *Florestan* kennengelernt hatte. Ich saß, in Lamis' dicken nubischen Schal gewickelt, abends auf der Terrasse, schrieb in mein Notizbuch und trank dazu viele Tassen Tee. Er erzählte mir, dass er vor zwei Wochen eigens nach Kairo gekommen sei, um einem bestimmten Stück Fries nachzuforschen, das er bei einem Lichtbildervortrag der Direktorin dieses Museums in Wien auf einem der Dias entdeckte. Der Vortrag hatte von den Schätzen im Keller des Museums gehandelt.

Nun hatte man ihn in Kairo zwar in den Keller gelassen, aber das Stück Fries war nicht aufzufinden gewesen. Er fragte sich also, ob es noch weitere Keller gäbe, die man ihm verheimlichte, um zu verhindern, dass er mit der Untersuchung dieses Stück Frieses seine Karriere als Ägyptologe vorantrieb.

Je länger wir miteinander redeten, desto mehr erhärtete sich mein Verdacht, dass der Mann den Leuten im Museum gar nicht verraten hatte, nach welchem Stück er Ausschau hielt, wahrscheinlich um seinerseits zu verhindern, dass sich ein anderer für das von ihm anvisierte Stück erwärmte und ihm möglicherweise mit einer Publikation zuvorkam. Allem Anschein nach war das schon geschehen, und es ging wohl nur mehr um einen geordneten Rückzug.

Wer weiß, in welchem Keller der weißbärtige Abbas gelandet ist. Oder in welcher Restaurierabteilung.

Eine gute Gelegenheit, nach dem Raum mit den Mumien der Tiere zu suchen. Es dauert eine Weile, bis ich mich auf dem Museumsplan zurechtfinde. Das Mausoleum der Tiere liegt an der Vorderseite des Museums in einer Art Blinddarm ohne Fenster. Wahrscheinlich um die Nekropolensituation deutlich zu machen.

Tatsächlich finden sich hier drinnen verschiedene Tiere, die man der Mumifizierung für wert hielt. Samt Bandagierung. Manche von ihnen liegen in futterallähnlichen Särgen. Die meisten sollen allerdings Fälschungen gewesen sein. Die Echtheit richtete sich nach dem Geldbeutel der Pilger, die sie kauften, um sie den zuständigen Göttern zu opfern: Krokodile dem Sobek, Katzen der Bastet, Ibisse und Paviane dem Thot und Widder dem Amun.

Besonders raffiniert erschienen mir die *Victual mummies*, die mit Tieren gefüllt waren, sozusagen mit Proviant fürs Jenseits.

Ich gehe die Schaukästen, die im herrschenden Zwielicht

tatsächlich wie das Innere von Gräbern wirken, ab, bewundere die handwerkliche Kunstfertigkeit, mit der die echten Tiermumien für die prallen Geldbeutel präpariert wurden, und mache mich dann auf den Weg nach unten, Richtung Ausgang. Allerdings nicht ohne Scheich El-Balad und seiner Frau, Holzskulpturen mit Perücken, einen Besuch abgestattet zu haben. Die beiden sind mir einmal sogar im Traum erschienen. Seither schaue ich jedes Mal bei ihnen vorbei.

Ich habe sie damals hinter einer Wand reden hören, während sie die *Große Fresserin* mit einem Hammelherz fütterten. Ich konnte sogar das Dröhnen der Kiefer beim Zuschnappen wahrnehmen. Sie versuchten damit wohl ihre eigenen Herzen zu schützen, denen die *Große Fresserin* beim Waagplatz der Seelen am Übergang von der einen zur anderen Welt auflauerte. War das Herz zu sehr beladen, verschwand es sogleich in ihrem Rachen.

Dass Scheich El-Balad heißt, wie er heißt, hat mit seinem Fundort und den Ausgräbern zu tun, die ihn für einen würdigen Bürgermeister oder Dorfschulzen hielten.

Es ist gar nicht so einfach, mit Lamis in der Nähe des Museums einen Treffpunkt auszumachen, an dem sie – zumindest für ein paar Minuten – halten kann. Ich stehe daher schon seit mindestens zehn Minuten an dem Platz, den wir vereinbart haben, um sie ja nicht zu versäumen.

Wir sollen uns, wenn ich nichts dagegen hätte, mit einer Professorenkollegin und deren Doktorandin zu einem Imbiss treffen. Die beiden würden ein paar Fragen an mich haben, hinsichtlich einer Arbeit über Multikulturalität, zur Zeit ein beliebtes Thema in Ägypten.

Ich habe nichts dagegen, und als ich zu Lamis ins Auto steige, habe ich auch nichts gegen einen kleinen Imbiss. Es wird ohnehin eine Weile dauern, bis wir am Ziel sind.

Während sie sich Meter für Meter durch die Fahrrinne schiebt, erzählt mir Lamis von der *Bekehrung* ihrer Kollegin, die sich seit einem Jahr verschleiert.

Ist der Druck auf sie zu groß geworden?

Der äußere und der innere.

Was meinst du mit dem inneren?

Sie sagt, sie sei immer schon religiös gewesen und entscheide sich nun aus Gewissensgründen für das Kopftuch.

Und du?

Ich habe kein Gewissen. Wenigstens keines, das über die Bedeckung meines Kopfes entscheidet.

Endlich angekommen, halten wir vor einem Fastfood-Restaurant namens *Chilli*. Diese Art von Lokalen ist überall in der Welt ähnlich platzsparend eingerichtet, die Ausstattung ist uniform und zweckdienlich. Durch all die genormten Ess- und Sitzflächen, das einheitliche Geschirr und die ebenfalls einheitliche Arbeitskleidung schimmert noch immer die Idee hindurch, die am Anfang der Moderne den Anstoß zur Veränderung der Welt gab, nämlich die Idee des Funktionellen als oberstem Bau- und Ausstattungsprinzip. Wobei das Ornament bald darauf wieder von seiner Diskriminierung als Verbrechen erlöst wurde, sich jedoch nie mehr auf eine Weise verselbständigen konnte wie im vorangegangenen Klassizismus und im drauffolgenden Jugendstil, von dem auch in Kairo eine Reihe von Beispielen erhalten sind.

Es ist Donnerstag, und das Lokal ist bis zum letzten Platz, das heißt bis auf die beiden, die die Professorin und ihre Doktorandin für uns reserviert haben, voll besetzt.

Die Begrüßung ist überaus herzlich. Ich erinnere mich, die Professorin schon vor einigen Jahren kennengelernt zu haben, damals noch unverschleiert. Die Doktorandin ist eine schlanke, elfenhafte junge Frau in einem grauen Hosenanzug, die mir irgendwann im Verlauf des Abends versichern wird, dass sie in dem Augenblick zum Kopftuch griffe, in dem ihr religiöses Gewissen in diesem Sinne zu ihr sprechen würde. Offensichtlich hat man sich unter intellektuellen Frauen darauf geeinigt, in dieser Sache einzig und allein das religiöse Gewissen sprechen zu lassen. Immerhin ein individueller Zug in der immer uniformer werdenden Debatte.

Während wir auf die Speisekarte warten, versuche ich mich unauffällig umzusehen. An den Tischen sitzen vor allem Jugendliche, an den einen Burschen zwischen vierzehn und fünfzehn, an den anderen Mädchen im gleichen Alter oder ein bisschen darüber, wenn ich richtig schätze, mit den schicksten Kopftüchern, die man in Kairo kaufen kann. Neben jedem Teller liegt ein Handy, mit dem sie einander über die Tische hinweg anrufen. Ansonsten essen sie, trinken Cola und kreischen wie wild, wie es Teenager auf der ganzen Welt tun. Nur dass diese hier ausschließlich zur oberen Mittelschicht, wenn nicht zur *upper class* gehören, wo die Eltern es sich leisten können, sie am Donnerstagabend, wenn schon nicht in die Disco, was aus Gründen der Geschlechtertrennung nicht geht, dann zumindest ins *Chilli* zu schicken.

An einem der Tische sitzen zwei Schüler der Deutschen Schule, die zur Professorin herübergrüßen. Sie war jahrelang deren arabische Leiterin, wofür sie sich von der Universität hatte karenzieren lassen.

Die meisten der jungen Leute gehen in die Amerikanische Schule, und um keinen Zweifel daran zu lassen, sprechen sie auch in der Freizeit englisch miteinander. Die Doktorandin winkt einem der Mädchen zu, man kennt sich familienmäßig.

Auch junge Paare mit ihrem ersten Kind kommen donnerstagabends gerne hierher, solange sie das Geld dazu haben und nicht zu viele Kinder nachkommen.

Ein Zweijähriger kniet auf seinem Stuhl und lutscht abwechselnd an einem gebackenen Hühnerflügel und an einem Pommesstreifen. An seinem Handgelenk ist die Schnur eines Luftballons mit einem Clownsgesicht festgebunden. Er lacht, kaut und plaudert mit seinen Eltern, die ihm voller Bewunderung zuhören. Wahrscheinlich sind sie beide berufstätig und kommen erst jetzt dazu, sich über die Fortschritte zu freuen, die ihr Kleiner unter der Woche in der Obhut der Großmutter oder eines Kindermädchens gemacht hat.

Wir haben ebenfalls Huhn bestellt, und während wir aufs Essen warten, erklärt mir zuerst die Doktormutter, dann die Doktorandin, worum es geht.

Die junge Frau möchte eine Dissertation über Multikulturalität und wie sie in verschiedenen Ländern akzeptiert oder nicht akzeptiert wird, schreiben. Sie denke dabei einerseits an einen ägyptischen Autor, der sich in seinen Romanen mit diesem Thema beschäftigt habe, und andererseits würde sie dem Werk dieses Autors gerne einen deutschsprachigen Autor beziehungsweise eine Autorin gegenüberstellen, der oder die ebenfalls auf dieses Thema Bezug nähme. Einen Augenblick herrscht Schweigen, und ich fühle mich, kollektiv gesehen, ertappt.

Sie haben mich zu schnell gefragt, ich brauche ein wenig Zeit zum Nachdenken, sage ich, was beinahe gelogen ist. Ich weiß, dass dieses Thema im deutschen Sprachraum fast nur von Zugewanderten aufgegriffen wird, denen die Multikulturalität auf drastische Weise am eigenen Leib widerfahren ist.

Bei der historisch bedingten und mit Ressentiments aufgeladenen Animosität vieler Ägypter gegen alles Türkische ist es wahrscheinlich keine so gute Idee, all die Autoren türkischer Herkunft, die jetzt in Deutschland und auf Deutsch Gedichte und Romane schreiben, zu nennen.

Ich verweise auf Rafik Schami, Hussain al-Mozany und Khalid al-Maaly, aber die Studentin schüttelt den Kopf. An die habe sie selber schon gedacht, doch das sei es nicht, was sie suche. Sie würde gerne jemanden deutscher oder österreichischer Herkunft nehmen. Schließlich sei sie Germanistin und würde ihre Dissertation auch auf Deutsch schreiben.

Inzwischen ist mir Thorsten Becker eingefallen, aber das ist eine reine Türken- und Türkeigeschichte.

Am liebsten wäre ihr jemand, der in Österreich lebe. Sie habe ein dreimonatiges Wien-Stipendium in Aussicht, schon allein deshalb.

Ob die Multikulturalität unbedingt mit dem deutschen und dem arabischen Sprachraum zu tun haben müsse.

Nein, Multikulturalität beschränke sich ja nicht auf diese beiden Kulturen.

Dann wird es etwas leichter, sage ich und nenne Erich Hackl, einen Autor, der sich intensiv mit den Spanisch sprechenden Ländern befasst hat und auch darüber schreibt.

Lamis hat sich die ganze Zeit über nicht am Gespräch beteiligt. Erst jetzt, als das Essen kommt, meldet sie sich zu Wort. Wien hat diesbezüglich eine eigene Geschichte, sagt sie. Österreich war ein Vielvölkerstaat, der die Multikulturalität gelebt hat, im Guten wie im Bösen. So hat man zur Zeit Josephs II. einen afrikanischen Prinzen, der als Sklave nach Europa verkauft worden war, es dann am Wiener Hof zu Ansehen, Auskommen und einer ehrbaren Ehefrau samt Kindern gebracht hat, nach seinem Tod ausstopfen lassen, um sein negroides Erscheinungsbild zur Aufklärung der Wissbegierigen über seinen Tod hinaus zu erhalten.

Man hat ihn doch nicht etwa einbalsamiert?, fragt die Studentin mit einem skeptischen Unterton im Hinblick auf die kulturelle Vermischung.

Nein, sagt Lamis, nicht einbalsamiert, ausgestopft. Das kam billiger.

Das Fieber ist wieder ein wenig gestiegen. Meine Luftröhre fühlt sich wie ein Auspuff an, nicht so sehr beim Aus- als beim Einatmen, doch ich huste kaum mehr.

Lamis bringt mir eine weitere Decke, obwohl der Wind sich verzogen hat und es insgesamt wärmer geworden ist.

Der Verkehr klingt nur mehr wie ein heiseres Flüstern durch die Fensterfront herauf. Lamis trinkt Tee, ich Tee und Whisky, um die revoltierenden Eingeweide zu beschwichtigen. Es ist ein überlanger Tag gewesen, der meine Aufmerksamkeit stark in Anspruch genommen hat, wie fast jeder der Tage in Kairo.

Zum Abschied hat mir die verschleierte Professorin im *Chilli* noch ein dickes Buch als Geschenk für meine Zeit und meine Geduld, wie sie sagte, mitgegeben.

Der neueste Koran auf Deutsch, übersetzt von einem Germanistikprofessor von der Eyn-Shams.

Es ist die beste Übersetzung, Sie werden sehen, sagte die Professorin. Geradezu poetisch.

Besser als die von Rückert?

Die Professorin und ihre Doktorandin sehen einander fragend an, dann zwinkern sie sich gegenseitig zu. Die beste. Lesen Sie selbst.

Wenn auch nur die Hälfte von dem, was die beiden an Lob spenden, zutrifft, wird man endlich angemessen aus dem Koran zitieren können.

Sehr geehrte Frau Kutzer,

ich bin diejenige, für die Sie neulich in der Mubarak-Library keine Zeit hatten. Das klingt wie ein Vorwurf, ist aber keiner. Mir war von Haus aus klar, dass es an diesem Abend zu keinem längeren persönlichen Gespräch kommen würde. Menschen wie Sie werden in öffentlichen Räumen gut abgeschirmt, und – Hand aufs Herz – woher sollten Sie auch die Zeit nehmen, um all denen zuzuhören, die hier mit Ihnen reden wollen.

Mein Mann und ich sind eigens aus dem Delta gekommen, um Sie zu sehen. Nicht nur, weil Sie wie ich aus Österreich stammen, sondern weil ich Ihren Vorträgen und Essays, von denen ich einige noch in Österreich gelesen habe, entnehme, dass Sie dem Islam nicht ganz so ablehnend gegenüberstehen wie die meisten unserer Landsleute. Ich hatte den Eindruck, dass Sie nicht nur sein gegenwärtiges Erscheinungsbild, sondern den Islam als religiöse Tatsache sowohl in seiner historischen als auch in seiner theologischen und spirituellen Dimension zu begreifen versuchen.

Was ich als praktizierende Muslimin Ihnen hoch anrechne, ist, dass Sie nicht bei jeder muslimischen Besonderheit, bei jedem Anderssein im Hinblick auf Identitätsmerkmale, Lebensgewohnheiten und Heilserwartungen den Terrorismus mitdenken, der den meisten Muslimen genauso verhasst ist wie Ihnen, mit dem einzigen Unterschied, dass sie seine Ursachen und Anlässe anders beurteilen. Allerdings finde ich Ihre Ausführungen manchmal ein bisschen kopflastig und zu wenig praxisbezogen. Ich, die ich im Islam lebe, sehe die Religion als den täglichen Kampf, mit dem Leben zurechtzukommen, ohne sich schuldig zu machen, weniger in einem höheren ethischen Sinn als innerhalb der konkret existierenden Gemeinschaft. Und Islam ist

Gemeinschaft, eingebettet in ein dichtes Netz von Gemeinsamkeiten, in denen der Einzelne sich angenommen und aufgehoben fühlt.

Sie haben recht mit Ihrer Vermutung, ich sei Konvertitin. Und ich weiß auch, was man über Konvertiten sagt, nämlich dass sie päpstlicher seien als der Papst. Das mag daran liegen, dass sie in die Religion, zu der sie konvertierten, nicht hineingeboren wurden und sich immer wieder davon überzeugen müssen, den richtigen Schritt getan zu haben.

Ich will Ihnen die Details meiner Konversion ersparen, nur so viel, sie hatte auch mit meinem Mann zu tun. Ich habe ihn kennengelernt, als ich begann, mich für den Islam zu interessieren – nicht umgekehrt.

Mein Mann ist ebenfalls in Österreich aufgewachsen. Seine Familie war in den achtziger Jahren nach Österreich gezogen, wo sein Vater heute noch als Arzt in Wiener Neustadt praktiziert, und manchmal haben wir beide Heimweh. Das ist weiter nicht ungewöhnlich, aber darum geht es jetzt nicht.

Was mich am Islam von Anfang an fasziniert hat, waren sein abstrakter Gottesbegriff und seine Konkretheit, was die menschliche Gesellschaft angeht. Ich weiß, liebe Valerie Kutzer – ich darf Sie doch so nennen, ohne respektlos zu klingen –, dass Sie die islamische Mystik hochschätzen. Das tue ich auch, allerdings nur im Rahmen der Literatur. Als Theologie lehne ich sie ab, da sie letztendlich zu einer Vermenschlichung Gottes führt, die über Umwege genau das in Abrede zu stellen versucht, was den Gott der Muslime ausmacht, seine absolute Nichtmenschlichkeit.

Die Einschätzung der islamischen Theologie dessen, was ist, nämlich dass die Menschen einander ziemlich wahllos begehren, zur Gewalt neigen und bereit sind, aus allem und jedem ein Geschäft zu machen, erscheint mir insgesamt als zutreffend. Das heißt, wir haben diese menschlichen Grundübel zur Kenntnis zu nehmen und uns zu bemühen, sie dennoch in den Dienst des Friedens zu stellen. In diesem Punkt habe ich das Christentum immer für heuchlerisch gehalten, das uns nachhaltig an die ewige Doppelgleisigkeit von *Wasser predigen und Wein trinken* gewöhnt hat. Anders wären Kreuzzüge, Ketzer- und Hexenverbrennungen sowie die Kolonialisierung eines großen Teils der nichtchristlichen Welt nicht mit solchem Feuereifer betrieben worden.

Sie werden sich fragen, warum mein Mann und ich nach Ägypten gegangen sind, obwohl unsere Familien in Österreich leben und wir beide österreichische Schulen besucht und auch in Österreich studiert haben. Ich ohne Abschluss, aber für das, was wir im Sinn haben, ist ein Universitätsabschluss nicht unbedingt vonnöten.

Nachdem ich zum Islam übergetreten war und wir geheiratet hatten, kam der Punkt, an dem wir uns in Österreich nicht mehr zu Hause fühlten. Ich weiß nicht, wie ich es Ihnen erklären soll, ohne dass Sie uns für diese Art von romantischen Aussteigern halten, die einerseits zur Esoterik und andererseits in ihrem Purismus zum Fundamentalismus neigen. Es war eher so, dass wir eine gewisse Verantwortung für unsere Glaubensbrüder und -schwestern zu spüren begannen, die in dem Maße zunahm, in dem wir uns der verdeckten und der offenen Verachtung bewusst wurden, die den Muslimen, unter ihnen vor allem den arabischen Muslimen, europaweit entgegenschlägt. Und die in dem Vorwurf gipfelt, die Araber würden sich mit ihrem Ölreichtum im Westen alles kaufen, was zum modernen Leben gehört, wären aber nicht imstande, eigene Ideen zu produzieren und diese zu verwirklichen, wie imposant ihre Kultur vor etwa tausend Jahren auch gewesen sein mag. Kurz gesagt, sie würden von der Elektronik im täglichen Leben über das Internet bis hin zu den modernsten Waffen alles benutzen, ohne selbst einen kreativen Beitrag zu deren Entwicklung zu leisten, geschweige denn, ihre Lebensweise derjenigen annähern, die die Erfindung all dieser sogenannten lebensnotwendigen Dinge und Errungenschaften überhaupt erst möglich und notwendig gemacht hat.

Ich bestreite nicht, dass man die Situation aus einem westlichen Blickwinkel so sehen kann. Aber der westliche ist nicht der einzige Blickwinkel, der zur Beurteilung taugt.

Jeder muss sich einmal die Frage stellen, ob die Welt, in der er lebt – und für uns ist beziehungsweise war das die westliche Welt –, eine ist, in die er Kinder setzen möchte, das heißt, ob es eine Welt ist, die Zukunft hat.

Als Abbas und ich uns diese Frage stellten, wurde uns klar, wie sehr diese westliche Art zu leben, die österreichische miteingeschlossen, am Thema Zukunft vorbeizielt.

Von klein auf gefangen zwischen zwanghaftem Konsum und ebenso zwanghaftem Verbrauch, bleibt kaum Zeit, sich miteinander zu beschäftigen. Alles nimmt zu, die Anzahl der Dinge, die man haben muss, die Anstrengung, sie sich leisten zu können, und der Wunsch, in der freien Zeit, die einem bleibt, jemand zu sein, der das Leben in vollen Zügen genießt, koste es, was es wolle.

Ich brauche Ihnen nicht weiter zu erklären, was allgemein bekannt ist, nämlich dass keine andere Gesellschaft der Welt, auch nicht die als aufstrebend eingeschätzte chinesische, indische, südostasiatische usw., je in solchem Luxus leben wird wie die westliche es seit Jahrzehnten für sich möglich gemacht hat. Das ist schlichtweg eine Frage der Ressourcen, die zu Ende gehen. Es sei denn, es gelänge, eine völlig neue Form der Energie zu entdecken und zu nützen, aber es sieht nicht so aus, als würde das demnächst der Fall sein.

Über kurz oder lang werden alle Menschen vom Überfluss und vom grenzenlosen Verschleiß Abstand nehmen müssen, auch diejenigen, die sich nicht kampflos in den Verzicht schicken wollen. Die Verteilungskriege werden noch blutiger werden, das ist abzusehen. Aber es wird Überlebende geben, wie es immer Überlebende gegeben hat. Gott hat nicht vor, die Menschheit trotz aller Schuld, die sie auf sich lädt, zur Gänze der Vernichtung preiszugeben.

Gott braucht die Menschen, wie die Menschen Gott brauchen. Die Begründung dafür steht im Koran, und ich gebe zu, dass sie bei meiner Konversion eine Rolle gespielt hat. Nämlich dass jener nichtmenschliche Allmächtige die Erschaffung der Menschen auf so bewegende Weise begründet: *Ich war ein verborgener Schatz und wollte erkannt werden.*

Diesen Gott zu erkennen und zu bezeugen ist der innerste Grund des muslimischen Glaubens. Aber das wissen Sie ja alles.

Was Abbas und mich dazu veranlasst hat, ins Nildelta aus- beziehungsweise im Fall von Abbas zurückzuwandern, hat damit zu tun, dass wir zu der Überzeugung gelangt sind, der Islam und die muslimische Lebensweise seien eine bessere Vorbereitung auf die Zeit nach der heutigen Überflussgesellschaft.

Das hat kaum etwas mit den Ideologien, die im 20. Jahrhundert so viele Menschenleben gekostet haben, zu tun. Der Islam beurteilt nicht nach Rasse, verurteilt Tyrannei und besteht nicht auf der Abschaffung des Privateigentums, auch wenn die Besitzenden nach religiösem Gesetz dazu verpflichtet sind, von ihrem Vermögen etwas an die Besitzlosen abzugeben.

Der Individualismus westlicher Prägung taugt nur für Gesellschaften, die dermaßen aus dem Vollen schöpfen und geschöpft haben wie die westliche. Die islamische Gesellschaft hingegen ist in der *umma* verankert, der Gemeinschaft, im Miteinander und Füreinander. Was im Christentum der Nächste, das nahestehende Individuum ist, sind im Islam die Mitglieder der *umma*, die zur Sorge füreinander und zum Dienst aneinander verpflichtet und – es wäre lächerlich, das verschweigen zu wollen – einer gewissen Hierarchie unterworfen sind. Aber ohne Autorität und hierarchische Strukturen hat noch keine Gesellschaft funktioniert. Auch die westliche nicht. Die Frage ist bloß, nach welchen Vorgaben sich Hierarchie etabliert. Ich für meine Person kann dem Gedanken nichts abgewinnen, dass Hierarchie nur noch vom Geld strukturiert wird.

Entschuldigen Sie, dass ich immer wieder auf Grundsätzliches komme. Dabei wollte ich Ihnen nur etwas über die Gründe sagen, aus denen Abbas und ich uns entschlossen haben, hier anstatt in Österreich zu leben.

Ich habe Ihren Blick wohl bemerkt, auch wenn er nur ganz kurz auf meinem Kopftuch ruhte, und das amüsierte Lächeln in Ihren Augenwinkeln, das meiner orangefarbenen Galabeya galt. Aber Muslimin zu sein muss ja nicht heißen, in Sack und Asche zu gehen, auch nicht in der Öffentlichkeit. Es heißt höchstens,

Männer nicht durch unbedecktes Haar oder unbedeckte Haut aufzureizen. Wobei mir natürlich bewusst ist, dass bei all dem nackten Fleisch, das in den Ländern der grenzenlosen Freiheit überall und jederzeit zu besichtigen ist, die Verhüllung erotischer wirken kann als jede zur Schau gestellte Entblößung.

Mit der Verhüllung außer Haus signalisiere ich, dass ich sexuell nicht zur Verfügung stehe. Von Frau zu Frau kann ich Ihnen sagen, dass es zu den erregendsten Momenten meines Lebens mit Abbas gehört, abends vor ihm mein Kopftuch zu lösen und zu spüren, wie er mein Haar durch seine Finger gleiten lässt.

Der Islam ist beileibe keine freudlose Religion, und was die Lust angeht, ist der muslimische Mann sogar verpflichtet, sie seiner Frau zu bereiten. Dass der Islam heute so prüde wirkt, hat einerseits damit zu tun, dass die überstrenge Observanz wahhabitischer Glaubensvorstellungen sich mithilfe von saudi-arabischem Geld allenthalben verbreitet hat. Andererseits ist der Islam, indem er Sex nur in ehelichen Verhältnissen erlaubt, darauf bedacht, die Kinder, die in Lust gezeugt wurden, auch zu schützen, wie es alle monotheistischen Religionen vorschreiben, nur dass sich im Westen so gut wie niemand mehr daran hält. Ein Blick auf all die verzweifelten Scheidungswaisen sollte genügen, um zu begreifen, dass der Islam, der auf der Verbindlichkeit seiner Sexualmoral besteht, damit nicht vollkommen unrecht haben kann.

Aber ich schweife schon wieder ab, liebe Valerie Kutzer. Abbas und ich sind also nach Ägypten gekommen, um unseren Teil dazu beizutragen, dass dieses Land, und damit meine ich vor allem und tatsächlich das Land, im Gegensatz zur Stadt, nicht genauso kaputtgemacht wird wie Kairo und die anderen großen Städte. Sie erleben es ja täglich, wie Feinstaubbelastung und Luftverschmutzung zugenommen haben und noch immer zunehmen. Wie die Menschen, gezwungen, an der modernen Welt teilzunehmen, um zu überleben, gerade dadurch, dass sie unkontrolliert an diesem modernen Leben teilhaben, immer tiefer in den Ruin getrieben werden.

Kairo kann jederzeit einen Kollaps erleiden, und es ist nicht sicher, ob diese Stadt sich je wieder davon erholen wird. Dennoch werden die Ägypter nie auch nur annähernd so leben können wie die Menschen im Westen. Es sind zu viele auf zu kleinem Raum, und das Leben, zu dem sie gezwungen sind, widerspricht ihren Erfahrungen.

Abbas hat in Wien an der Bodenkultur studiert, seine Familie besitzt noch etwas Land im Delta, das von einem Verwalter eher schlecht als recht bewirtschaftet wurde. Wir sind hierhergekommen, um eine menschengerechte Landwirtschaft zu betreiben, hoffend, dass wir die übrigen Landbesitzer davon abbringen können, ihre Erzeugnisse immer mehr zu vergiften. Seit der Nil wegen der Staudämme in Assuan nicht mehr jährlich das Land mit seinem fruchtbaren Schlamm überflutet, ist der Bedarf an Kunstdünger enorm gestiegen, und je mehr die Böden auslaugen, desto mehr wird gedüngt, ein Kreislauf, aus dem es für die meisten kein Entrinnen gibt.

Wir wollen den Fellachen zeigen, dass es auch anders geht. Warum sollte, was in Österreich zum Teil funktioniert hat, nicht auch im Agrarland Ägypten gelingen, in einem Land, das noch immer die Voraussetzungen dazu hat, das beste Gemüse der Welt zu ziehen. Ein unmögliches Unterfangen, werden Sie sagen, und Sie haben recht. Vom Westen aus gesehen, erscheint dieses Unterfangen unmöglich. Aber vom Westen aus gesehen, erscheinen auch die Bedingungen, unter denen die meisten Ägypter leben, als unmöglich.

Was ich damit sagen will, ist, dass nicht nur die Ägypter, sondern die meisten übrigen Muslime auch an Entbehrungen gewöhnt sind. Dass sie dem Leidensdruck, den ihnen ihre Geschichte und die Richtung, in die sie geht, aufgebürdet hat, anders standhalten, als jemand aus dem Westen es könnte. Und wir haben Zeit. Damit meine ich auch mich, die ich Muslimin geworden bin.

Es ist wirklich so, dass ich, seit ich hier lebe, ein anderes Zeitgefühl entwickelt habe. Ich glaube an den Sinn dessen, was wir hier tun, nämlich dass es für die *umma* von Nutzen sein wird. Nicht gleich, dafür steckt alles noch zu sehr in den Kinderschuhen, aber mit den Jahren wird sich der Sinn der von uns angestrebten Entgiftung zeigen.

Wenn es nicht so pathetisch klänge, würde ich sagen, wir haben vor, Gottes Schöpfung wiederherzustellen, um so vielleicht seinem Zorn zu entgehen.

Immerhin kommen schon einige der kleineren Bauern zum Diwan, den Abbas einmal in der Woche in unserem Haus abhält, lassen sich beraten und sprechen über ihre Bedenken.

Ich will Ihnen, liebe Valerie Kutzer, nicht verhehlen, dass mir das alles nicht immer so leicht fällt, wie ich anfangs gedacht habe. Meine Lebenserfahrungen sind andere als die der Fellachen, österreichische eben und städtische. Auch leide ich noch zeitweise an jener abendländischen Ungeduld, die ein Zeichen von Überheblichkeit ist. Manchmal droht mich ein Gefühl der Aussichtslosigkeit zu überwältigen. Allein dass mein Arabisch noch sehr zu wünschen übriglässt – zu Hause sprechen wir Deutsch miteinander, vor allem der Kinder wegen, damit sie zweisprachig aufwachsen – und dass ich als Frau mich noch immer als gleichwertig beweisen muss, und überhaupt, dass vieles so anders ist, als ich es gewohnt war, macht mir zu schaffen.

Abbas versteht das, weil er lange in Österreich gelebt hat und es ihm manchmal angesichts der Festgefahrenheit der hiesigen Verhältnisse ebenso ergeht. Aber er hat mir auch gezeigt, wie ich mich beim Gebet beruhigen kann. Wie ich den inneren Frieden wiederfinde, im Bewusstsein, mich mit dem, was mir hier aufgegeben ist, im Einklang mit der Religion zu befinden.

Es mag für Sie merkwürdig klingen, aber ich bin überzeugt, dass die Muslime auf lange Sicht am besten geeignet sind, diese Welt wieder ins Lot zu bringen. Die meisten von ihnen haben Überfluss und Luxus nie kennengelernt. Sie haben eine Beziehung zu ihrem Gott, die auf ihr Leben zurückwirkt. Und sie haben Geduld. Ihre Gemüter sind weniger vergiftet als die Luft, in der sie leben, und die Lebensmittel, die sie zu sich nehmen. Am deutlichsten wird das an den Gesichtern. Selbst in Kairo, wo sie jeden Quadratmeter mit anderen Menschen teilen müssen, lächeln sie über ihr Schicksal und sehen einander gewohnheitsmäßig mehr nach, als je ein Mensch aus dem Westen einem anderen nachsehen würde.

Haben Sie sich nie gefragt, warum das so ist? Ich glaube, es hat mit Gottvertrauen und dem natürlichen Respekt vor dem, was über den Menschen hinausgeht, zu tun. Der Mensch kann nur Mensch sein, indem er die Grenzen des Menschseins anerkennt. Je weiter die Menschen über diese Grenze des Menschseins hinauszugelangen versuchen, desto heftiger werden sie auf das, was den Menschen von der anderen Seite eingrenzt, nämlich die Welt der Dinge, zurückgeworfen. Besser gesagt, je mehr man sich von Gott abwendet, desto heftiger will man sich die Welt zu eigen machen.

Ich weiß nicht, was mich einmal im Jenseits erwartet, aber das ist mir nicht so wichtig. Ich füge mich gerne in ein Regelwerk, das nach so vielen Jahrhunderten eine Gemeinschaft noch immer trägt und durch all die Wirren und Katastrophen tragen wird, die heute zum täglichen Brot der Muslime gehören. Trotz all dieser Wirren und Katastrophen sehe ich eine Zukunft, eine muslimische Zukunft, in der die Beziehung der Menschen zueinander und zu Gott das Wichtigste sein wird und nicht die Beziehung der Menschen zum Geld. Wahrscheinlich werden erst unsere Enkel in dieser Zukunft angekommen sein, aber um dieser Enkel willen habe ich meine Kinder geboren.

Vielleicht noch ein paar Worte zu Abbas, meinem Mann, da doch die muslimischen Männer als absolut patriarchalisch verschrien sind, was auf viele ja auch zutrifft.

Abbas ist kein Heiliger, jedoch ein gütiger Mensch, der niemals die Hand gegen mich erheben würde. Ich habe es nicht bereut, dass ich ihm nach Ägypten gefolgt bin.

Natürlich ist seine Liebe zu Gott eine andere als die zu mir und zu den Kindern. Nur die Glut ist dieselbe. Und ich kann nur hoffen, dass diese Glut sich nie *gegen* jemanden kehrt. Ich hatte nie gedacht, dass man einem Mann über Jahre hin – wir kennen uns seit Beginn unseres Studiums an der Bodenkultur – so zugetan bleiben kann, auch wenn Abbas in seiner Leidenschaftlichkeit manchmal in geradezu missionarischen Eifer verfällt.

Was Abbas angeht, habe ich es also gut getroffen, und hinsichtlich Ihres Blicks auf mein Kopftuch und was es zu bedeuten habe, kann ich Sie beruhigen. Ich trage es als Zeichen meiner muslimischen Identität und nicht weil Abbas mich dazu gezwungen hätte.

Natürlich würde ich noch immer gerne Gelegenheit haben, mit Ihnen persönlich zu sprechen und Ihre Antworten zu hören. Vielleicht kommen Sie uns demnächst besuchen. Ich würde Ihnen gerne mehr über unser Projekt der Entgiftung erzählen und Ihnen an Ort und Stelle zeigen, was wir schon alles unternommen und erreicht haben.

Der Friede sei mit Ihnen!

Ihre Mumina Andrea Narbi

Die Concert-Hall of Egypt gehört den Franziskaner-Mönchen von Kairo. Ein Saal mit Podium, der etwa zweihundert bis zweihundertfünfzig Menschen fasst. Bertrands großer Tag, es geht um neuere arabische Musik aus der Nasser- und Vor-Nasser-Zeit. Einer der Komponisten, ein Virtuose auf der Ney, war in Umm Kulthums Ensemble integriert. Eingesperrt, wie Lamis sagt. Er durfte von da an nur mehr für Umm Kulthum, die Kultsängerin des gesamten arabischen Raumes, komponieren und natürlich auch nur mehr für sie spielen. Da hat er dann das Komponieren bald sein lassen.

Umm Kulthum soll eine herrschsüchtige, ruhmbesessene Frau gewesen sein, und es geht das Gerücht, dass sie ihre Konkurrentin Esmahan umbringen ließ. Esmahan ist bei einem mysteriösen Autounfall ums Leben gekommen, der nie wirklich geklärt wurde. Umm Kulthum hat angeblich alle anderen außergewöhnlichen Stimmen vom Markt verdrängt.

Lamis lässt nur die frühen Sachen von Umm Kulthum gelten, die aus den fünfziger Jahren. Danach sei ihre Stimme viel zu hart geworden, und sie habe alles nur mehr in derselben Manier gesungen. Umm Kulthum gilt vor allem in Ägypten als sakrosankt, und keiner wagt, an ihrem Ruhm zu kratzen. Auch heißt es, dass ihre Ehe nur eine Papierehe gewesen sei. Sie hätte geheiratet, weil sie es leid gewesen wäre, immer noch als *Miss* angesprochen zu werden.

Da das Ensemble mindestens einmal im Monat auftritt, haben sich im Laufe der Zeit unter den Zuhörern Bekanntschaften entwickelt und in einigen Fällen zu Freundschaften verstärkt. Daher auch das viele Kopfdrehen, man will sehen, wer von denen, die man bereits kennt, wiedergekommen ist. Der Saal ist mehr als voll, und das Publikum laut und unruhig. Handy-Läuten, aufstehen, sich über mehrere Reihen hin mit Freunden unterhalten ... Zum Glück ist die Musik laut genug, dass einem trotzdem nichts entgeht.

Hunderte Kilos von überflüssigem Fett lasten auf den Klappstühlen, viele der Frauen tragen ein Kopftuch oder bedecken ihr Haar andeutungsweise mit einem Seidenschal, der es nicht komplett verdeckt. So als fühlten sie sich bemüßigt, Rücksicht auf die Verschleierten zu nehmen. Oder geht es bereits um die öffentliche Moral? Zur Zeit der Entstehung dieser Musik hätte man sich nicht träumen lassen, dass die Kopftücher sich wieder dermaßen häufen würden.

Eine beleibte Dame in der ersten Reihe, wohl eine ehemalige Schauspielerin oder Sängerin, trägt einen kühnen Turban aus taubengrauem Chiffon, der zumindest die Ohrringe frei lässt, gigantische Ohrringe, die bei jeder ihrer Lachsalven hektisch zu vibrieren beginnen.

Einige der älteren Herrn wühlen wichtigtuerisch in ihren Aktentaschen nach Stiften, mit denen sie während der einzelnen Nummern alles Mögliche aufschreiben, und stürmen dann nach dem Konzert mit ihren Gehstöcken auf die Bühne, so dass ich schon Angst habe, sie würden die Musiker verprügeln, doch sie umarmen sie heftig, wobei die Stöcke natürlich im Weg sind, aber was macht das schon. Der strahlende Bertrand wäre der Letzte, der sich daran stoßen würde. Auch unter den Zuschauern scheinen einige Kopten und Koptinnen zu sein, wie ich aus den Schmuckkreuzen um ihren Hals schließen kann.

Lamis hat viel vor mit dem Ensemble. Noch mehr Auslandsreisen. Wieder nach Berlin, vielleicht auch nach Rom oder Paris. Zeigen, dass arabische Musik nicht gleich *arabische Musik* bedeutet.

Zwei Frauen aus dem Österreicherinnen-Club sind ebenfalls

im Konzert. In der Pause unterhalten wir uns ein wenig. Diese Konzerte sind echte Lichtblicke, meint die eine, auch wenn diese Musik nicht ganz nach meinem Geschmack ist. Allein die Atmosphäre …

Und dass sie überhaupt aufgeführt werden kann, in dieser Zeit der kulturellen Verhärtung …, meint die andere. Dann beginnen sie in Erinnerungen an das Wiener Konzerthaus zu schwelgen.

Ich frage mich, wie lange sich diese Art von Musik noch halten können wird, die weder sakral noch populär ist, sondern aus einer Phase der ägyptischen Geschichte stammt, über die man am liebsten nicht mehr reden würde. König Faruq und sein Premier Mustafa an-Nahhas sind längst kein Thema mehr.

Wer sind die Leute eigentlich, die dieser Musik noch die Treue halten? Dass der Saal voll ist, bedeutet nichts angesichts einer Einwohnerzahl von geschätzten vierzehn Millionen. Könnte Abbas einer dieser Besucher sein? Er hat damals in Wien Hoch- und Tiefbau studiert, und soweit ich mich erinnere, war in unseren Gesprächen von Religion nie die Rede. Eher schon von Nasser und seinen *freien Offizieren*. Oder gehört er mittlerweile zu den Muslimbrüdern, die einen Großteil ihrer Mitglieder unter Ärzten, Ingenieuren, Physikern und Chemikern rekrutieren?

Was für einen Aufbruch ins Jenseits die ägyptische Kultur unternommen hatte, war mir das erste Mal in Saqqâra bewusst geworden. Einen Aufbruch in ein Jenseits, das in der klassischen islamischen Mystik die *Wirklichkeit* genannt wird. Eine Wirklichkeit, die an keinen Ort und an keine Zeit gebunden ist, kein Niemandsland, sondern ein Nirgendland, das Na-Koja-Abad der extremen Schia und der Ismailiten, das achte Klima, wie es bei Corbin heißt, in dem der zwölfte Imam, der Schatten Gottes, auf seine letzte Mission wartet.

In Saqqâra erhob sich – abgesehen von den noch zu wenig ausgedeuteten Megalith-Kulturen – vor mehr als fünfeinhalbtausend Jahren zum ersten Mal in der Geschichte der Menschheit ein Bauwerk, das Kontakt mit dem Himmel, dem ortlosen

Jenseits, aufnehmen wollte. Einem Jenseits, das das Diesseits als Diesseits erst begreifbar machte. Man hatte den Göttern einen Fußschemel aufgestellt, um ihnen das Herabsteigen zu erleichtern.

Möglicherweise hat Imhotep, das Genie, das später vergöttlicht wurde, diese erste Pyramide als Stufenpyramide gebaut, damit die Menschen, wenn schon nicht in den Himmel, so zumindest auf ihren Gipfel hinaufsteigen, von dort aus auf ihr bekanntes Diesseits hinunterschauen und dabei eine andere Sicht darauf gewinnen konnten.

Imhotep machte sich den Blick der Götter zu eigen, um herauszufinden, wie die Menschen und die Erde, die sie bewohnten, in den Augen der Götter aussehen mochten. Eine ähnliche Absicht scheint hinter der reichen Ausstattung der Gräber mit Szenen aus dem Alltagsleben zu stecken.

Man ist immer davon ausgegangen, dass all die Beigaben und Reliefs dazu dienen sollten, das Jenseits, die andere, die wirklichere Wirklichkeit, das ortlose Nirgendland, mit all dem auszustatten, was der Verstorbene in seiner anderen, wirklicheren Existenz benötigen würde, um sich auch im Jenseits im Vertrauten zu befinden.

Aber war es nicht eher so, dass all das Mitgegebene den Göttern, die in diesem achten Klima ein und aus gingen, zur Anschauung dienen sollte? Dass es ihnen helfen sollte, die Menschen besser zu verstehen und sie mit menschlichem Blick zu betrachten? Eine Art Bildergalerie, in der die Erhabenen diese menschliche Welt vorgeführt bekamen, um sie besser, will heißen gerechter, zu beurteilen? Wie lässt sich sonst erklären, dass kein menschliches Auge das Werk nach seiner Vollendung mehr zu sehen bekam? Außer dem oder der Verstorbenen, der oder die zu Osiris, dem Gott der Unterwelt, geworden war?

Die alten Ägypter hingen an ihrem Diesseits, und wenn sie an ihrem Totsein etwas interessierte, dann vielleicht jener durch die Ortlosigkeit veränderte Blickwinkel. Die Blickrichtung aber führte eindeutig ins Diesseits.

Jeden Morgen ließen sie ihre Götter in der Sonnenbarke aus der Unterwelt auf den Himmel zurückkehren, damit sie den Menschen Leben spendeten, in Form von Sonne, Luft und Wasser. Sie gaben ihnen menschliche und tierische Gestalt, um sie noch fester an sich und an das Diesseits zu binden. Und sie umwarben sie, wie man Kinder umwirbt, indem man sie füttert, umherträgt, wäscht, Sonnenbäder nehmen lässt, salbt und beweihräuchert.

Tagtäglich erzählte man ihnen Geschichten von den Menschen, zeigte ihnen im Verborgenen des Pyramideninneren, der Mastabas und Felsengräber das menschliche Leben in seinen möglichen Farben und Spielweisen, wie um sie mit allen Mitteln zum Diesseits zu bekehren, zu den Freuden der Welt, zur Kunst der Menschen und zu ihrer Schrift. So als sollten nicht die Menschen zur göttlichen Moral, sondern die Götter zur ägyptischen Zivilisation bekehrt werden. Religiöse Propaganda mit umgekehrten Vorzeichen.

Als ich vor etwa dreißig Jahren zum ersten Mal nach Saqqâra kam, war ich dehydriert vom *Fluch der Pharaonen*, wie man diese Durchfallerkrankungen nennt, die einen üblicherweise in heißen Ländern, die nicht durchhygienisiert sind, heimsuchen.

Ich hatte die Augen auf den Boden gerichtet, wahrscheinlich weil es mich mehr an Energie gekostet hätte, aufrecht zu gehen und auf den abgeplatteten Kegel der Stufenpyramide zu schauen.

Und während ich mich in der kompakten Novemberwärme über den riesigen, sandbedeckten Vorhof schleppte, entdeckte ich in der Spur meiner Füße, die ich – zugegeben – nicht besonders hob, sondern eher hinter mir herzog – kleine Splitter eines Frieses, dessen größere Stücke die durch die Jahrtausende hin allgegenwärtigen Grabräuber längst abtransportiert hatten.

Ich bewegte mich kraftlos weiter, und da war noch ein Splitter und noch einer, Splitter aus weißem Stuck mit aufgemalten türkisfarbenen Hieroglyphen. Einer war sogar briefmarkengroß und hatte Platz für ein ganzes Horusauge. Ich schob die Splitter rasch in die Hosentasche. Ganz in der Nähe war eine italienische Touristin über ein Stück Mumienbandage gestolpert und rief nun die Familie zusammen.

Niemand kümmerte sich darum. An einem Ort, wo das Jenseits so viele deutliche Spuren hinterlassen hatte, kümmerte man sich nicht um derart unbedeutende Krümel. Damals zumindest nicht.

Ich fühlte mich plötzlich besser. Als wäre ich durch diese winzigen Funde auf lockere Weise in den ständigen Transfer zwischen Diesseits und Jenseits miteingebunden.

Und ich lernte das Staunen wieder. In den Grabkammern hoher Beamter, von Innungsmeistern der Perückenmacher, der Nagelpfleger und der Schlächter bei Hof, deren Grabräume mit lebensnahen Szenen aus Jagd und Fischerei geschmückt waren, mit Anleitungen zum Barkenbau und Szenen vom Treiben riesiger Herden, deren Hirten einem Kälbchen über den Fluss halfen oder ein anderes auf den Schultern trugen, von Rindern, die geschlachtet wurden, aber auch von Schreibstuben, in denen die Schreiber in Reih und Glied knieten und mit ihren Kielen den Papyrus bearbeiteten. Und mit dem Staunen kam eine Art Glücksgefühl, wie es wohl für die Götter gedacht war, die alleine diesen Anblick genießen sollten.

Dieses Bewusstsein, mit den Augen der Götter auf die Welt der Menschen zu schauen, hat mich bei der Begegnung mit ägyptischer Nekropolenkunst nie mehr verlassen.

Es hat sich manches verändert in Saqqâra. Die Ausgrabungs- und Restaurierungsarbeiten sind vorangekommen. Die Touristenströme werden immer bewusster in bestimmte Bahnen gelenkt, die Besichtigungsprogramme straffer organisiert. Extratouren werden nur mehr bei wissenschaftlich ausgewiesenen Vorhaben und unter beamteter Führung gestattet.

Ich bin alleine gekommen. Eine der Damen aus dem Club hat mir ihren Chauffeur *geliehen*, der mich beim Eingang absetzt und mich dann, nach Besichtigung der Stufenpyramiden-Anlage, zu den Gräbern weiterfahren wird. Ich halte mich an die vorgegebenen Trampelpfade, ich werde genug damit zu tun haben, das Gestattete zu bewältigen.

Auf einem Mauervorsprung hinter der wiedererrichteten Kolonnade sitzend, schaue ich so lange auf Imhoteps geniale Verwirklichung der Himmelspläne von König Djoser, bis die Pyramide sich zu bewegen beginnt. Als ginge der Atem der Erde durch sie hindurch.

Diese Schlichtheit, gepaart mit dem Anspruch, die Götter zu bekehren, überwältigt mich genau wie damals, obgleich ich beim Draufzugehen keine Splitter eines Frieses mehr finde.

Ich schlendere um die ganze Anlage herum, bis zu den Gemäuerresten in der Nähe des Eingangs, die zu einem Jeremiaskloster gehörten, bei dessen Errichtung man sich kräftig an den Relikten aus pharaonischer Zeit bedient hatte.

So fand man dann unter den Bodenplatten des Klosters eine Reihe von Reliefs, die aus den umliegenden Gräbern stammten. Und die zur Freude aller auch noch gut erhalten waren, da die Klosterbrüder die heidnischen Bildwerke mit dem Gesicht nach unten verlegt hatten. Eine mephistophelische Guttat sozusagen.

Auf der Rückfahrt bitte ich den Chauffeur, auch noch in Gizeh stehen zu bleiben. Er hält auf dem riesigen Parkplatz neben der Cheops-Pyramide und gibt mir eine Stunde.

Es ist richtig heiß geworden. Ich gehe in Richtung Chephren-Pyramide, deren noch immer erhaltene Original-Spitze im Sonnenlicht flackert.

Ich erinnere mich noch gut an den Reitausflug, den ich vor dreißig Jahren zusammen mit einem befreundeten Ehepaar gemacht hatte. Wir waren ein Stück hinaus in die Wüste geritten, um die drei Pyramiden so zu sehen, als gäbe es das ganze Drumherum nicht. Es hatte sich gelohnt. Die Silhouette hatte einen wesentlich jenseitigeren Effekt, erschien als Wunder der Zeitlosigkeit an unbestimmbarem Ort, als trieben die von menschlicher Hand in den Himmel gesetzten Dreiecke bedächtig in einem Sandstrom dahin.

Ich stapfe querfeldein, über kleinere Gesteinsbrocken stolpernd, um einen Punkt zu finden, von dem aus ich die Pyramiden wie damals in den Blick bekomme. Aber ich bin und bleibe zu nahe dran, und sobald ich den Blick hebe, um ihn zu der Pyramidenspitze emporgleiten zu lassen, schwindelt mir, und ich muss achtgeben, dass ich mir nicht den Fuß verstauche.

Aus den Augenwinkeln sehe ich, dass mir jemand hinterherläuft. Es ist ein junger Bursche, der, kaum hat er mich erreicht, mit dem üblichen Palaver in *Egypt-English* anfängt. Woher kommen Sie? Wie lange bleiben Sie? Gefällt Ihnen Ägypten? Ich beginne mich im Gehen zu verhärten, antworte nicht, aber er lässt nicht locker.

Ich schätze, dass ich irgendwann nachgeben und mit ihm reden werde, weil das wahrscheinlich weniger mühsam ist, als ihn mir durch beharrliches Schweigen vom Leib zu halten. Oder was weiß ich. Jedenfalls fühle ich mich bedrängt und belästigt, sehe aber keine Möglichkeit, ihn abzuschütteln, wo er mich schon einmal als Opfer seiner Geschäftstüchtigkeit ins Auge gefasst hat. Und die Leute, die uns begegnen, sind Verkäufer wie er oder beduinische Reitlehrer, die mich fragen, ob ich nicht aufsitzen möchte.

Er würde mir gerne etwas schenken, sagt der Bursche, etwas, das seine Mutter mit eigenen Händen verfertigt hat. Er ist so rasch zur zweiten Phase seiner Verkaufsstrategie übergegangen, dass ich mich ihm überrumpelt zuwende. Genau diesen Augenblick nutzt er, um mir ein weißes Beduinentuch über den Kopf zu stülpen und es zugleich mit einem aus schwarzen Fäden gedrehten Ring darauf festzudrücken.

Die Hitze hat zugenommen, und das weiße Tuch, so lächerlich es an mir aussehen mag, schützt mich vielleicht vor einem Sonnenbrand. Nicht dass ich das Tuch wirklich haben möchte, aber die Aussicht, ihn durch den Kauf ein für alle Male loszuwerden, verhindert, dass ich es mir sogleich mit großer Geste vom Kopf reiße und ihm vor die Füße schleudere.

How much?, frage ich resigniert.

Er protestiert. Ein Geschenk. Er möchte, dass ich ihn und Ägypten in guter Erinnerung behalte.

Ich werde ungeduldig. How much? Er schaut mich an, als wäre ich eine echte Spielverderberin.

Ein kleines Bakschisch …

Ich hole meine Geldbörse aus der Umhängtasche und suche nach einem kleineren Schein. Schneller, als ich schauen kann, hat er sich mit geübten Fingern zwei Zwanzigpfundnoten herausgepickt.

Für einen Augenblick bin ich dermaßen perplex, dass ich ihn ratlos anstarre. Dann beginne ich mit ihm zu schreien. Sage ihm, dass seine Mutter, wenn sie das gesehen hätte, ihn verfluchen würde.

Er merkt, dass er zu weit gegangen ist, und drückt mir ein offenes Kuvert mit verstaubten, von der Sonne ausgeblichene Ansichtskarten in die Hand. Wie sich später herausstellen wird, die hässlichsten Ansichtskarten von Kairo, die mir je in die Hände gefallen sind.

Ich bin wütend, und mir ist klar, dass er das Geld nicht zurückgeben wird. Er bleibt neben mir, obwohl ich meinen Schritt deutlich beschleunigt habe.

Are you happy now?, fragt er mehrmals und deutet dabei auf die Ansichtskarten, die ich noch immer in der Hand halte, bereit, sie beim nächsten Abfallkorb zu entsorgen. Nice pictures!

Go away, sage ich müde und mache eine Bewegung mit der Hand, als könne ich ihn damit verscheuchen. Und als er weiter neben mir hertrottet, brülle ich: Fuck off!

Er bleibt stehen und lacht. Okay, okay …

Ich drehe mich nicht nach ihm um, sondern versuche dem Pfad zu folgen, der parallel zur Straße hinunter zum Taltempel und zur Sphinx führt.

Unglaublich. Der riesige Pharaonenkopf auf dem noch riesigeren Löwenleib. Genau so unglaublich wie die Länge der Zeit, in der es diese Sphinx bereits gibt. Obwohl sie immer wieder im Sand zu versinken drohte, obwohl man sie zur Mamluckenzeit bei Schießübungen als Schießscheibe benutzte und obwohl man sie in den achtziger Jahren des letzten Jahrhunderts dermaßen stümperhaft restaurierte, dass man sie in den Neunzigern gleich wieder einrüsten musste.

Auch hier bin ich zu nahe dran, um den Gesichtsausdruck dieses *Urgetüms* zu erfassen, aber ich stehe wenigstens leibhaftig davor. Nur, die Nähe macht es keineswegs realer.

Dieses Aufeinandertreffen von Sonne und Wind mit dem Sand, der sich so rasch aufheizt, lässt meine Glieder schwer werden. Als ich mich die Straße zum Parkplatz wieder hinaufschleppe, bin ich sogar froh über das lächerliche weiße Beduinentuch, und mein Ärger über die Unverfrorenheit des jungen Burschen grummelt nur mehr als Bodensatz am Grunde meines Bewusstseins, während für ihn die rüde Tour, die er mit mir gefahren ist, zu den Grundpfeilern seiner Berufsausbildung gehört. Gab es nicht während des gesamten muslimischen Mittelalters eine *Zunft der Diebe*? Logenmäßig organisiert und ihrer Kunstfertigkeit gemäß angesehen? In den Märchen von Tausendundeiner Nacht ist öfter die Rede davon. Ein Gegenstand amüsierten Nachdenkens, solange es einen nicht persönlich trifft.

Es gibt Tage, da vergällt mir dieses *Handwerk* der Fliegenden Händler jede Lust, mich an den Orten, an denen sie patrouillieren, zu bewegen. Dennoch glaube ich sagen zu können, dass aus ihren Kreisen keine Terroristen zu rekrutieren sind. Dazu haben sie ein viel zu stabiles Selbstbewusstsein, das mit einem fetten kleinen Gefühl der Überlegenheit einhergeht.

Als ich zum Wagen zurückkomme, ist der Chauffeur nicht da. Erst als ich einmal um das Auto herumgehe, sehe ich, wie er sich von einer Gruppe anderer Chauffeure, die rauchend im Schatten sitzen, löst und gemächlich in Bewegung setzt.

Als er näher kommt, lächelt er ein für mich nicht gerade schmeichelhaftes Lächeln. Da fällt mir ein, dass ich das weiße Beduinentuch noch immer auf dem Kopf trage. Ich nehme es schleunigst ab und erzähle ihm die Geschichte von dem jungen Burschen und wie hilflos man dieser Art von Wegelagerei ausgesetzt ist. Er schnalzt bedauernd mit der Zunge, aber ich habe nicht den Eindruck, dass ich ihm wirklich leidtue.

Es ist nicht gut, als Frau alleine hier herumzugehen. Die Welt ist voller schlechter Menschen. Sie hätten sich besser einen Führer nehmen sollen, der würde schon darauf geachtet haben, dass man Ihnen das Geld nicht aus der Tasche zieht.

Sondern es selber eingesteckt haben, sage ich auf Deutsch und so leise, dass er es weder hören noch verstehen kann.

Als er mich schließlich in der Sharia Wadi El-Nil absetzt, ist es später Nachmittag. Lamis ist noch nicht zu Hause, und ich lege mich aufs Bett, damit sich all die besichtigten Gräber und Pyramiden in meinem Kopf in die Erinnerung eingliedern können, und zwar so, dass ich wieder wie ein vernünftiger Mensch darüber reden kann, ohne ständig Wörter wie Wunder, unglaublich oder phantastisch verwenden zu müssen.

Die Musikgruppe hat schon einmal im ehemaligen Privatkino von König Faruq gespielt, sagt Lamis. Ein prächtiger Saal mit Glasverzierungen an der Decke und einer Balustrade mit Proszeniumsloge. Man kann ihn für diverse Veranstaltungen mieten. Nicht gerade billig, aber ein Sponsor hat für uns tief in die Tasche gegriffen. Wenn du Lust hast, können wir später noch hinübergehen und einen Blick hineinwerfen. Es ist das zweite Gebäude rechts, hinter dem schmiedeeisernen Gitter.

Wir sitzen auf einer Bank im Pharaonischen Garten, der zum Agrikultur-Museum gehört, das ebenfalls von einem Freund von Lamis' Vater geleitet wird. Ein zierlicher älterer Herr, der am liebsten aus jedem bedeutenderen Gebäude in Kairo ein Museum machen würde.

Er hat uns auf Lamis' Bitte hin in den Innenhof des Verwaltungsgebäudes geführt, der ansonsten nicht öffentlich zugänglich ist und in dem Lamis einmal mit der Theatergruppe, die sie vor der Musikgruppe betreute, gastiert hat.

Der Hof selbst ist rechteckig und hat ein quadratisches Mittelstück mit einem Springbrunnen. Das Publikum saß zu beiden Seiten einer provisorischen Bühne und wurde, wenn der Wind drehte, ein wenig nassgespritzt. Lamis muss bei der Erinnerung an die *performance*, wie sie es nennt, hellauf lachen. An die Wände wurde zum Stück Gehöriges projiziert, ganz wie in einem *richtigen* Theater.

Warum hast du eigentlich die Theatergruppe aufgegeben?

Ich habe sie nicht aufgegeben, sie hat sich aufgelöst. Ägypten ist ein hartes Pflaster für Theater. Die Theatergruppen haben es noch schwerer als die Musikgruppen.

Weil das Theater als europäisch gilt?

Das mag eine Rolle spielen. Nur das Schattenspiel hat sich über Jahrhunderte, genau genommen seit über tausend Jahren in Ägypten gehalten.

Und die Mulids und Sirat Beni Hilel, der seinen Vater nicht töten konnte, obwohl er gar nicht wusste, dass sein Kampfgegner sein eigener Vater war, und Dhun-Nun, der von einem Krokodil gefressen wurde, es überlebt hat und von da an der Heilige für die von Krokodilen Verschluckten wurde …

Du hast gut aufgepasst, sagt Lamis.

Und da ich schon einmal in Schwung bin, füge ich hinzu: Und die Türken brauchen gar nicht so zu tun, als hätten *sie* das alles erfunden, denn in Ägypten gab es bereits Schattenspiele, als die Türken noch zwischen Aral- und Baikalsee ihre Schafe hüteten und als Freizeitgestaltung ihre Pferde um die Wette rennen ließen.

Und während bei uns bereits die islamische Kalligraphie blühte, noch immer ihre schamanistischen Runen in herumliegende Felsen kratzten, fährt Lamis fort, während ihr das Lachen, das sie sich verbissen hat, winzige Tränen in die Augenwinkel presst.

Der Herr Direktor mit den vielen Plänen für Ägyptens Nobelbauten hat uns einen kundigen Guide versprochen, der uns durch das Museum führen soll, obwohl Lamis das, wie sie sagt, auch könnte. Aber das lässt der Herr Direktor nicht gelten. Wir müssten uns nur ein wenig gedulden. Bei den milden Temperaturen gäbe es ohnehin nichts Schöneres, als mitten in Kairo in einem nach historischen Gesichtspunkten bepflanzten Garten zu sitzen und die Ruhe zu genießen.

Es ist tatsächlich ruhig. So ruhig, wie es in Kairo überhaupt sein kann.

Ägypten ist das Land der Sykomoren, sagt Lamis. Ich ziehe sogleich das Büchlein aus meiner Tasche, das Leonie mir durch Katrin hat zukommen lassen. *The Street Trees of Egypt*. Ich habe es gar nicht glauben wollen, dass Leonie so aufmerksam auf meine vielen Fragen nach den Namen der Bäume, an denen wir auf unserem Rundgang durch die Altstadt vorbeigekommen waren, reagiert hatte.

Es sei ein Geschenk, hatte sie mir ausrichten lassen. Sie selbst habe es sich oft genug angeschaut, für mich sei es zur Zeit sicher wichtiger. In der rechten unteren Ecke des hinteren Einbandes findet sich der Vermerk: gekauft in Assuan, am 6. 3. 97 um 10 EL.

Und was sagt dein schlaues Buch zu den Sykomoren? Lamis beugt sich über meine Schulter.

Ich schlage die entsprechende Seite auf. Die dazugehörige Abbildung ist eine Schwarzweißzeichnung, die nicht den ganzen Baum zeigt, nur einen Ast mit Blättern und Früchten.

Gehört zu den Moraceae-Gewächsen: Ficus sycomorus L., Ägyptische oder Maulbeerfeige, die Sykomore der Bibel, doziere ich.

Tatsächlich hängen Früchte an dem Ast, die im Großen und Ganzen wie Feigen aussehen.

Die Früchte reifen bis zu dreimal im Jahr, sagt Lamis, man muss sie aber anschneiden, damit sie ausreifen und süß werden.

Sagst du. Willst du es genauer wissen?

Lies schon. Lamis kann es nur schwer ertragen, etwas nicht zu wissen.

Die Früchte sind, botanisch gesehen, gar keine Früchte, sondern bestehen aus vielen kleinen männlichen und weiblichen Blüten, auf einem nach innen gewölbten, fleischigen Fruchtboden angeordnet, mit einer Öffnung an der oberen Seite, durch die die Insekten zur Bestäubung der winzigen Blüten eindringen. Wenn man die unreifen Früchte anschneidet, vertrocknen die weiblichen Blüten. Das hält die Wespen davon ab, ihre Eier in die Ovarien der Pflanze zu legen. Schneidet man die Feigen nicht an, kann es passieren, dass sie voller Insekten und daher ungenießbar sind.

Na ja, sagt Lamis, wieder was dazugelernt.

Weißt du auch, dass die Sykomore der *Liebesbaum* der alten Ägypter war, der oft in Geschichten und Legenden vorkam?

Klar weiß ich das. Ich wollte es dir gerade erklären, als du mir mit deinem Buch zuvorgekommen bist.

Und dass die Sykomorenfeigen zusammen mit anderen pflanzlichen Resten in so frühen Gräbern wie denen der Dritten

Dynastie in Saqqâra gefunden wurden? Und dass das Holz der Sykomoren, leicht und dauerhaft, für den Sargbau und die Herstellung landwirtschaftlicher Geräte verwendet wurde?

Warum sollte ich, wenn es solche Bücher gibt?

Du sagst, dass die Sykomore der Baum Ägyptens ist. Flaubert hat behauptet, das seien die Kassien. Er hat überall nur Kassien gesehen.

Dass ich nicht lache. Lamis holt aus. Natürlich gibt es jede Menge Kassien in Ägypten, aber die Kassien kommen in keiner Geschichte und keiner Legende vor, außer bei Flaubert. Wenn du es nicht glaubst, schau nach.

In dem Buch sind vier verschiedene Kassienarten verzeichnet, eine goldgelb, eine weiß, eine rosa und eine gelb blühende. Die Pflanze hat fiedrige Blätter und Blüten an hängenden Rispen, die Früchte in Schotenform bilden.

Du hast recht, sage ich, hier steht tatsächlich nichts außer der botanischen Beschreibung. Nicht einmal, dass Flaubert eine Schwäche für sie hatte.

Von einer entlegenen Gartenecke her nähert sich ein winziger Mann in riesigen Gummistiefeln und mit einer grünen Mütze auf dem Kopf. Es ist nicht der erwartete Museumsführer, sondern ein uralter Gärtner, den Lamis seit ihrer Kindheit kennt, wie sie mir zuflüstert, bevor sie aufspringt und ihm entgegeneilt, um ihn zu begrüßen. Offensichtlich hat ihr Vater sie als Kind öfter in diesen Garten mitgenommen. Sie unterhält sich eine Weile mit dem in sich zurückgekrümmten Alten, der auch noch vollkommen zahnlos ist. Dabei deutet sie hierhin und dorthin, und man sieht beiden an, wie sehr sie sich über das Wiedersehen freuen.

Lamis kommt wieder zurück. Sie hat den ehemaligen Museumsgärtner gebeten, Rhizinussamen für sie zu sammeln, damit sie sie auf ihrer Extension in Töpfen ziehen kann. Sie will ihm auch ein bisschen Geld geben. Er ist zwar hier noch geduldet, aber natürlich ohne Bezahlung, und die Pension dieser Menschen ist so niedrig, dass sie damit kaum überleben. Ich kann ihm aber nur etwas geben, wenn ich ihn für mich arbeiten lasse, sonst schämt er sich. Verstehst du?

Ich verstehe. Das ist die Bakschisch-abgewandte Seite des Landes. Von dem Guide ist noch immer nichts zu sehen.

Ich wette, der Direktor hat bei ihm zu Hause angerufen, und jetzt muss er alles liegen und stehen lassen und hierherkommen, um uns zu beweisen, dass die professionellen Führer es besser können als eine Dilettantin wie ich. Es wird wohl noch eine Weile dauern.

Schau, sage ich und deute in die Richtung, in der ich den alten Gärtner zu erkennen glaube. Lamis missversteht es und meint, ich hätte auf die Pharaonenstatue gezeigt, die mitten im Garten sitzt.

Die alten Ägypter, sagt sie, waren die ersten, die in ihren Gärten Figuren aufstellten.

Doch keine Gartenzwerge?

Gartenriesen, wie du siehst. Götter und Könige in Menschen- und Tiergestalt.

Hinter dem in Form geschnittenen Indischen Lorbeer taucht die grüne Mütze wie ein bedächtig springender Ball auf und ab.

Als Kind war ich besessen von dem Wunsch, einen echten Zwerg zu sehen. Zusammen mit dem Cousin und den Cousinen bauten wir unter der Anleitung einer Tante auf unseren Waldspaziergängen für die Zwerge Rindenhäuschen zwischen den Baumwurzeln. Und von Zeit zu Zeit kam es mir so vor, als hätte ich den Schatten eines Zwerges davonhuschen sehen, ohne je zu vergessen, dass es mir nur so vorgekommen war.

Ich kenne bloß die Heinzelmännchen, sagt Lamis, und das Traummännlein aus der Gutenachtsendung des österreichischen Rundfunks.

Weder Traummännlein noch Heinzelmännchen. Das sind domestizierte Wichtel, die die liegengebliebene Arbeit machen. Ich meine wilde Zwerge, die sofort in Deckung gehen, wenn sie einen Menschen wittern.

Und was wolltest du von diesen Zwergen?

Sicher sein, dass es sie gibt. Nicht nur in meiner Vorstellung, sondern lebendig, real.

Weißt du auch noch, warum du das wolltest?

Es hätte mich beruhigt, dass die Menschen nicht die einzigen Anthropoiden sind. Dieses Dogma vom Unvergleichlichen des Menschen hat mich schon als Kind irritiert.

Wie wär's mit Engeln?

Engel waren zu weit weg. Die Zwerge standen mir in jeder Hinsicht näher. Schließlich war es mir schon oft genug so vorgekommen, als hätte ich einen gesehen.

Angenommen, du hättest tatsächlich einen gesehen, was hättest du gemacht?

Keine Ahnung. Wahrscheinlich hätte ich für einen Augenblick so sein wollen wie er.

Ein Zwerg?

Mich in seinen Kopf einklinken. Die Welt und die Menschen, vor allem mich selber, mit seinen Augen sehen und mit seinen Sinnen wahrnehmen.

Du wolltest wissen, wie du aussiehst, wie du dich anhörst, wie du riechst, wie du schmeckst und wie du dich anfühlst? In Ordnung. Das kann ich verstehen.

Ich wollte wissen, wie ein Zwerg die Welt sieht.

Du wolltest also in den Kopf eines Zwergs hinein. Nur in den Kopf eines Zwergs?

Zuerst einmal in den eines Zwergs. Ich hätte viel darum gegeben.

Wie viel?

Ein Jahr meines Lebens.

Du meinst echte Lebenszeit?

Ich weiß, das sagt sich leicht, wenn man nicht weiß, von welcher Lebensdauer man es abziehen müsste. Aber ein Jahr wäre es mir sicher wert gewesen.

Also ein Jahr würde ich nur für den Platz im Kopf eines Engels geben. Aber was hast du dir wirklich davon versprochen?

Einen Blick auf die Wirklichkeit.

Einen anderen Blick auf eine andere Wirklichkeit?

Und dann noch einen und noch einen, bis all diese Wirklichkeiten sich zu einer Einheit krümmen, die dann *die* Wirklichkeit ausmacht.

Da würden dir aber bald die Lebensjahre ausgegangen sein.

Ich sage ja bloß, dass ich es mich damals viel hätte kosten lassen.

Und warum hast du es nicht mit den guten alten Naturwissenschaften versucht?

Hab ich ja, ansatzweise. Aber auch die Naturwissenschaftler sind in ihren Köpfen eingesperrt, sie haben nur bessere Linsen vorgeschaltet.

Weißt du, dass die frühen islamischen Miniaturenmaler die Umgehung des Bilderverbots mit dem Blick Gottes rechtfertigten? Sie zeichneten und malten ihre Figuren, Gebäude und Bäume so, als würde jemand sie von oben anschauen.

Und was hat das mit der Wirklichkeit zu tun?

Sie malten ja auch nur, *als ob* Gott es so sehen würde. Es war eine Idee, nicht einmal vergleichbar mit einem gewöhnlichen Linienflug.

Kannst du dich noch erinnern, was einer der größten Sufis, die die islamische Welt je gesehen hat, Mansur ibn al-Hallaj, sagte, als man ihn in Bagdad ans Kreuz schlug?

Ana'l – haqq: Ich bin Gott.

Ja, ana'l – haqq, und das heißt: Ich bin das Wirkliche.

Alle waren für seine Hinrichtung, nicht nur die orthodoxen Gegner der Sufis, sondern auch seine Mitbrüder. Weil er die Inkarnationslehre propagierte, bei der es darum ging, die Wirklichkeit aus verschiedenen Wesen heraus wahrzunehmen und sich in ihr zu bewähren.

Der kleine alte Gärtner mit der grünen Mütze kommt in seinen riesigen Gummistiefeln, die bei jedem Schritt ein schmatzendes Geräusch von sich geben, auf uns zu, in der Hand ein durchsichtiges Plastiksäckchen voll mit Rhizinussamen.

Lamis steht auf, nimmt die Samen in Empfang und kehrt mir den Rücken zu, damit der Gärtner das Geld, das sie ihm geben will, annehmen kann, ohne sich durch meinen Blick gestört zu fühlen.

Sie verabschieden sich ebenso herzlich voneinander, wie sie sich begrüßt haben. Lamis zeigt mir das Säckchen. Willst du dir nicht welche mitnehmen? Das hier reicht für eine ganze Plantage.

Lamis hat sich gerade wieder zu mir gesetzt, als vom Eingang her ein Mann mit Aktentasche gradewegs auf das Museum zugeht.

Das ist er. Und du wirst sehen, er wird seine Führung damit beginnen, dass die Baumwolle in Ägypten die längste Zeit nur als Zierpflanze Verwendung fand. Die hübschen weißen Pompons machten sich ausgesprochen gut in Töpfen. Um Stoffe zu erzeugen, nahm man Flachs, den man brechelte und zu Leinwand verarbeitete. Hundert bis hundertdreißig Fäden pro Quadratzentimeter galten als besonders fein, man nannte das *Weben mit Luft*.

Als die Engländer dann im Land waren, verhinderten sie den Anbau von Baumwolle, um ihre Schafwolle zu protegieren.

Der Mann kommt lächelnd und, sobald er uns entdeckt hat, eiligen Schritts auf uns zu, schüttelt uns kräftig die Hand und holt bereits den Schlüssel für das Museum aus seiner Aktentasche, bevor wir noch richtig davor stehen.

Es sind helle Räume mit übersichtlichen Schaukästen, in der Mitte einer, der den ganzen Verlauf des Nils zeigt, der, mythisch gesprochen, sechzehn Kinder hatte und eine Gemahlin namens Anuke beziehungsweise Euthenia. In pharaonischer Zeit soll die Nilsteigung bei der jährlichen Überschwemmung 12 Kubikmeter betragen haben, in islamischer dann sechzehn.

Und nun, sagt der Guide, möchte ich Ihnen etwas über die Baumwolle erzählen, die in Ägypten die längste Zeit nur als Zierpflanze Verwendung fand …

Es ist Katrin, die die Party geben wird. Halb offiziell, als die an der Botschaft für Kultur Zuständige, halb privat, in ihrer Wohnung und für Geladene, die sie fast alle persönlich kennt. Einige der Damen aus dem Club werden dabei sein sowie ehemalige ägyptische Studenten, die ihren Abschluss an österreichischen Hochschulen und Universitäten gemacht und den Kontakt zur Botschaft gehalten haben. Ein paar Germanisten, die an Kairos Universitäten lehren, einige aus der sogenannten Kolonie, sie alle wollen sich von dir verabschieden, hat Katrin mich wissen lassen, als feststand, dass nicht sie nach Agouza, sondern Lamis und ich nach Zamalek kommen würden.

Katrin hat also bestimmt, und Lamis protestierte eine Weile, war dann aber froh darüber, denn sie hat in dieser meiner letzten Woche, der vielen Prüfungen wegen, die sie abnehmen muss, nicht einen einzigen freien Tag. Wir hatten beschlossen, getrennt zu kommen, damit zumindest ich pünktlich da wäre, falls sie nicht rechtzeitig von der Uni loskommen sollte.

Ich mache mich früh auf den Weg, denn ich kenne in Zamalek eine Buchhandlung namens *Diwan*, in der all die üppig ausgestatteten internationalen Bildbände, die mit Ägypten zu tun haben, zur Ansicht ausliegen. Auch will ich die Blumen für Katrin erst im letzten Moment, nämlich auf dem Weg zu ihrem Haus, kaufen, nicht nur weil es dort die schönsten Sträuße und Gestecke gibt, sondern damit sie auch frisch bleiben. Es ist anhaltend sommerlich geworden, und die Sandstürme haben sich zwischenzeitlich beruhigt.

In der Buchhandlung ist nicht viel los, ich kann mich in Ruhe umsehen, sogar in den arabischen Romanen und Erzählungen lesen, die auf Deutsch oder auf Englisch erschienen sind.

Einige der Bildbände sind so opulent, dass ich mich damit an einen Tisch setzen muss, weil sie zu schwer sind, um sie beim Blättern in der Hand zu halten. Es ist eine jener Buchhandlungen, die nur fremdsprachige Literatur führen und – von ein paar Studenten abgesehen, die zum Schmökern kommen – hauptsächlich von Ausländern frequentiert werden.

Ich begnüge mich schließlich mit der deutschen Ausgabe des Romans einer Autorin mit türkischem Nachnamen, der Enkelin eines bekannten ägyptischen Paschas aus osmanischem Haus, die seit langem in den USA lebt und den Roman auch auf Englisch geschrieben hat.

Der Verkehr hat einen seiner vielen Höhepunkte erreicht, und die Sharia 26. Juli dröhnt in monotonem Rhythmus vor sich hin, der, von Tausenden von Auspuffrohren verdichtet, an den Abzweigungen in Nebenstraßen ausschert, ohne wesentlich an Lautstärke zu verlieren. Erst als ich durch einige kleinere Gassen in die Sharia Ismael Muhammad zu kommen versuche, nehmen das Getöse und der Abgasausstoß ab. Dafür sind mehr Menschen auf der Straße, die wie ich über die zerbrochenen Begrenzungssteine der Gehsteige balancieren.

Kurz vor dem *Florestan*, ich habe bewusst diesen Weg gewählt, um wieder einmal daran vorbeizugehen, bemerke ich am Rande eines Müllhaufens, wie sie sich an den Gehsteigen ansammeln, eine tote schwarze Katze.

Wann immer ich im letzten Jahr hier unten auf jemanden wartete, der mich abholen sollte, hatte ich den Katzen zugeschaut, wie sie forsch auf die Straße gesprungen und dann gleich wieder unter einem parkenden Auto verschwunden waren. Sie waren allesamt schwarz.

Die tote Katze scheint unverletzt und ist wohl einer Krankheit erlegen. Es ist eine junge Katze, die jetzt stocksteif daliegt. Noch glänzt ihr Fell, beleuchtet von den paar Sonnenstrahlen, die durch die Äste der Straßenbäume zu ihr herunterfinden. Aber schon beginnen Insekten sie zu umschwirren und nach ihren Augen zu suchen.

Im Eingangsbereich des *Florestan* sitzen dieselben Türhüter wie immer, und ich überlege, ob ich kurz hinaufgehen soll, um mit der Besitzerin ein paar Worte zu wechseln. Aber dafür ist es schon zu spät. Wahrscheinlich sehe ich sie ohnehin bei Katrin.

Ich bin ein paar Minuten zu früh dran, mit Absicht. Da ich zu Fuß gekommen bin, muss ich mir Gesicht und Hände waschen, nach Möglichkeit in Ruhe und bevor die anderen Gäste eintreffen.

Lilien, sagt Katrin, als ich ihr den Strauß entgegenstrecke.

Ja, Lilien. Die riechen so unverschämt. Ich muss sofort ins Badezimmer.

Sie lacht, du weißt ja Bescheid. Der Gedanke, dass es schon wieder fünf Jahre her ist, dass ich bei ihr gewohnt habe, erschreckt mich.

Als ich mich dann, entsprechend gesäubert und frisch gemacht, auf den großen Salon zubewege, höre ich am Stimmengewirr, dass schon andere Gäste gekommen sind. Man ist erstaunlich pünktlich in Kairo.

Leonie tritt aus dem Vorraum auf mich zu. Wir umarmen uns.

Ich bedanke mich für das Buch über die Straßenbäume und erzähle ihr, welch gute Dienste es mir geleistet hat. Es steht noch mehr drin, als selbst Lamis weiß.

Irrtum, sagt Lamis, die gerade aus dem anderen Badezimmer kommt. Also ist sie doch noch rechtzeitig fertig geworden.

Man hat mir nur zu wenig Zeit gelassen, mich an alles zu erinnern, was ich weiß.

Wir lachen alle drei, und während wir den Salon betreten, flüstert Lamis mir mit einem beinah anzüglichen Lächeln ins Ohr: Du wirst staunen, wer heute alles gekommen ist, um dich zu sehen.

Doch nicht mich. Alle hier würden auch gekommen sein, wenn es mich gar nicht gäbe.

Wart es ab, dann reden wir weiter. Bevor ich noch nachhaken kann, ist sie unter den Gästen verschwunden.

Der Professor von der Al-Azhar, den ich seit dreißig Jahren kenne, kommt mir entgegen, ohne seine Frau, die noch immer in Assiut Vorlesungen hält und heute nicht abkömmlich ist. Wir tauschen ein paar Sätze über die alten Zeiten aus, aber er scheint die gutmütige Fröhlichkeit von früher verloren zu haben. So als zehre eine allgemeine Gekränktheit an ihm und er müsse sich zusammenreißen, um mir noch als der Alte zu erscheinen.

Aus einer anderen Ecke kommt Uschi B. auf mich zu, die ich noch immer nicht gefragt habe, wie ihre *orfi*-Ehe funktioniert, und jetzt ist wieder nicht der richtige Zeitpunkt. Jedenfalls lächelt sie, wie man nur lächelt, wenn es einem halbwegs gutgeht.

Einer der österreichischen Lehrer an der deutschen Schule, mit dem ich mich vor eineinhalb Jahren lange über seine Eingewöhnungsphase unterhalten habe, beantwortet meine dahingehende Frage mit einem: Ich habe mich entschieden, noch ein paar Jahre zu bleiben.

Die Studentin und ihre verschleierte Doktormutter sind gekommen, und auf einem Sofa sehe ich sogar den österreichischen Archäologen mit dem unauffindbaren Fries mit zwei ägyptischen Archäologen plaudern, die ich einmal in einem der Boots-Restaurants auf dem Nil kennengelernt habe.

Von weitem winkt mir die Besitzerin des *Florestan* zu, und es dauert eine Weile, bis sie sich bis zu mir durchgeküsst hat. Sie strahlt und eröffnet mir, dass sie demnächst wieder heiraten werde. Ich umarme sie. Sie hat mir einmal erzählt, wie bitter ihre Rückkehr nach Ägypten war. Sie hatte jahrelang bei einer Fluggesellschaft in Deutschland gearbeitet und ebenso lange mit einem deutschen Mann zusammengelebt, der nach dem Tod ihrer Mutter bereit war, sie auf der Stelle zu heiraten und mit ihr nach Kairo zu kommen, um das Hotel weiterzuführen. Doch ist er dann innerhalb von einigen Monaten gestorben. Wahrscheinlich in demselben Zimmer wie ihr Vater, in dem ich damals gewohnt hatte.

Und sonst, wie geht es sonst?

Die üblichen Schwierigkeiten mit dem Hotel, den Handwerkern, den Chauffeuren, aber an das habe ich mich längst gewöhnt.

Ist der Glückliche hier?

Nein, er kommt erst morgen aus Berlin zurück.

Deutscher?

Halb und halb. So deutsch, dass er mir meine Freiheit lässt, und so ägyptisch, dass er hier überleben kann. Sie legt den Arm um meine Schulter und flüstert mir ins Ohr: Sie glauben doch nicht im Ernst, dass ich in meinem Alter noch mit einem waschechten Ägypter zurechtkäme. Was das anbelangt, waren mein Vater und mein Onkel ägyptische Erfahrung genug. Ich bewundere meine Mutter noch heute dafür, wie sie das mit dem Hotel hingekriegt hat, bei dem familiären Hintergrund. Sie rollt die Augen, und schon umarmt sie Winifred, die Journalistin, die auch mir heftig zuwinkt.

Die Hausangestellte von Katrin erinnert sich an mich, als sie mir zu trinken anbietet und mir gleich danach mit einem Teller voller Häppchen folgt.

How are you, Ms Valie, fine? Zu ihrer Unterstützung ist ein Aushilfskellner engagiert worden, mit Schnurrbart und eisgrauem Haar, den ich auch schon irgendwo gesehen habe.

Bertrand ist gerade gekommen. Mit dem Fahrrad, wie er lachend erzählt. Er hat sogar das eine Hosenbein noch hochgekrempelt. Während er sich bückt, um sich zu *zivilisieren*, wie er es nennt, fragt er, ob ich auch beim nächsten Konzert dabei wäre. Da würde ein junger Sänger zum ersten Mal auftreten, und er hätte gerne meine Meinung dazu gehört.

Ich fliege morgen, Bertrand, leider.

Was, schon morgen? Sie müssen noch bleiben. Jetzt, wo das Wetter endlich so ist, wie man es von Kairo erwartet, können Sie nicht einfach abhauen.

Ja, sage ich, bleiben wäre schon eine Alternative, aber die habe ich längst vermasselt.

Er schaut mich ein wenig ratlos an, während er sich ein Glas Wein vom herumgereichten Tablett nimmt. Als Christ darf er in der Öffentlichkeit Wein trinken. Ich stoße mit ihm an. Das ist eine lange Geschichte, die ich jetzt nicht erzählen möchte. Nur so viel, ich muss tatsächlich zurück.

Keine Chance auf ein paar weitere Tage?

Keine Chance, Bertrand.

Als ich mich umschaue, sehe ich Marie Nur mit ein paar Leuten zusammenstehen und reden. Plötzlich hebt sie den Blick, erkennt mich und bedeutet mir mehrmals mit der Hand, zu ihr zu kommen.

Während ich mich auf den Weg mache, begrüßt mich eine der Damen aus dem Club, mit der ich zwar kaum geredet hatte, deren Gesicht mir aber in Erinnerung geblieben ist. Sie ist ein wenig jünger als ich und hat wohl das Zeichen von Marie Nur auf sich bezogen, denn wir streben beide in ihre Richtung.

Waren Sie schon beim Buffet?, fragt sie, und als ich den Kopf schüttle: Dann schauen Sie dazu! Es lohnt sich, und demnächst wird alles leergegessen sein.

Sobald wir in die Nähe von Marie Nur gekommen sind, wendet der ältere Mann, der neben ihr steht, sich der Dame aus dem Club zu und sagt: Was für eine Überraschung, Valie! Das hättest du dir gewiss nicht gedacht, dass wir uns nach so langer Zeit wiedersehen. Ich hoffe, du erinnerst dich noch an mich. Ich bin Omar, der Freund von Abbas.

Die Dame aus dem Club hebt verwundert die Brauen. In diesem Augenblick greift Marie Nur ein. Halt, Omar, das ist nicht Valie. Das hier ist Valie, und sie nimmt mich an der Hand.

Omar hat schallend zu lachen begonnen. Da seht ihr, was die Zeit für einen Narren aus mir gemacht hat.

Ich stehe da, wie zu Stein geworden. Natürlich, der Freund von Abbas hat Omar geheißen, wie habe ich das nur vergessen können. Ich erkenne ihn an den grünen Augen. Er ist massig geworden, und sein Gesicht besteht aus kleinen Wülsten, die durch tiefe Furchen voneinander getrennt sind.

Omar kommt auf mich zu und schüttelt mir die Hand. Wieder sagt er: Das hättest du dir gewiss nicht gedacht, dass wir uns nach so langer Zeit wiedersehen, Valie.

Nein, das hätte ich mir nicht gedacht, aber ich freue mich darüber.

Ich hatte auch Marie, seit sie wieder in Österreich lebte, nicht mehr gesehen. Bis sie eines Tages zufällig in eine meiner Apotheken gekommen ist, das heißt eigentlich sind es schon die Apotheken meines Sohnes. Ich habe sie sofort wiedererkannt. Seither besuchen wir uns manchmal. Witwe und Witwer, und er wirft Marie Nur einen koketten Blick zu.

Sehr gefährlich, sage ich mit trockenem Mund, vor allem wenn die Witwe Marie heißt. Langsam löst sich die Starre ein wenig, und ich versuche meine Zunge wieder geschmeidig zu machen.

Marie Nur schlägt in gespielter Verzweiflung die Hände zusammen. Um Gottes willen, nur keinen Kollegen.

Ich dachte, Sie hätten mehr als zwanzig Jahre bei einer Fluglinie gearbeitet.

Schon. Trotzdem habe ich mich zeit meines Lebens als Pharmazeutin gefühlt.

Umso besser. Omar legt seine Hand auf ihren Arm. Du könntest mich gut beraten. Wenn ich mich recht erinnere, warst du bei weitem die bessere Studentin.

Wollt ihr euch nicht setzen?, fragt Marie Nur.

Wollen schon, aber wo?

Kommt mit ins Herrenzimmer. Ich weiß, was sie meint. Den kleinen Raum hinter dem Salon, in dem ich damals mit Katrin und ihrem Mann vor dem Schlafengehen immer noch einen Whisky getrunken habe. Zur Desinfektion der Eingeweide, die dem Ansturm der mit allen Wassern gewaschenen ägyptischen Bakterien sonst nicht standhalten würden, wie Katrins Mann zu sagen pflegte. Es ist schon wieder ein Jahr her, dass er gestorben ist. Er hat übrigens Edward Said noch von der Schule her gekannt.

Wir nehmen uns jeder ein frisches Glas Wein, auch Omar. Aus medizinischen Gründen, wie er behauptet.

Und wogegen hilft der Wein, medizinisch gesehen?

Gegen Nostalgie.

Tatsächlich? Ich dachte immer, er verstärkt sie.

Ich bin Pharmazeut, ich muss es wissen.

Wir setzen uns, und für einen Augenblick glaube ich, Katrins Mann hinter dem Lampenschirm stehen zu sehen, aber es ist nur sein Portrait, der Rest ist Schatten.

Wir stoßen miteinander an.

Ich habe mir erlaubt, der Sache nachzugehen, sagt Marie Nur. Als Sie mir erzählten, dass Sie auch einen Pharmaziestudenten in Wien gekannt hätten, aber nicht mehr genau wüssten, wie er geheißen hat, dachte ich, das kann doch nicht so schwer sein, auch wenn damals viele Ägypter in Wien Pharmazie studiert haben. Aber da wir alle ungefähr im gleichen Alter sind, hat das die Sache erleichtert. Natürlich habe ich Katrin und Lamis beigezogen. So ist es zu diesem *happening* gekommen.

Danke, sage ich, dass Sie sich die Mühe gemacht haben.

Omar ist ziemlich grau geworden, und nach oben hin lichtet sich sein Haar gewaltig. Er trägt es noch immer ohrenlang, und ein paar Spitzen biegen sich auf wie die Schwanzfedern eines Erpels.

Marie Nur sitzt auf der Chaiselongue mit Blick auf den Salon. Offenbar zieht es sie zu anderen Gästen.

Wisst ihr was, ich lasse euch jetzt allein, ihr werdet euch schon so einiges zu erzählen haben. Marie Nur steht auf und geht zielstrebig auf die Dame aus dem Club zu, die Omar für mich gehalten hat.

Marie hat mir alles über dich und was du so machst erzählt, sagt Omar, zumindest alles, was sie weiß.

Und du?, frage ich.

Na ja, ich stamme von Generationen von Ärzten und Apothekern ab, und mir ist auch nichts anderes eingefallen. Aber ich darf mich nicht beklagen. Ich habe drei Söhne, von denen einer Medizin, einer Pharmazie und einer Kunst studiert hat wie seine Mutter.

Deine Frau war Malerin?

Kunsthistorikerin. Und sie ist viel zu früh gestorben. Schon vor zwanzig Jahren.

Du hast nie wieder geheiratet?

Marie Nur bin ich erst vor ein paar Jahren wiederbegegnet. Er lacht. Und sie hat die Nase voll von Ägyptern, wie sie sagt.

Mir ist klar, dass ich die Frage jetzt gleich stellen muss, oder ich werde sie nie mehr stellen.

Und Abbas?

Abbas, Abbas ... ein schwieriger Fall. Wie du weißt, waren wir in unserer Jugend befreundet. Und als wir zurück nach Kairo kamen, er als Bauingenieur und ich als Apotheker, versuchten wir, uns weiter regelmäßig zu treffen, auch noch als wir beide verheiratet waren. Aber Abbas hatte immer Probleme, wollte in die Politik, dann wieder nicht, engagierte sich mal hier und mal dort und war immer enttäuscht, wenn er auf dieselben Mechanismen der Korruption traf, die hinter allem stecken.

Er war viel unterwegs. Wo immer Großes gebaut wurde, war Abbas dabei. Seine Frau und sein Sohn blieben die meiste Zeit allein in Kairo. Nach zwanzig Jahren konnte seine Frau dieses Leben nicht mehr ertragen. Sie hatte ihr Studium unterbrochen, inzwischen aber ihren Abschluss nachgeholt und ließ sich scheiden.

Der Sohn war damals bereits Student, ein begabter junger Mathematiker. Er hatte wohl etwas von der Unzufriedenheit seines Vaters geerbt und forderte mit einer Reihe von Kollegen mehr

Freiheiten, die Abschaffung der Zensur, das Recht auf Meinungsäußerung, und was man sich als junger Mensch eben so wünscht, und was schon sein Vater sich gewünscht hatte. Bei einem dieser Studentenproteste wurde er von einem Polizisten dermaßen schwer am Kopf verletzt, dass er monatelang im Koma lag, bis er schließlich starb.

Abbas hat das alles nicht verkraftet. Er ließ sich pensionieren, saß in Kaffeehäusern herum und wusste nichts mit sich anzufangen. Bis er eines Tages verschwunden war. Einfach spurlos verschwunden.

Er hatte sein Haus dem Bawab und dessen Familie in Obhut gegeben und ihnen gesagt, dass er auf längere Zeit verreisen würde.

Wohin? Nach Europa?

Das dachte ich anfangs auch, aber weißt du, Valie, ich glaube, er ist nicht aus Kairo, zumindest nicht aus Ägypten hinausgekommen. Wenn er wirklich verreist ist, dann unter Menschen. Unter ganz andere Menschen, als er sie bis dahin gekannt hat.

Und warum glaubst du das?

Weißt du, was ein *Mulid* ist?

So ungefähr, obwohl ich noch bei keinem dabei war.

Ich liebe *Mulids*. Und wann immer es geht, nehme ich mir während der *Mulid*-Tage frei und feiere auf meine Weise mit. Letztes Jahr, Ende September, fuhr ich mit Freunden in den Bezirk Madbah Zanhum, um am *Mulid von Zayn al-Abdin* teilzunehmen. Es ist der *Mulid*, bei dem die meisten Sufis zusammenkommen, aber auch viele bekannte Sänger und hervorragende Musiker.

Meine Freunde und ich waren also in bester Laune, schauten auf die mit bunten Tüchern behängten Sarkophage der Heiligen, lauschten der Musik, aßen, tranken und gaben uns ganz der Festtagsfreude hin.

Die Stimmung heizte sich mehr und mehr auf, Trommeln und Flöten klangen fordernder, die ersten Derwische begannen sich zu drehen oder ihren *zikr* abzuhalten.

Natürlich wurde das Gedränge immer größer, so ist das nun

einmal bei einem *Mulid.* Am besten man vereinbart mit den Freunden einen späteren Treffpunkt an einem Ort, den alle kennen, damit man sich wiederfindet.

Die Stimmen der Sänger wurden eindringlicher. Die Frauen verfielen in ihre Juju-Schreie und trillerten, was das Zeug hielt. Mir stieg die Gänsehaut auf.

Wenn du mich fragst, ist es diese Gänsehaut, die mich zu den *Mulids* treibt. Die Musik, all die Typen in den verrücktesten Kostümen. Es ist wie in der *verkehrten Welt.* Jeder spricht mit jedem und alle können diesen Überschwang spüren.

Plötzlich sah ich Abbas. Er trug eine meerblaue Galabeya und um den Kopf hatte er ein weißes Tuch geschlungen. Und weißt du was, er tanzte. Er drehte sich, wie in Trance, zusammen mit den anderen, verdrehte die Augen und stieß seinen Atem in einem langen *Huuu* aus.

Bist du sicher, dass es Abbas war?

Ich rieb mir die Augen. Ich setzte die Brille auf und ab, aber es war Abbas. Ich rief nach ihm, so laut ich konnte. Abbas!, schrie ich, Abbas, ich bin's, Omar!

Aber bei diesem enormen Gesinge und Gelärme war das vergebliche Liebesmüh. Ich drängte hinterher und tat alles, um in seine Nähe zu kommen, vergebens.

So ein *Mulid* dauert meistens zwei bis drei Tage. Ich kam also am nächsten Tag erneut, ohne Erfolg. Als ich auch am dritten Tag wieder hinausfuhr, hatte sich alles bereits irgendwie aufgelöst. Ich ging das ganze Gelände ab, auf dem der *Mulid* seine Spuren hinterlassen hatte, fragte auch einige der alten Männer, die dasaßen, als hätten sie einen Kater, ob sie Abbas kennen würden, hoffnungslos. Wahrscheinlich verwendet er einen anderen, einen Derwisch-Namen.

Natürlich strecke ich immer wieder meine Fühler aus. Als Apotheker kenne ich viele Leute. Ich frage umsichtig und gezielt. Doch wann immer ich ein paar lose Enden zusammen habe, gelingt es mir nicht, sie miteinander zu verknüpfen.

Glaubst du, du wirst ihn eines Tages finden?

Ich fürchte, ich werde bis zum nächsten *Mulid* warten müssen.

Auf den von Sayyidna al-Husayn vielleicht. Der findet im August statt. Oder wieder auf den von Zayn al-Abdin Ende September.

Würdest du mich mitnehmen, falls ich bis dahin wiederkomme?

Gerne. Aber ich kann dir nicht versprechen, dass wir Abbas tatsächlich finden werden. Wer weiß, wohin ihn seine Reise geführt hat.

Ich sage ja auch nur, falls.

Mach nicht gleich einen Rückzieher, Valie. Es wäre schön, wenn du öfter nach Ägypten kämst und dich ab und zu mit einem alten Mann wie mir unterhalten würdest.

Lamis und Katrin kommen Arm in Arm hereingeschwebt. Ihre Blicke triumphieren: Na, was sagst du zu dieser Überraschung?

Katrin richtet als Gastgeberin ein paar Worte an Omar, und Lamis sagt zu mir: Du musst sagen, wann du genug hast. Wir können jederzeit fahren.

Ich weiß, dass sie müde ist. Und ich weiß auch, dass es mindestens eine Stunde dauern wird, bis ich mich von allen verabschiedet habe.

Ich bin bereit, sage ich zu Lamis.

Omar hat seine Visitenkarte in der Hand und hält sie mir hin. Melde dich, wenn du wieder in Kairo bist.

Inzwischen habe ich die meine ebenfalls gefunden. Und du lass es mich wissen, wenn du Abbas gefunden hast. Aber mir ist klar, selbst wenn wir ihn fänden, wäre es längst nicht mehr Abbas.

Marie Nur umarmt mich. Wollen wir nicht demnächst in Wien zusammen auf einen Kaffee gehen?

Und ob. Ich rufe Sie verlässlich an.

Lamis fängt zu lachen an. Es gibt wohl nichts Schöneres, als sich in einem Wiener Café nach Ägypten zu sehnen. Ich wollte, ich wäre das nächste Mal mit dabei.

Die Autorin dankt den Austrian Airlines (Büro Kairo) für das freundliche Sponsoring der Tickets für den Rechercheflug 2006 Wien-Kairo und zurück.